AS CRÔNICAS DE
TERRACLARA

O ABISMO

L. F. MAGELLAN

AS CRÔNICAS DE TERRACLARA

O ABISMO

:ns

SÃO PAULO, 2023

As crônicas de Terraclara: o Abismo
Copyright @ 2023 by L. F. Magellan

Copyright @ 2023 by Novo Século Editora

EDITOR: Luiz Vasconcelos
GERENTE EDITORIAL: Letícia Teófilo
COORDENAÇÃO EDITORIAL: Driciele Souza
EDITORIAL: Érica Borges Correa, Graziele Sales, Mariana Paganini e Marianna Cortez
PREPARAÇÃO DE TEXTOS: Rayssa G. T. Santos
REVISÃO DE TEXTOS: Renata Panovich Ferreira
DIAGRAMAÇÃO: 3Pontos Apoio Editorial Ltda.
ILUSTRAÇÃO E COMPOSIÇÃO DE CAPA: Ian Laurindo

Texto de acordo com as normas do Novo Acordo Ortográfico da Língua Portuguesa (1990), em vigor desde 1º de janeiro de 2009.

Dados Internacionais de Catalogação na Publicação (CIP)
Angélica Ilacqua CRB-8/7057

Magellan, L. F.
As crônicas de Terraclara: o Abismo/ L. F. Magellan. – Barueri, SP: Novo Século Editora, 2023.
320 p.

ISBN 978-65-5561-559-3

1. Ficção brasileira I. Título

23-3959   CDD B869.3

Índice para catálogo sistemático:
1. Ficção brasileira

GRUPO NOVO SÉCULO
Alameda Araguaia, 2190 – Bloco A – 11º andar – Conjunto 1111
CEP 06455-000 – Alphaville Industrial, Barueri – SP – Brasil
Tel.: (11) 3699-7107 | E-mail: atendimento@gruponovoseculo.com.br
www.gruponovoseculo.com.br

De um jeito ou de outro, o cidadão ficará feliz.
Almar Bariopta, O Justo

Agradecimentos

Aprendi a gostar de ler na adolescência por intermédio das obras de Júlio Verne, e depois segui apaixonado pelo mundo da ficção científica com Clarke, Asimov, Heinlein e tantos outros. O contato com o universo da fantasia foi em grande estilo com Tolkien. Lembro-me do meu pai, que sempre foi um grande incentivador do meu hábito de leitura, chegando em casa com os três volumes do Senhor dos Anéis em edição portuguesa. Depois disso, segui lendo muito e hoje gosto de escrever em meu escritório cercado pelas centenas de livros que insisto em acumular. Aliás, a biblioteca do Solar das Varandas é uma espécie de desejo de como eu gostaria de um dia ver e compartilhar minha própria biblioteca. Foi assim que eu aprendi a gostar de ler.

Quando estava no ensino fundamental tive um Professor de redação chamado José Lopes de Abreu Xavier. O Professor Xavier (não, não é uma referência a heróis mutantes) ensinava mais do que escrever com técnica e formatação corretas, ele ensinava a gostar de escrever. Pena que nem meu pai nem meu Professor estão aqui para ler este livro, acho que ambos gostariam muito de aventurar-se além do Abismo.

Escrever é uma tarefa solitária e, de uma forma geral, carregada de inseguranças. Será que aquele personagem tem toda a complexidade que o autor acha que tem? Será que aquela situação é capaz de cativar o leitor? Por isso, todo autor precisa daquelas pessoas queridas que oferecem suas opiniões e críticas durante a criação de uma história. Nesse caso, dedico um agradecimento especial à Dra. Akemi Aoki que foi incansável e sempre disponível para ler, reler, criticar e ajudar a dar forma ao mundo de Terraclara. Foi ela que, por meio de comentários contundentes, mas fofos como *"Fiz algumas considerações – leia com muito amor"*, me ajudou a dar um desenho mais consistente e concreto a personagens e situações. Sem ela, talvez o final deste livro tivesse sido bastante diferente e certamente menos interessante. Espero voltar à Terraclara em breve na companhia de Akemi.

Vila do Monte, sob uma sombra próxima ao ancoradouro,
junho de 2023.

"Quando me lembro daquele tempo, são lembranças de aventura, de descobertas e de sacrifícios, de grandes perdas e grandes vitórias. Foi uma época em que o aço das espadas refletia o fogo e as águas da chuva lavavam as incertezas.
    Foi uma época de tanto heroísmo, tantas memórias e brindes a amigos ausentes.
Hoje, passado todo esse tempo, quando caminho pelas ruas sob a luz pálida da lua tenho certeza de que ninguém poderia ter feito o que fizemos e o que fizemos foi por amor."

Excerto do livro "O Abismo, a Espada e o Portal."
Mia Patafofa

Prólogo

O pequeno cômodo escondido atrás de um painel de madeira parecia ainda menor quando recebia seu ocupante de sempre. As paredes de pedra escurecidas pelas décadas e pelo lento queimar das velas pareciam ainda mais escuras e o ar ainda mais pesado, impregnado pela ambição.

Os anos de sorrisos forçados e compromissos sociais inúteis e repugnantes estavam terminando. Todo o tempo de espera estava prestes a ser compensado. Não seria uma vingança, seria uma compensação para quem há tempos já deveria ter assumido o seu lugar de direito.

A mão enluvada redigiu mais uma carta e junto a ela colocou um pequeno saco de tecido verde onde tilintavam algumas pedras preciosas. Sim, só algumas de cada vez, para manter o interesse e a lealdade deles por mais algum tempo – mesmo que essa fosse motivada apenas pela ganância de mais alguns saquinhos de tecido verde.

Com os olhos refletindo a luz das poucas velas que iluminavam o ambiente, pegou o saquinho de tecido e a carta e os colocou no bolso. A pálida iluminação era suficiente para ver um pequeno sorriso escapando dos seus lábios, mas internamente a sensação era de uma explosão de alegria podre e assustadora que não era e nunca foi vista, entretanto, poderia vir à tona em breve, quando o seu dia finalmente chegasse.

Como sempre fazia, abriu por dentro o painel de madeira e a luz externa inundou por um instante o cômodo secreto, enquanto a discreta figura saía para incorporar seu papel por mais algum tempo.

Capítulo I

Nada como passar a tarde deitada na grama olhando o reflexo do Sol na água do lago. Esse era o único pensamento na cabeça de Mia Patafofa. Mas essa tranquilidade toda durou pouco. Apesar do dia ensolarado e da brisa fresca balançar preguiçosamente as flores, seus sentidos ficaram repentinamente em alerta. Toda a calmaria de desfrutar a grama macia e esperar o pôr do sol à beira do lago foi substituída por aquela sensação de que alguma coisa estranha estava acontecendo, mas não sabia bem o quê. Mia era muito intuitiva, a ponto de perceber o perigo sem qualquer sinal visível. Sua pele clarinha e seu cabelo castanho claro eram completados por pequenas sardas no rosto e dois lindos olhos cor de mel. Era baixinha, mas sua altura nunca foi um problema, pelo contrário, a maioria dos jovens de Terraclara achava que isso era parte do seu charme. A voz doce e os grandes e lindos olhos, aliados ao seu jeito meigo, faziam dela uma espécie de princesinha entre os artenianos.

Os mais velhos viviam dizendo que, a cada geração, os jovens ficavam mais altos. Realmente, no passado, um arteniano com um metro e setenta era considerado alto, mas atualmente não era raro encontrar rapazes bem mais altos, que adoravam a sensação de exibir sua estatura perto das jovens mocinhas. Não que isso importasse muito para Mia, afinal, sua mãe sempre dizia para deixar os rapazes serem rapazes.

— Se eles acham o máximo serem mais altos do que você, deixe que eles pensem que você suspira de admiração por sua estatura e músculos — ela dizia —, mas lembre-se sempre que a grandeza de uma pessoa está no seu coração.

Ainda assustada com aquela sensação de alerta, recolheu as frutas que havia colhido e as enrolou em uma das abas do seu vestido enquanto olhava, ouvia e tentava descobrir o que estava lá fora espreitando.

— Mia Patafofa, o que a senhorita está fazendo aqui sozinha a esta hora?

Mesmo com os sentidos em alerta, tomou um susto tão grande que quase derrubou as frutas que havia colhido e que agora carregava enroladas no vestido. Olhou em volta e não viu ninguém, mas aquela voz não era estranha, e passado o susto inicial, logo reconheceu a autoria, mesmo antes de se virar para ver quem estava chegando.

— Boa tarde, Madame Ceb... Quero dizer, Madame Salingueta — respondeu Mia, fazendo uma reverência inclinando o corpo.

Agora via o enorme corpanzil saindo de trás de uma moita na beira da estrada e ficou se perguntando como não havia notado Madame Cebola se aproximando com todo o seu peso e um vestido laranja berrante que conseguia concorrer até com a luz do sol no fim da tarde.

A Venerável Madame Handusha Salingueta era uma espécie de primeira-dama de Terraclara, uma vez que o Zelador era solteiro e ela, como sua única irmã e solteira, acompanhava-o nas funções oficiais. Apesar de respeitada pela sua idade e por ser irmã do Zelador, seu diâmetro avantajado e o jeito desagradável como tratava os demais lhe renderam o apelido de "Madame Cebola". Inicialmente restrito ao círculo de cidadãos que não gostavam muito dela, o apelido lhe caiu tão bem que rapidamente todos passaram a se referir a ela dessa forma, pelo menos quando ela não estava por perto.

Madame Cebola aproximou-se com aquele andar meio desengonçado e foi logo abrindo um leque roxo com uns detalhes em verde, que nada combinavam com o vestido laranja.

— Essa caminhada até aqui quase me matou de calor! — falou de forma afetada, enquanto se abanava freneticamente com o leque roxo.

Mia já ia fazer um comentário qualquer sobre o clima, mas quando estava abrindo a boca para falar, foi logo interrompida por Madame Cebola:

— E ainda assim, debaixo deste sol escaldante, encontro uma mocinha sozinha neste lugar deserto. Ou será que a Senhorita Patafofa não está sozinha?

E meteu-se a procurar atrás dos arbustos e das árvores próximas.

Os pensamentos borbulhavam na cabeça de Mia com uma mistura de indignação e espanto. "Será que essa chata não tinha nada melhor para fazer do que tomar conta da vida dos outros?", pensou. Queria mesmo perguntar isso a ela, mas a primorosa educação que tinha recebido dos pais a impediu de expressar esses sentimentos. Achou melhor não criar polêmica e explicar que gostava da natureza e de ficar sozinha em locais tão bonitos como este. Mas novamente quando ia abrir a boca, foi interrompida por Madame Cebola.

— Quem estava aqui com você? Aquela mal-educada da sua prima? Ou pior — forçou um tom de voz teatral ao pronunciar a palavra "pior" —, aquele pé-rapado, arruaceiro, filho do padeiro?

Esse era um dos seus hábitos mais irritantes, era muito difícil entabular uma conversa com a venerável irmã do Zelador sem ser interrompido a toda hora. Um dos muitos hábitos desagradáveis que lhe valeram o apelido que agora concorria com seu verdadeiro nome. Em meio a um turbilhão de pensamentos e algumas possibilidades de resposta (a maioria distantes da educação esmerada que recebera), Mia finalmente conseguiu falar sem ser mais uma vez interrompida.

— Imagine se eu haveria de esconder alguém de sua tão ilustre presença, Venerável Madame. Eu estava apenas apreciando a paisagem após ter colhido esses pêssegos — disse, exibindo as belíssimas frutas que carregava enroladas ao vestido.

Antes que pudesse protestar, Madame Cebola arrebatou o maior e mais bonito pêssego como o bote de uma cobra. Meteu-o na boca e babou-se toda ao morder a suculenta fruta.

— Não fique aí parada com essa cara de pateta, menina. Arranje logo alguma coisa para eu me limpar!

Engolindo mais uma vez a raiva, pegou um lencinho bordado e perfumado da sua bolsinha e o entregou para ser irremediavelmente maculado pela lambança que escorria pelo gordo pescoço da indesejada companhia.

Antes de retomar seu caminho, Madame Cebola ainda pegou mais um pêssego e continuou pela trilha mastigando e, como sempre, falando: — Acho bom a menina voltar logo para casa. Mais tarde, vou ter uma conversinha com a senhora sua mãe sobre o seu comportamento. — E continuou caminhando e balbuciando palavras que Mia já não conseguia, e nem queria escutar.

Do alto de uma árvore veio outra voz conhecida, mas, desta vez, muito bem-vinda.

— Quer dizer que eu sou a prima mal-educada?

Teka estava deitada de forma cômoda sobre um galho da árvore, mordendo alguma fruta não identificada. Enquanto mastigava ruidosamente e cuspia as sementes no chão, começou a descer os galhos pulando de maneira graciosa até aterrissar junto à prima com um belo salto felino, sem deixar cair a fruta que prendia com os dentes. Teka era um pouco mais alta que sua prima (o que não era lá uma grande façanha considerando que Mia era meio nanica), mas era muito esbelta, quase magrela – o que a fazia parecer ainda mais comprida. Seus olhos muito verdes contrastavam com a pele sempre bronzeada das constantes atividades ao ar livre. Apesar de ter herdado os traços delicados e os cabelos negros de sua falecida mãe, parecia muito com seu pai e com os seus antepassados da família paterna. Em todos os sentidos, era uma legítima herdeira do clã dos Ossosduros e disputava com sua prima o título informal de princesinha de Terraclara.

— Você estava aí o tempo todo me espionando também? Já não bastava aquela chata vir de longe para se meter com a minha vida? — disse Mia ao mesmo tempo indignada e curiosa.

— Na verdade, eu estava vindo te encontrar, mas quando vi Madame Cebola tratei de me esconder e aproveitei para ficar apreciando a bronca. O que aquela mulher acha que você estava fazendo, afinal? Desenterrando algum tesouro ou enterrando um cadáver?

Mia pensou nas responsabilidades de ser a herdeira do Clã Patafofa; nas aulas de etiqueta, de literatura, de música, enfim, de tudo aquilo que se esperava da única filha dos Patafofa. Parecia que todos os cidadãos de Terraclara a olhavam de forma avaliativa esperando nobreza, simpatia e delicadeza em todos os gestos. "Desenterrando um tesouro?" havia perguntado sua prima. Antes fosse. A única coisa que Mia desejava nesses passeios solitários era ser uma jovem como outra qualquer, aproveitando a brisa fresca da tarde ou uma suculenta fruta sem se preocupar com o que os outros vão dizer. Nesses momentos, invejava sua prima. Apesar de também ser a única herdeira de um dos Clãs mais importantes de Terraclara, Teka nunca deixou seu espírito livre ser domado ou moldado por convenções sociais. Mas quando Mia lembrava da morte prematura da tia e do jeitão rigoroso e frio do tio, a inveja da prima se desfazia e Mia ficava grata por ter seus pais amorosos e sempre presentes. Deixou esses pensamentos de lado quando recebeu um abraço caloroso da prima, que logo a arrastou a pular pela grama até chegar na beira do lago.

— E aí, um mergulho para espantar o calor?

A hipótese de se meter no meio da água como um peixe ou uma gaivota fez Mia tremer – não de frio, mas de espanto e repulsa. Não era novidade para ninguém que Mia não era muito afeita a meter-se dentro d'água, já para Teka era uma atividade frequente. Seu temperamento irrequieto era uma espécie de marca registrada, e como andava sempre colada em sua prima, o contraste entre as duas destacava ainda mais esse lado meio rebelde. Enquanto Mia era a imagem da tradição, Teka era um vislumbre de mudança. Nem esperou a resposta da prima e lançou-se em um magnífico salto para uma árvore que se projetava por cima do lago e de lá em mergulho nas águas frescas e límpidas.

Como ocorria com frequência, uma pequena batalha interna acontecia na cabeça de Mia. A visão da prima nadando e se divertindo dentro d'água despertava uma vontade enorme de se soltar das amarras e juntar-se à Teka naquela inocente bagunça. Por outro lado, o receio de macular a imagem que todos tinham dela a ancorava na beira do lago. A figura da jovem contida, discreta, cujos pais de jovens solteiros de Terraclara queriam como nora era, ao mesmo tempo, um prêmio e um fardo. Quantas vezes Mia não ficou em dúvida se deveria unir-se às outras jovens e dançar freneticamente nas festas de rua e acabou olhando a alegria alheia distribuindo a velha desculpa: "Eu não gosto de dançar."? Muitas vezes, Mia, secretamente, desejava nascer de novo, reiniciar sua vida sem criar tantas expectativas nas pessoas. Esse era um desses momentos. Mas o pior foi quando teve plena consciência de que ali, naquele local quase deserto, não haveria ninguém para julgá-la ou avaliá-la se decidisse cair na água com roupa e tudo. Sua prima simplesmente não ligava e ainda ficaria feliz em ter sua companhia nas brincadeiras aquáticas. Só havia uma pessoa avaliando seu comportamento naquele momento e impedindo-a de se divertir: ela mesma. Não podia colocar tudo na conta da cobrança que a sociedade fazia em relação a ela, uma boa parte – talvez a maioria das suas limitações – era autoimposta. Ciente e pesarosa com essa constatação, acenou negativamente em resposta aos insistentes chamados de Teka. A imagem que ela própria também cultivava foi refletida na resposta aos insistentes chamados da prima:

— Eu não gosto de nadar.

Enquanto caminhavam de volta para casa, o restinho do sol do final da tarde e o vento cuidaram de secar as roupas de Teka. Ela e Mia mastigavam os últimos pêssegos enquanto iam em direção à cidade em meio a muitas risadas. Quando estavam bem próximas da cidade, viram o movimento de pessoas andando apressadas e animadamente em direção ao Monte da Lua. Nem precisaram perguntar para saber que o Zelador havia convocado os cidadãos para uma votação. Mudaram imediatamente de direção e correram na direção da enorme estátua de Almar Bariopta.

Capítulo II

A gigantesca estátua de Almar Bariopta não fazia jus ao ilustre cidadão que retratava. A imagem alta e garbosa representava uma visão que povoava o imaginário dos habitantes de Terraclara, mas nem mesmo em sua juventude o grande herói dos artenianos tivera tantos músculos e fora tão alto. Para todos os efeitos, era aquela imagem do líder forte com olhar perdido mirando o futuro que foi perpetuada na estátua que hoje guardava a entrada do Monte da Lua. Muito tempo antes daquela estátua ser construída, os habitantes de Terraclara viveram tempos sombrios. Após gerações de convivência pacífica entre inúmeros pequenos grupos, o fortalecimento de alguns Clãs começou a alterar não só o equilíbrio de forças, mas o destino de todo aquele povo.

Com a população em constante aumento, a produção de alimentos precisou ser intensificada, a construção de casas, ruas e prédios de uso comum aumentou, ferramentas precisaram ser criadas e produzidas em maiores quantidades e, assim, algumas famílias começaram a se destacar e agrupar outras em suas esferas de interesse. Nessa época, chegaram ao poder os principais Clãs, que pouco se alteraram até os dias atuais: Patafofa, Ossosduros, Serrador, Mão-de-Clava, Muroforte e Aguazul. As outras famílias de Terraclara viviam com maior ou menor proximidade dentro de alguma esfera de influência e dependência de algum desses Clãs. Essa relação pouco mudou ao longo dos séculos e ainda hoje os Clãs são compostos não somente por cidadãos da mesma família, mas por membros de outras famílias ligadas por laços de matrimônio, de gratidão ou por interesse econômico. Alguns grupos eventualmente migravam de um clã para outro devido aos mesmos motivos, mas a estabilidade sempre foi a condição natural.

* * *

A época da Guerra dos Clãs foi tão traumática na história de Terraclara, que os registros escritos acabaram sendo destruídos porque as pessoas tinham vergonha de comentar sobre aqueles fatos. Com isso, a história acabou transformando-se em contos de horror, heroísmo e redenção. Para entender esse dilema é preciso entender um pouco da personalidade coletiva daquelas pessoas. A mera menção de sujar as mãos com o sangue de um semelhante enchia de horror qualquer arteniano desde antes de qualquer registro histórico. Por isso aquele breve período de guerra marcou para sempre de forma traumática a memória coletiva daquela população. Ninguém sabe ao certo como a guerra começou, apenas que durou por quase dez anos, destruindo não só as terras, mas o modo de vida daquela gente. Após todo esse tempo, o antigo canal que corta a parte baixa da Cidade Capital ainda é chamado de Rio Vermelho e recebe flores de pessoas que por ali passam em memória de todos que morreram e mancharam de sangue aquelas águas.

Naquele tempo Almar Bariopta era apenas um aprendiz de curandeiro que antes da guerra cuidava de coisas boas como trazer bebês para a vida ou coisas simples como pernas quebradas e cortes nas testas das crianças. Sempre tratava de qualquer um que chegasse ferido à sua porta ajudando seu pai que dominava a arte da cura e o ensinou a manipular plantas, ervas e flores para fazer remédios. Seu pai foi vítima da guerra logo no primeiro ano e mesmo durante o conflito Bariopta decidiu seguir o seu legado e ajudar a qualquer um, de que lado fosse. Ajudaria a salvar vidas sem nunca perguntar a qual Clã pertenciam. Ele nunca tomou partido e nem queria saber das diferenças entre os Clãs. No início foi malvisto e perseguido por várias facções diferentes, depois passou a ser ignorado e por fim respeitado por todos os chefes dos Clãs. Sua casa continuou de portas abertas a quem dele necessitasse.

As diversas lendas a respeito do final da guerra divergem sobre os detalhes, mas todas contam uma passagem em comum. Após anos de guerra e várias reuniões inúteis buscando um fim para as hostilidades, mais uma vez os líderes se encontraram na Cidade Capital para negociar. Não queriam realmente chegar a um acordo, cada um queria que os demais cedessem e, como sempre, outro impasse se delineava. As lendas são ricas em aspectos fantasiosos, e uma das mais impressionantes seria a caminhada de Bariopta entre as hordas que esperavam seus líderes reunidos ao pé do Monte da Lua. A imagem na imaginação das pessoas é a de um curandeiro caminhando com dificuldade entre os soldados, que gradativamente iam se calando conforme Bariopta passava entre eles. Ao se aproximar da grande mesa, a única coisa que se ouvia era sua respiração ofegante. Ele depositou com cuidado em cima da mesa o corpo de uma criança morta e disse: "Esse é o seu legado".

Sobre esse momento, os registros históricos são ainda mais escassos e confusos, mas a versão preferida por todos é a que os soldados começaram a depor suas armas em silêncio e abaixaram as cabeças em respeito. Apesar dos protestos de alguns líderes dos Clãs, muitos de seus comandantes militares fizeram o mesmo. Os chefes dos Clãs por fim aceitaram um armistício e depuseram suas armas, mas exigiram que as negociações fossem conduzidas por um comum, alguém sem ligação de sangue ou de lealdade com os Clãs. E todos os olhares se voltaram para Almar Bariopta.

Deste momento em diante, já existem registros históricos confiáveis e sabe-se que Bariopta inventou o sistema de Zeladoria de Terraclara em uma época de muita discórdia e lutas de interesses entre os Clãs. Como ele mesmo era um homem comum sem ligação com nenhuma das famílias, assumiu a responsabilidade de zelar pelos interesses da sociedade como um todo, dando aos cidadãos a oportunidade de opinar nas decisões que afetariam suas vidas. Acabou recebendo o título de Venerável Zelador dos Interesses do Povo, ou simplesmente, Zelador. Todos os grupos, as vilas e as atividades seriam representados não por um conselho de votantes, mas individualmente ou por grupos de porta-vozes que levariam as demandas para que fossem tomadas ações pelo Zelador. Sempre que um tema de maior relevância necessitasse de avaliação pelo povo, toda a população seria chamada a ouvir, discutir e decidir. Essas votações ocorriam geralmente com uma data marcada, para que todos tivessem a oportunidade de deslocar-se até a Cidade Capital e votar. Bariopta sempre dizia que sua função era fazer as pessoas felizes: "De um jeito ou de outro, o cidadão ficará feliz".

Ele afirmou que somente ficaria na função tempo suficiente para que as coisas entrassem nos eixos e que qualquer cidadão poderia se candidatar em qualquer momento para a função de zelador. Ficou na função por quarenta e dois anos, até morrer sem deixar filhos. O nome Bariopta morreu junto com ele, alimentando ainda mais sua lenda. Dali em diante, todos os sucessores foram artenianos que não pertenciam às famílias mais importantes e não tinham ligação de dependência com nenhum Clã. E assim a paz e harmonia foram mantidas, até agora.

Capítulo III

As pessoas iam chegando animadamente para a votação. Comparecer ao anfiteatro do Monte da Lua era muito mais do que um momento de decisão comunitária, era um evento social. A confraternização começava já no caminho, conforme centenas – às vezes milhares – de pessoas iam andando por algum dos percursos que levavam ao Monte. Se Almar Bariopta pudesse ver lá de cima da sua estátua, veria uma massa alegre e pulsante caminhando de forma compacta e falando, falando muito, todos ao mesmo tempo. Lembretes, cobranças, saudações e muitos olhares entre os jovens apaixonados faziam parte daquele ritual comunitário.

— Sra. Dranea, Sra. Dranea, não esqueça de levar os meus bolinhos pontualmente ao meio-dia amanhã.

— Ah, você está aí, Astor. Onde estão as cinco moedas que você está me devendo?

— Humm, você não sabe quem está caidinho de amores pela Albra Aasan... Ele mesmo: Mirio Dogon!!! — Seguido de vários gritinhos adolescentes.

Essas foram apenas algumas das conversas que Mia e Teka escutaram tão logo foram se aproximando da multidão. Mesmo não tendo idade para participar das votações, adoravam ficar por perto e assistir a tudo o que acontecia.

Na encosta do Monte da Lua foi construído um enorme anfiteatro para as votações, aproveitando o formato natural de meia-lua do paredão de pedra. A imponente estátua de Almar Bariopta guardava a entrada do local pousada sobre um pedestal com uma placa exibindo a frase que o tornou célebre: "De um jeito ou de outro, o cidadão ficará feliz".

Era tudo muito animado, até porque mesmo em votações mais simples ninguém ficava muito tempo parado. As questões comunitárias são apresentadas ao povo no anfiteatro e as pessoas votam posicionando-se de um lado ou de outro. As opções são sempre "De um jeito ou de outro". Durante a apresentação das propostas e dos argumentos contra e a favor, os habitantes iam frenética e animadamente mudando de um lado para outro e às vezes voltando, conversando, influenciando os vizinhos. A dinâmica das votações era intensa; um observador desavisado ficaria espantado com as pessoas esperando mais ou menos na parte central do gigantesco anfiteatro e depois movendo-se de um lado a outro, voltando e novamente mudando de lado até que uma certa calmaria tomasse conta do local e a decisão popular fosse anunciada.

Havia sempre apenas duas opções. O Zelador tradicionalmente conversava com os cidadãos mais influentes, principalmente Patafofa e Ossosduros, para buscar aconselhamento e atender às necessidades dos Clãs, mas a decisão final era sempre da massa pulsante de cidadãos se movendo de um lado a outro. De uma forma geral, as pessoas sentiam-se felizes com a situação e era uma sociedade harmoniosa.

Dessa vez, porém, havia um sentimento de espanto e dúvida no ar. A votação fora convocada no início da manhã para ocorrer no final do mesmo dia, uma urgência incomum e inesperada. Mensageiros foram enviados durante a noite em todas as direções, trocando de cavalos em cada vila para alcançar todos os cantos de Terraclara ainda nas primeiras horas da manhã, convocando as pessoas a votar. Isso era muito incomum.

Em meio ao burburinho, uma voz conhecida destacou-se para as duas primas.

— Olha só, que surpresa de visão neste fim de tarde! As duas mais lindas meninas de toda essa terra.

Nem precisaram olhar para saber quem as estava interpelando. Meio recostado, meio deitado em um dos blocos de pedra que cercavam a enorme estátua, Gufus Pongolino estava saboreando um enorme pedaço de pão-doce com creme enquanto sorria para as amigas. Gufus era filho do principal e mais famoso padeiro e doceiro de Terraclara. Seu pai era um verdadeiro artista das massas e do açúcar, tendo transformado a pequena padaria Pongolino em um dos negócios mais prósperos da cidade. O antigo prédio de dois andares que pertenceu à família por gerações abrigando a fabricação de pães no andar térreo e a residência no piso superior já não era nem uma coisa nem outra. Ali, agora funcionava a loja que vendia os deliciosos produtos e em um prédio próximo, bem maior e cheio de fornos e chaminés, funcionavam a padaria e doceria. Agora a próspera família Pongolino mudou-se para uma bela casa à margem do Lago Negro, bem próxima, aliás, do Castelo Aguazul. Nesses novos tempos, o padeiro, agora rico, tornou-se vizinho de um chefe de Clã.

— Sabia que você está todo melado de creme? — Teka perguntou, já caindo na gargalhada, causando em Gufus uma reação assustada de limpar o creme que escorria em seu queixo e já caía pelo peito. Usou a barra da camisa, causando um efeito ainda pior, espalhando toda aquela melosidade.

— Eu tinha *trajido* um *pedacho* extra para *vochês*, mas agora vou comer tudo *chozinho* — ele tentou dizer com a boca cheia, acompanhado de um spray de migalhas.

— Ai, que nojo! Como você é porco! Aliás, os porcos são mais educados do que você — disse Mia enquanto dava um passo atrás tentando se livrar dos vestígios que estavam sendo pulverizados pela boca cheia do amigo.

Teka, por sua vez, aproximou-se de Gufus e tratou de abocanhar o pedaço extra de pão doce, enquanto sentava-se ao seu lado, sob o olhar ciumento da prima.

Mia tornou-se próxima de Gufus desde a infância e, com a chegada da adolescência, os olhares de ambos ganharam outras nuances.

Eram um ótimo exemplo de opostos que acabam sendo atraídos um para o outro. Ele, impulsivo; ela, recatada; ele, informal; ela, criada nas convenções e rituais; ele, "plebeu"; ela, "nobre". Não que houvesse em Terraclara algum tipo de título de nobreza, mas as famílias principais dos Clãs tinham grande destaque na sociedade. Famílias mais tradicionais, como os Patafofa, Muroforte e Aguazul, ainda tinham uma visão mais antiquada, como se houvesse castas entre as famílias. Os Pongolino, por exemplo, eram cidadãos de respeito e prósperos, mas sem a tradição dos líderes de Clãs ou ainda de famílias tradicionais como Dival, Urrath ou Rigabel. Por isso, o contato mais próximo entre os jovens dessas famílias era monitorado de forma mais ou menos explícita dependendo do quão tradicionais eram os pais. Na tradicional família Patafofa, a proximidade de Mia com Gufus trazia uma certa preocupação, mas nada disso importava porque quando estavam juntos, estavam felizes.

Dizem que os polos opostos se atraem, mas às vezes as semelhanças também. Teka e Gufus pareciam versões de outro gênero um do outro. Vendo os dois adolescentes juntos a impressão era de pleno entendimento das características e de cumplicidade com os defeitos. Ainda que fosse herdeira dos poderosos Ossosduros, Teka esteve menos sujeita a pressões sociais, talvez porque seu pai estivesse sempre envolvido com os negócios da família, sempre um pouco distante do que acontecia dentro do casarão de pedra. Ou talvez tenha crescido assim por ter ficado órfã de mãe muito cedo e seu pai não ter conseguido suprir os papéis paterno e materno. Sempre foi muito complicado para Uwe Ossosduros assumir esse duplo papel e, com isso, talvez tenha se distanciado demais da educação da sua única filha. Teka via em Gufus uma companhia ideal, que a entendia e compartilhava de suas manias e seus hábitos, mesmo aqueles considerados questionáveis pelas convenções sociais. E quando estavam juntos, estavam felizes.

— Estava em casa na maior tranquilidade, meu tio e eu estávamos treinando um pouco quando ouvimos o chamado para a votação.

Arkhos Sailu era tio de Gufus por parte de mãe e como nunca havia se casado ou tido filhos, despejava no sobrinho todo o amor paternal que podia. Arkhos já havia feito parte da Brigada como um guarda de segurança, mas não havia muito o que fazer e ele logo buscou outras atividades que pudessem despertar seu interesse. Sempre que tinha um tempo livre, ele ia até a casa da irmã degustar as delícias preparadas pelo cunhado e para passar momentos de lazer com o sobrinho. Ultimamente, tio e sobrinho repetiam parte do treinamento da Brigada, sempre escondidos dos pais de Gufus, que diziam que espadas eram muito perigosas.

Gufus deu mais uma generosa mordida no pão doce enquanto apontava para o outro lado da grande avenida.

— Olha lá seus pais chegando para a votação — disse, ainda cheio de creme e migalhas espalhados pela roupa.

Do outro lado da grande praça, uma carruagem envidraçada trazia os Patafofa enquanto um pouco atrás Uwe Ossosduros amarrava seu cavalo. Era uma cena incomum, raramente os antigos amigos e líderes dos mais importantes Clãs chegavam juntos a uma votação. Ou era uma incrível coincidência ou alguma coisa muito séria estava acontecendo.

Capítulo IV

Uwe Ossosduros e Madis Patafofa foram amigos inseparáveis na infância e juventude, daqueles que estavam predestinados para viverem em harmonia pela vida inteira. Mas a vida tem o hábito de nos presentear com surpresas e alterar planos e expectativas. Como herdeiros dos mais influentes Clãs de Terraclara, era natural terem algum contato por conta dos eventos sociais, e ainda crianças, quando foram para o Orfanato, acabaram tornando-se melhores amigos. Uwe era muito tímido e retraído e durante as aulas ficava calado restringindo-se a responder aos professores. No intervalo das aulas ou no horário da refeição, enquanto os meninos e as meninas confraternizavam, brincavam e às vezes até brigavam, Uwe tentava se posicionar em algum lugar discreto para não chamar a atenção de ninguém. E assim acabou se isolando dos demais e ganhou o apelido de Uwe – O Estranho. Já Madis era sociável e adorava conversar com todos os demais. Como não gostava de praticar esportes, sempre dava um jeito de escapar das atividades físicas obrigatórias e aproveitava esse tempo para conversar, cantar e ler muito. Era uma espécie de conselheiro informal dos amigos, sempre interagindo com os demais e ajudando a resolver conflitos e a reatar amizades rompidas. O fato de ser um menino amável e integrado com todos, mesmo sendo o herdeiro mais rico de Terraclara, conquistava a simpatia dos colegas do Orfanato. Madis acabou tomando para si uma tarefa: integrar aquele menino de cabelos escorridos ao grupo e começou, aos poucos, a trazer Uwe para o convívio dos demais. No início, Uwe conversava e interagia somente com Madis, mas com o tempo e frente à inevitável popularidade do amigo, Uwe acabou tornando-se parte do grupo. Essa amizade sólida se manteve por muitos anos até que o amadurecimento desviou o olhar de ambos das brincadeiras para os olhos de Amelia.

Amelia e sua irmã Flora tinham pouco mais de um ano de diferença de idade e frequentavam as mesmas classes no Orfanato. Tinham começado sua educação em casa com preceptoras e com seu pai que era um amante das artes. Desde que haviam se juntado aos demais jovens da sua idade para dar prosseguimento aos estudos no Orfanato, logo conquistaram a atenção de todos por sua beleza e simpatia. Quem olhava para as duas pensava logo: "Como podem ser tão iguais, sendo tão diferentes?". Amelia tinha os cabelos mais claros, olhos cor de mel e charmosas sardas no rosto, além de ser um pouco mais baixa que a irmã. Já Flora tinha os cabelos escuros, era mais alta e magra que Amelia e tinha olhos verdes muito parecidos com os de Teka. Porém quem via as duas juntas imediatamente as identificava como irmãs devido às feições e ao jeito de andar e falar.

Quando conheceu as novatas, Uwe quase imediatamente sentiu uma paixão daquelas que arrebata o coração. Que pessoa especial era Amelia – bonita por dentro, mais até do que por fora. Inteligente e alegre, sempre encontrava as palavras certas e ria como uma luz iluminando o caminho escuro. Amelia também sentiu a mesma coisa, uma paixão jovem, fresca como a água dos riachos. Seu coração logo encontrou o amor que a acompanharia pelo resto de sua vida. Mas como o destino costuma ter um péssimo senso de humor, ela estava apaixonada por Madis.

Capítulo V

— Meus caros cidadãos de Terraclara, sejam bem-vindos para mais uma votação — disse do alto da tribuna o atual Zelador Parju Salingueta. — Antes de expor a questão que será votada, coloco minha função à disposição e convido qualquer cidadão de Terraclara a candidatar-se para a função de Zelador.

Como sempre ocorria em toda votação, o Zelador colocou a função à disposição e, como acontecia havia alguns anos, um profundo silêncio abateu-se sobre a massa de eleitores quando ninguém apresentou candidatura e ele então continuou:

— Chegou ao conhecimento desse Zelador que foram avistadas inúmeras fogueiras depois da fronteira sul do Abismo Dejan ao pé do Monte Aldum.

O burburinho começou bem baixo, mas logo impediu a continuação da fala do Zelador. Por toda a sua história, os habitantes de Terraclara mantiveram-se voluntária e convenientemente isolados de outros povos pelas suas fronteiras naturais, a Cordilheira Cinzenta ao sudeste, os Dentes do Tubarão ao longo da costa norte e a maior barreira natural, o Abismo Dejan, que mergulhava na escuridão seguindo a face da cordilheira. A geografia e o clima sempre contribuíram para esse isolamento. Quando um relativo silêncio predominou, foi possível ao Zelador completar as informações:

— Essas fogueiras foram avistadas pelos mineiros do Clã Muroforte enquanto procuravam novas jazidas de ferro na cordilheira. Não há qualquer indicação de quantos homens estão acampados e se estão simplesmente de passagem ou pretendem de alguma forma cruzar o Abismo em direção à nossa fronteira sul.

A imaginação dos habitantes de Terraclara era fértil quando se tratava de estrangeiros. Na verdade, o desconhecimento da geografia e das populações além das suas fronteiras era espantoso. Os estrangeiros eram geralmente retratados como grandes, grosseirões, com hábitos de higiene questionáveis, que só tinham interesse em saquear os recursos naturais de qualquer terra em que pisassem. Os tortuosos caminhos para fora da Cordilheira Cinzenta eram um mito antigo e perdido e a navegação no Grande Canal era limitada pelas marés e contida pelo portão Aguazul. No passado, havia rumores de avistamentos dessas pessoas do outro lado do Abismo Dejan e esses estrangeiros eram descritos como Povo Sombrio. A simples menção de estrangeiros não convidados chegando de surpresa em suas fronteiras trazia uma sensação de pânico aos pacíficos artenianos.

— E se for um exército?

— Será que vão transpor a montanha?

— Como vamos nos defender, para onde vamos fugir?

O murmurinho voltou a tornar-se um vozerio, que dessa vez não se calou. Foi preciso pedir para que as trompas fossem sopradas. Não era um recurso usado com frequência, mas sempre que a multidão não permitia que as discussões prosseguissem, as duas enormes trompas de metal, uma em cada lado do anfiteatro, eram sopradas. O som era ensurdecedor, ouvido a uma enorme distância, capaz de acordar os bebês até em Vila Ponte de Pedra.

Restabelecida uma certa calma entre os milhares de cidadãos presentes, finalmente a questão do dia foi apresentada.

— Temos duas linhas de ação possíveis: enviar um grupo até a face sul da cordilheira, verificar o acampamento dos estrangeiros para avaliar a situação e até mesmo tentar entrar em contato com eles ou simplesmente ignorá-los.

— E o que acontece se os estrangeiros forem hostis? — perguntou Uwe Ossosduros, utilizando a espetacular acústica do anfiteatro. — O que acontecerá com os *nossos* mensageiros?

— Mas de que adianta ficarmos parados sem fazer nada esperando que alguma força desconhecida faça o que bem entender ou até instale uma fortificação aos pés do Monte Aldum? — rebateu Madis Patafofa.

Esse rápido embate público já mostrava claramente que os dois haviam sido comunicados antes sobre os fatos e chegaram à votação com opiniões divergentes. Um ruído alto surpreendeu a todos quando Malia Muroforte, que estava sentada em uma cadeira, bateu forte com sua bengala no chão de madeira do palanque e se levantou devagar antes de falar.

— Vocês estão esquecendo que nossa segurança depende em muito da falta de conhecimento que os estrangeiros têm sobre nós — disse com sua voz rouca e pausada a matriarca do Clã Muroforte e uma das pessoas mais velhas de Terraclara. — E se esses estrangeiros nem estiverem interessados em nossa terra, simplesmente estiverem acampados aguardando o tempo melhorar para seguirem viagem? Se enviarmos um grupo avançado, eles saberão que estamos aqui e aí sim poderão direcionar sua atenção para nós.

E assim, mais uma vez, o murmurinho ganhou dimensões épicas.

* * *

— Já é a terceira vez que estão tocando as trompas hoje, o negócio deve estar divertido lá dentro — disse Gufus em tom de brincadeira, mas claramente atento ao que conseguia escutar do lado de fora.

— Eu ouvi a voz do meu pai falando alto e do seu também, Teka, isso geralmente não é boa coisa.

Madis e Uwe estudaram na mesma escola, eram herdeiros dos mais importantes Clãs, frequentavam, ainda que a contragosto, diversos eventos familiares e eram grandes amigos. Mas quando discordavam em algum assunto a coisa ficava séria.

Capítulo VI

Há algumas décadas, muita coisa era diferente em Terraclara, menos no Orfanato. Se um jovem de gerações anteriores fosse transportado para o presente, acharia que estava em seu próprio tempo. Os uniformes, os corredores, a decoração – tudo era igual e familiar. Como em qualquer escola, os alunos formavam grupos por afinidade, fosse esportiva, de classe social, atividades extracurriculares ou até mesmo como forma de defesa contra o assédio de outros grupos mais fortes ou influentes.

Os alunos do ciclo inferior tinham as mesmas aulas e recebiam todo o conhecimento considerado básico. Somava-se a isso um certo aspecto equalizador que os uniformes cinzentos obrigatórios estabeleciam, fazendo com que um mar de crianças mais ou menos iguais circulasse pelos pátios e corredores. Isso só era atenuado no ciclo superior quando os uniformes apresentavam detalhes de cores diferentes nas golas e mangas de acordo com o ramo de estudo escolhido: azul para construção, verde para tratamento e cura, vermelho para organização pública, dourado para educação e roxo para o mais novo dos cursos: finanças e negócios. Este último atraía muitos dos filhos da crescente classe de empresários que abriam, a cada dia, novos negócios em Terraclara. Muitos alunos dessa classe socioeconômica em ascensão eram atraídos pelas oportunidades de crescimento e, em sua maioria, também eram alvos de preconceito de alguns filhos das famílias mais tradicionais. "Roxo" acabou se transformando em um adjetivo pejorativo usado por alguns alunos para definir os mais pobres que começavam a ascender socialmente.

Mas nem sempre a origem do aluno era determinante para sua aceitação social. Às vezes, mesmo tendo um sobrenome importante, a vida não era nada fácil.

"Lá vem O Estranho" foi o grito que o grupo de alunos soltou quando Uwe Ossosduros se aproximou. Ele já não ligava muito para as provocações dos outros alunos, nem se importava tanto com a falta de convívio social; na verdade, estava assumindo um papel de eremita excêntrico para se defender das diferentes formas de desprezo ou assédio que sofria.

Era um menino infeliz.

Seu pai o criava com rigor e disciplina e sua mãe fazia o que podia para amenizar esse clima na criação do menino. Na cabeça antiquada do seu pai, apenas uma criação rigorosa e desafiadora poderia preparar Uwe para um dia ser o chefe do Clã Ossosduros e dar continuidade a uma tradição secular. Isso havia funcionado com seu pai e seu avô, mas Uwe tinha um lado doce e sensível que sofria com todo aquele rigor. Esse conflito constante fez com que Uwe desenvolvesse uma personalidade que poderia bem ser definida como uma concha protetora que o defendia de mais exposição e mais sofrimento. Seus primeiros anos de estudo ocorreram em casa com professores de diversas áreas de conhecimento e uma rotina diária que mal deixava tempo para ser criança e fazer coisas de criança. Quando finalmente foi matriculado no Orfanato, o aspecto acadêmico foi o seu menor problema. Os conteúdos ensinados e as avaliações pareciam ridiculamente fáceis perto do que tinha aprendido com a legião de professores em casa. Seu problema era outro.

Logo na primeira semana do período letivo, foi vítima de um comitê de boas-vindas liderado por Omzo Rigabel, que era um aluno veterano naquela época, um pouco mais velho que Uwe. Aquelas "brincadeiras de integração" eram verdadeiros rituais de tortura psicológica e a sua sorte foi que Rigabel e seus colegas dedicaram especial atenção a outros calouros, como Alartel Pongolino, Silba Sailu e Handusha Salingueta, afinal, esses alunos vinham de famílias de pequenos comerciantes e certamente se tornariam Roxos. E os Roxos eram o alvo preferido de Rigabel e seus asseclas.

Como o acesso ao Orfanato se dava por provas de proficiência, Uwe ingressou já em meados do ciclo inferior e encontrou na sala de aula alunos que cursavam o Orfanato fazia mais tempo e alguns daqueles que viriam a ser as pessoas mais importantes da sua vida: Madis, Amelia e Flora. A turma de alunos um pouco mais velhos não era composta apenas por valentões e fanfarrões, como Omzo Rigabel. Havia um outro grupo de alunos que, mesmo sem qualquer ligação com as famílias tradicionais, no futuro viria a se destacar na sociedade arteniana, visto que dele surgiriam pessoas como Letla Cominato, futura Diretora do Orfanato, e Parju Salingueta, que viria a ser o Zelador.

Esses laços de amizade ou de inimizade ainda teriam influência em muitas decisões ao longo da história recente de Terraclara.

Capítulo VII

— Estava demorando! — disse Teka, espalhando um pouco de migalhas enquanto falava de boca cheia. — Lá vem a chata da Madame Cebola!

Como sempre acontecia em qualquer votação, mesmo nas mais simples e rotineiras, a voz afetada e pouco agradável da Venerável Madame Handusha Salingueta se fez ouvir. Apesar de não ter nenhuma função real na administração de Terraclara, todos sabiam que ela era uma espécie de poder oculto sussurrando constantemente conselhos nos ouvidos de seu irmão, o Zelador.

— Eu não acredito que nós vamos nos arriscar a fazer contato com esses bárbaros do sul, esse Povo Sombrio — pronunciou a palavra bárbaros com uma ênfase bastante assustadora, aproveitando o palco que a votação lhe proporcionava, e completou: — Devemos ficar escondidos como fazemos há séculos e deixar que esses estrangeiros imundos que nem cuidam dos seus bebês fiquem do lado de fora, sem saber da nossa existência.

— As palavras da Venerável Madame são duras, porém sábias. Por outro lado, é preciso tomar essa decisão com muito cuidado. — A voz era calma, baixa, difícil de escutar em alguns cantos do anfiteatro, seus longos cabelos grisalhos esvoaçavam em todas as direções, tornando difícil ver o seu rosto, mas todos conheciam aqueles olhos meio opacos e o nariz excessivamente longo, não precisavam ver para saber que sua expressão nunca mudava. — Rogo aos cidadãos de

Terraclara que considerem muito bem todos os aspectos antes de votarem — disse em tom conciliador o Chefe das Obras e Conservação, Roflo Marrasga.

Dessa vez, ao invés de um forte reboliço e das vozes altas, a multidão estava muito quieta, pouco se falava e quando isso acontecia sussurros eram trocados entre os cidadãos que estavam próximos. Como em uma crescente ao final do movimento musical de uma orquestra, pouco a pouco as vozes foram tomando um volume maior, as movimentações voltaram a ocorrer e aquele maravilhoso e não ensaiado balé tomou forma novamente. Em poucos minutos, a multidão pulsante foi tomando seus lugares definitivos moldando a mais nova decisão comunitária de Terraclara. Um dos lados do anfiteatro estava mais cheio que outro, o Zelador já sabia o caminho a seguir.

Capítulo VIII

Desde os primeiros registros da fundação de Terraclara pelo Grande Líder Arten, havia um grande vazio de informações sobre os primeiros habitantes daquela terra.

Arten teria sido o primeiro líder nomeando aquela terra em homenagem ao Sol, à luz e à claridade que iluminava todos os cantos e trazia prosperidade com colheitas fartas e clima agradável o ano todo. Sua liderança foi tão importante que as pessoas passaram a se denominar súditos de Arten ou simplesmente artenianos. As lendas diziam que Arten não era nascido ali e chegara depois de migrar de regiões inóspitas, mas ninguém sabia de onde Arten havia vindo, se veio sozinho ou encontrou pessoas já habitando Terraclara. Seu nome ainda sobrevivia devido à forma como as pessoas se autodenominavam – artenianos, mas pouco se sabia ou se falava sobre ele, ofuscado pela figura heroica de Almar Bariopta. Sendo Arten um migrante, teria vindo de onde? Do mar ou do outro lado do Abismo?

As lendas apresentavam uma variedade enorme de versões para o que acontecia do outro lado do Abismo Dejan. Como os avistamentos eram raros e o contato evitado, o que se sabia dos habitantes dos planaltos além da cordilheira e do Abismo era praticamente nada. Não se sabe bem qual foi a origem da denominação Povo Sombrio, mas essa acabou sendo adotada como a forma comum de se referir àqueles que viviam fora das fronteiras de Terraclara. Nunca houve contato com os estrangeiros, apenas alguns avistamentos do lado sul do Abismo

Dejan. No passado, houve um movimento de tentar contato com os povos além das fronteiras de Terraclara para incentivar o comércio vendendo armas e outros produtos da fabulosa metalurgia local, mas a Guerra dos Clãs interrompeu esse ciclo. Durante a guerra, tudo o que se produziu foi direcionado para os exércitos dos Clãs e depois Almar Bariopta começou a forjar naquela sociedade um sentimento de repulsa à guerra, às armas e à violência. Com isso a antes próspera fabricação de armamentos foi reduzida a quase zero.

Mais ou menos nessa época, o isolacionismo foi ficando ainda mais forte entre os artenianos, fazendo com que eventuais contatos com o exterior fossem evitados a todo custo, criando alguns pontos de observação não para fazer contato, mas para se esconderem melhor. Bariopta queria moldar uma sociedade ideal, justa e pacífica e não havia lugar para influências externas nesse modelo. Com o tempo, foram construídos postos de observação em locais estratégicos da Cordilheira de onde se monitorava ao longe a movimentação dos estrangeiros. No início, os relatos eram de que vultos escuros circulavam pelos planaltos e seus acampamentos eram marcados por fogueiras avistadas à noite.

Ruídos não identificados vindos do outro lado do Abismo associados à pouca visibilidade dos vigilantes dos postos de observação geraram relatos cada vez menos confiáveis sobre o que ocorria no exterior. Os avistamentos foram ficando cada vez mais raros e com o tempo os pontos de observação foram sendo gradativamente desativados. Ainda assim, histórias assustadoras de vultos sombrios, praticando rituais sangrentos e sacrificando crianças no Abismo, ficaram gravadas em lendas e na literatura de Terraclara.

Capítulo IX

— Então, essa foi a decisão que vocês tomaram? Não fazer nada! — exclamou Madis Patafofa, levantando-se e apoiando as duas mãos na mesa com um estrondo.

— Se por "nós" você quer dizer o povo de Terraclara, sim, foi isso que decidimos — retrucou Uwe Ossosduros, tentando manter uma certa calma.

— Você sabe muito bem o que eu estou dizendo, Uwe. Você e aquele mosca-morta do Marrasga tentando assustar as pessoas e dizendo que devemos esconder a cabeça na terra.

— Bem melhor do que a sua ideia ridícula e suicida de enviar uma delegação para abordar esses bárbaros. Vai aproveitar e enviar uma cesta de doces do Pongolino para eles?

— Se você não consegue falar nada de útil, então por que não aproveita e usa sua boca para soprar e apagar as velas antes de sair?

O tom da conversa estava evoluindo de apenas duro para ríspido. Esses dois homens de temperamentos diferentes, mas igualmente teimosos, não costumavam baixar o tom para ninguém – exceto talvez para a matriarca dos Muroforte, Malia, que era uma pessoa tão respeitada em Terraclara que quando falava nas reuniões – geralmente em tom baixo e comedido – todos se calavam para escutá-la. Mas como ela não estava ali, só restava uma pessoa capaz de apaziguar os ânimos naquela situação.

— Quantos anos vocês têm? Oito?

A voz em tom alto e recriminador de Amelia fez com que os dois adultos realmente se sentissem como crianças levando uma bronca. E continuou enquanto caminhava para o outro lado do escritório:

— O momento da discussão já passou, a decisão foi tomada e agora precisamos apoiar o Zelador e fazer o que foi decidido da melhor forma possível.

Esse sentimento de resignação com as decisões da Assembleia fazia parte da cultura dos artenianos, aquele sentimento de responsabilidade social em respeitar a decisão da maioria e – uma vez decidido – apoiar o Zelador e seus secretários na sua execução.

— Melly, meu amor, você pode fazer esse discurso apaziguador em público, mas eu te conheço há muito tempo para saber que você tem pensamento crítico e sabe que essa decisão foi errada — disse Madis já um pouco mais calmo.

Uwe acendeu seu cachimbo, passou a mão pelos poucos cabelos que ainda restavam no alto da cabeça e rebateu:

— Mas nesse caso a decisão de não fazer nada pode nos dar tempo para entender a situação e depois propor uma nova votação, se for o caso. — Deu mais uma longa baforada no cachimbo e continuou: — Podemos tranquilamente espiar os estrangeiros sem sermos notados, as passagens e cavernas à beira do Abismo Dejan nos proporcionam a vantagem perfeita para vermos sem sermos vistos e, dependendo do vento, quem sabe até ouvir alguma coisa.

Um silêncio desconfortável tomou conta do aposento enquanto Madis avaliava os argumentos do amigo e de sua amada esposa. Seria possível que esperar fosse mesmo a melhor alternativa? Afinal, a geografia e a topografia sempre foram aliadas dos artenianos.

Capítulo X

O isolamento sempre funcionou muito bem para os artenianos, que tinham em Terraclara tudo o que precisavam, desde picos nevados até o planalto no Sul, os rios e lagos e, ao norte, o mar protegido pelos Dentes do Tubarão. O formato de meia-lua realmente era familiar e importante para os artenianos não só pelo anfiteatro do Monte da Lua, mas pelo formato igualmente próximo a um semicírculo da Cordilheira Cinzenta que marcava toda a fronteira sul.

A silhueta majestosa do Monte Aldum destacava-se da cordilheira com seu pico eternamente nevado e em dias de céu muito claro era possível ver o espetáculo do vento formando uma espécie de véu branco ao arrastar a neve do seu topo. Mas o que de alguma forma evitou o contato dos artenianos com o mundo exterior sempre foi o Abismo Dejan.

Do outro lado da cordilheira, a encosta das montanhas não se debruçava suave e gradativamente sobre o solo, mas continuava em um paredão que se estendia por uma profundidade desconhecida. Essa enorme fenda, além de profunda, tinha uma abertura que em alguns pontos chegava a dezenas de metros de largura. Quem estivesse do outro lado do Abismo veria um cenário intransponível e foi exatamente isso o que ocorreu desde tempos imemoriais. No passado, alguns túneis foram escavados em pontos estratégicos da cordilheira, todos chegando a locais bastante escondidos na face do penhasco como uma forma de observar sem ser observado. Alguns postos de observação e vigilância também foram construídos de forma camuflada em partes mais acessíveis da cordilheira.

Desses locais, era possível observar o que acontecia do outro lado do Abismo ainda que de uma distância grande o suficiente para não permitir vislumbrar maiores detalhes. No passado, esses postos de observação eram obsessivamente monitorados por grupos de vigilantes todos os dias e todas as noites, mas com o tempo essa vigilância acabou perdendo importância – assim como a preocupação com o mundo exterior. Mas foi de um desses postos ainda em operação que veio o alerta de fogueiras depois da fronteira sul ao pé do Monte Aldum, um dos pontos mais estreitos do Abismo. E como o fogo das próprias fogueiras, essa notícia inflamou a preocupação de todos.

Capítulo XI

Do lado de fora da casa de pedras acinzentadas havia um jardim para onde se abriam as janelas dos salões e do escritório. Os jardins eram ornamentados por diversas estátuas de pedra, algumas delas perfeitas para que três jovens muito curiosos subissem para ficar com as orelhas em posição estratégica para escutar o que estava sendo discutido lá dentro.

— Para de tossir, assim eles vão descobrir a gente aqui.

— Não posso fazer nada — respondeu Mia —, é aquele maldito cachimbo do seu pai.

— Até que eu acho cheiroso — completou Gufus.

Os três haviam seguido os adultos até a casa que era uma espécie de posto avançado dos Patafofa no centro da cidade. Como sua casa principal era mais afastada, essa pequena construção de pedras servia bem como apoio sempre que a família estava na cidade. Mia e Teka geralmente ficavam por lá durante os dias de aula no Orfanato, acompanhadas de todos os empregados e sob o olhar atento da Madame Hulis, a governanta dos Patafofa. Para Teka, morar alguns dias por mês com a prima foi um verdadeiro presente, porque a vida em casa era fria. Não que seu pai fosse frio com ela; do seu jeito ele a amava e tentava se aproximar o máximo possível, mas seus dias eram ásperos como as paredes da velha mansão. Tendo perdido a mãe muito cedo e sem irmãos para compartilhar, Teka vagava pelos campos e bosques perto da propriedade, andava a cavalo e explorava a natureza. Exceto pela companhia da prima que, nos poucos dias em que estavam juntas, foi uma infância muito solitária. O ingresso das duas no Orfanato e os dias que passavam na cidade trouxeram um ânimo e um vigor que Teka havia muito não sentia. Conviver com outros jovens da mesma idade e socializar com eles trouxe uma mudança que foi notada por todos. E enquanto a infância ia dando lugar à juventude, seus olhares para Gufus passaram a ter um outro tom.

— Estou morrendo de fome, se essa conversa demorar muito eu vou acabar tendo que ir à cozinha fazer um lanchinho enquanto vocês duas ficam aí penduradas tomando conta da vida dos outros.

— Mas você acabou de comer um montão de pães-doces com creme, como pode estar com fome? — sussurrou Mia.

— Ah, eu não comi tudo sozinho, não. A Senhorita Magrela aí atacou meu lanchinho. E já faz um tempão; já estou com fome de novo.

— Magrela é sua capacidade de raciocínio! — respondeu Teka com a sua habitual perspicácia e língua afiada, e ainda acrescentou: — E eu só comi um pedacinho.

Os dois viviam implicando um com o outro, o que deixava Mia cheia de ciúmes. Desde que passaram a conviver no Orfanato, Mia e Gufus se aproximaram devagar, como duas folhas flutuando em um lago, que vão aos poucos chegando mais perto e mais perto ao sabor do vento. Era inegável que os dois eram muito diferentes no exterior, mas por dentro eram duas personalidades amáveis e sonhadoras.

— Escutem só — interrompeu Mia. — Eles estão falando alguma coisa sobre mandar um grupo para verificar o que estão fazendo do outro lado do Abismo.

— Ué, mas a Assembleia decidiu justamente o contrário. Como eles podem decidir alguma coisa diferente? — disse Gufus com espanto.

— Sei lá, foi só isso que eu ouvi.

— E o que foi mesmo que a Senhorita ouviu?

A voz inconfundível de Madame Cebola deu um susto enorme em todos os três. Quando se viraram, puderam ver o Zelador e o

Secretário Marrasga entrando na casa enquanto Madame Cebola havia parado para interpelar o trio. Haviam sido pegos em flagrante e não tinham nenhuma boa desculpa (ou nem mesmo uma desculpa ruim) para apresentar.

— Vocês duas desçam daí agora e vamos entrar em casa, e quanto ao senhor. — E apontou com o leque para Gufus. — Saia logo daqui! Mais tarde vou conversar com o senhor seu pai.

Gufus nem se despediu das amigas de tão assustado que estava. Não que estivesse fazendo nada errado – pelo menos era o que achava – mas uma reclamação vinda da Venerável Madame Salingueta certamente faria o seu pai aplicar-lhe algum castigo. No caminho para casa ficou preocupado com as amigas e imaginou que tipo de reprimenda elas receberiam.

Capítulo XII

— Temitilia Katherina, o que você fez dessa vez?

A voz de Uwe Ossosduros demonstrava um misto de exaustão com decepção, mas Teka sabia que quando o pai a chamava pelo nome completo era, definitivamente, um mal sinal.

— Eu não fiz nada, estava ali no jardim conversando com a Mia.

— E com o filho do padeiro — completou Madame Cebola.

Uwe detestava esse jeito preconceituoso da irmã do Zelador. Para ele, se o menino era filho do padeiro ou herdeiro dos Muroforte ou Aguazul não fazia a menor diferença. Parecia que Madame Salingueta fazia parte de uma espécie de nobreza de Terraclara quando, na verdade, isso não existia. E se existisse algo assim, esses títulos seriam associados aos Clãs e não a uma família de ourives.

Os Salingueta sempre foram uma família de artistas dos metais e das pedras preciosas, os anéis de casamento de Uwe e de sua falecida Flora tinham sido feitos pelo pai do Zelador e ainda hoje o seu anel de casamento pendia em um cordão no pescoço de Uwe. Quando Parju Salingueta foi eleito Zelador, pareceu que sua irmã simplesmente viu uma oportunidade de sentir-se melhor que os demais cidadãos e fez questão de transpirar um certo ar de superioridade. Enfim, as regras da etiqueta social faziam dela uma pessoa com acesso fácil – ainda que quase sempre indesejável – a todos os eventos da sociedade local.

— Minha filha — o tom de voz havia melhorado, agora parecia apenas cansado —, por que você não vai buscar sua prima e vão se preparar para o jantar? Já está ficando tarde.

— Como assim? — retrucou Madame Cebola. — O senhor vai mesmo deixá-la sair dessa sem nenhum... — Mas foi interrompida por uma baforada de cachimbo e a voz agora mais firme de Uwe.

— Obrigado por conduzir minha filha do jardim até o interior da casa, Venerável Madame. Boa noite.

E saiu da sala sem olhar para trás, em direção ao escritório onde iria encontrar os demais.

* * *

— Minha filha, minha filha, o que uma mocinha como você estava fazendo empoleirada em uma estátua no exterior da casa? — perguntou Amelia com a voz tranquila de sempre.

— Nada, mamãe, eu não fiz nada. Eu estava ali no jardim conversando com a Teka.

— E desde quando duas lindas mocinhas ficam conversando em cima de ornamentos de jardim? Estamos com falta de bancos ou cadeiras lá fora?

— Não, mamãe... É que... A Teka e eu...

— Estavam muito curiosas e queriam espionar o que os adultos estavam conversando.

— Não, nada disso, mamãe, estávamos só... conversando.

— Está bem, meu tesouro, não tem problema. — Deu um beijo na testa da filha e completou: — Agora vá procurar sua prima e achem alguma outra coisa para fazer até a hora do jantar.

— Sim, mamãe, já estou indo.

— E Mia — ela disse mudando levemente o tom de voz — não fica bem para a herdeira dos Patafofa ficar se escondendo em jardins com um rapaz. — E saiu do cômodo da mesma forma calma como havia entrado.

* * *

Gufus entrou em casa da forma ruidosa habitual e foi direto para a cozinha porque – como sempre – estava morrendo de fome. Enquanto mastigava alguns dos maravilhosos biscoitos do pai, foi andando até onde estava sua mãe e lhe pregou um susto chegando sorrateiramente por trás e dando-lhe um ruidoso beijo na bochecha.

— Meu filho, assim você mata sua mãe! — disse, enquanto era coberta de beijos e migalhas pelo filho.

Silba e Alartel Pongolino eram casados há muitos anos e trabalharam muito para conseguir a vida confortável que tinham hoje. Alartel costumava dizer que se não fosse casado com Silba ainda estaria fazendo pães e morando no andar de cima da padaria. Mas se ele tinha talento para a cozinha, ela tinha para os negócios. Desde que se casaram, ela ajudou o marido a transformar o antigo negócio da família Pongolino em um dos mais prósperos de Terraclara. Ela dizia que muito talento somado a muito trabalho era a fórmula quase perfeita – desde que você cuidasse bem da contabilidade. E isso ela fazia muito bem.

O pai de Alartel sempre valorizou o trabalho de seus empregados e alguns deles trabalhavam com a família há décadas. O mais antigo deles era surdo e já estava na faixa dos setenta anos de idade. O mestre confeiteiro, Iver, havia sido acolhido ainda bem jovem, como aprendiz, pelo avô de Gufus, e trabalhou com a família Pongolino por toda a sua vida. Uma das coisas mais interessantes era como o jovem Gufus e o velho Iver ficaram grandes amigos. Gufus havia aprendido a linguagem de sinais no Orfanato e praticava diariamente em animadas conversas com seu amigo Iver, que por sua vez aproveitava essas oportunidades para se comunicar com alguém fluente naquela linguagem. Gufus era o seu provador oficial de novas receitas e Iver levava muito a sério suas avaliações sobre sabor, consistência e aparência dos doces. Era uma amizade improvável, mas muito afetuosa.

Depois de anos de trabalho, os Pongolinos expandiram o negócio e compraram a velha mansão de tijolos vermelhos às margens do Lago Negro. Da enorme janela da sua sala, eles ficavam à noite vendo as luzes da cidade ao longe e a silhueta do Castelo Aguazul não muito distante na margem oeste. A busca do equilíbrio entre muito trabalho e o tempo com a família sempre foi importante naquela casa e com isso podiam olhar em volta e ter certeza de que formavam uma família feliz.

— Gufus Pongolino!

A voz do pai chegou aos seus ouvidos como um tapa na orelha, daqueles que nos deixa tontos. Gufus cruzou a grande sala até chegar ao hall de entrada onde encontrou seu pai em companhia de Madame Cebola.

— Como essa chata chegou aqui tão rápido? — Ele pensou sem falar nada, é claro.

Silba se aproximou logo em seguida e ambas trocaram olhares antes de se cumprimentarem de forma bastante fria.

— Handusha, seja bem-vinda à minha casa.

— Silba, é sempre um prazer.

Depois de alguns desconfortáveis momentos de saudações frias e bastante formais, Alartel colocou seu chapéu e paletó no enorme cabideiro e começou a falar, visivelmente irritado.

— Gufus, chegou ao meu conhecimento que você invadiu a casa dos Patafofa e ainda foi flagrado espionando uma reunião com o Zelador.

A expressão facial de Madame Cebola era de uma satisfação discreta, ocultando um pequeno sorriso com seu leque.

— Não, papai, eu não fiz nada, eu estava no jardim conversando com Teka e Mia.

— Eu não te vi o dia inteiro. Depois que você passou na padaria e arrematou aquele monte de pães doces sumiu e só apareceu agora. E já está comendo de novo!

Realmente, considerando a quantidade de comida que Gufus colocava para dentro todos os dias, era quase inacreditável que ele fosse tão esbelto.

— Posso perguntar por qual motivo você veio até minha casa hoje, Handusha? — O tom de voz de Silba era direto, esbarrando na fronteira da rispidez, mas ainda mantendo um forte verniz de polidez.

— Ora, eu vim apenas fazer o favor de informar a vocês sobre o comportamento inadequado do seu filho.

— Inadequado ou não, isso é o que eu e meu marido vamos decidir. Obrigado pela sua visita. — E lhe deu as costas, puxando Gufus pelo braço para longe do marido e da Madame Cebola.

Capítulo XIII

A semana de aulas começou agitada depois da votação de dois dias atrás. Não que votações fossem incomuns, mas o fato de terem ocorrido avistamentos de estrangeiros na fronteira Sul, isso sim rendia muitas conversas. Grupos maiores ou menores de alunos estavam invariavelmente falando sobre o assunto e chegar até as salas de aula foi um exercício de paciência ao cruzar pátios e corredores. As duas alas do Orfanato eram separadas pelo grande pátio central e seus jardins que serviam de área de confraternização. Os alunos do ciclo inferior tinham aulas na ala leste enquanto alunos do ciclo superior ocupavam a ala oeste, maior e mais nova. A entrada comum era uma das tradições de Terraclara, quando todos, independentemente da idade, do curso escolhido ou da condição social, entravam e saíam pelo mesmo portão todos os dias.

— Ainda não criaram um curso de fazer pão, mas do jeito que vamos, em breve o ciclo superior vai ter um professor padeiro, um açougueiro... E depois, o que mais nos espera? Um jardineiro?

Os risos dos colegas encheram o corredor enquanto Oliri Aguazul olhava com um certo desprezo a chegada de Gufus para as primeiras aulas.

— Bom dia para todos — cumprimentou Gufus. — Espero que estejam aproveitando esses lindos dias de sol. Eu e minha família certamente estamos aproveitando muito à beira do Lago Negro. Ontem mesmo passeamos de barco pelo lago e foi muito divertido, apesar da vista um pouco decadente atrapalhando a paisagem.

Oliri chegou a levantar-se bruscamente, mas foi contido pelos colegas.

— Aproveite enquanto pode, Pongolino, as moedas vêm e vão, enquanto o castelo Aguazul continua tão firme quanto o nome em seu portão — respondeu Oliri, enquanto ia se afastando da pequena multidão que se formara, até dar um encontrão no Professor de História Antiga, que segurou seu braço para que não corresse.

A voz profunda e grave do Professor Rigabel sempre assustava os alunos, mesmo que ele tentasse fazer um elogio ou reconhecimento, seu tom de voz trazia arrepios.

— Poderiam me informar o porquê desse tumulto ao invés de estarem em sala de aula?

Ainda faltavam quase dez minutos para começar a primeira aula do dia, mas ninguém questionou o Professor e todos saíram correndo em direção às suas salas de aula.

— Senhor Pongolino, onde o senhor pensa que vai?

— Ué, vou para a sala de aula como o senhor mandou, Professor.

— Por favor, venha até aqui, Senhor Pongolino — disse Rigabel ainda segurando o braço de Oliri.

A caminhada de uns dez ou doze passos pareceu uma eternidade para Gufus. Todos tinham medo do Professor Rigabel, mas Gufus – além do medo – o detestava. Ele era parte de uma das mais tradicionais famílias de Terraclara e parecia que arrotava essa informação a cada sílaba e em cada gesto – como se isso fosse realmente importante – e fazia questão de mostrar o quanto desprezava o que ele chamava de "novos ricos".

A família Rigabel ainda morava no antigo casarão remanescente dos tempos de glória e riqueza, mas a falta de conservação já mostrava os sinais de desgaste dentro e fora do imóvel – mais ou menos como o sobrenome. O filho mais novo dos sete irmãos, Omzo Rigabel, nunca se interessou muito pelo negócio da família, que é simplesmente arrendar terras para agricultores. Desde muito jovem, Omzo foi fascinado pela história da sua família, as glórias passadas, os nomes na árvore genealógica, enfim, tudo o que lembrasse o passado relevante do nome Rigabel. Com isso, acabou se interessando por história e tornou-se pesquisador e Professor de História no Orfanato. Mas, enquanto pesquisava sobre a glória e a riqueza do passado, crescia um amargor pela vida e pelas pessoas conforme convivia com a decadência no presente da sua família.

— Essas demonstrações de falta de educação e cortesia não são compatíveis com nossa centenária instituição de ensino. - Rigabel falava com os dois meninos, mas parecia que estava falando só com Gufus, os olhos vidrados como se estivessem cravados nele. E continuou: — Prometo que vou ficar de olho em cada um de vocês e qualquer desvio de conduta será levado até a Diretora para as providências cabíveis.

Gufus escutava aquela reprimenda sem saber o que fazer. Parecia que o Professor Rigabel estava falando para ele, direcionando aquelas palavras a ele e mantinha Oliri por perto apenas para testemunhar seu desprezo em relação ao garoto.

— Agora, vão para as suas salas de aula, e espero que cheguem a tempo.

Gufus saiu correndo como um louco e ainda ouviu ao longe Rigabel falando alguma coisa sobre não correr pelos corredores, mas fingiu que não escutou e seguiu sua rota para a ala leste. Chegou esbaforido, suado e com as roupas meio desgrenhadas, mas entrou na sala de aula um instante antes do sino tocar o início das aulas da manhã. É claro que todos os olhares dos colegas ficaram cravados em Gufus até que ele finalmente sentou-se em seu lugar, bem à frente de Teka e ao lado de Mia.

— Menino, quero muito escutar essa história no intervalo — sussurrou Teka, enquanto ria baixinho.

Capítulo XIV

Os alunos tinham um longo período para uma refeição e um descanso no meio do dia. Alguns comiam e iam praticar alguma atividade esportiva, outros sentavam-se sob a sombra das árvores e liam ou conversavam com os amigos, enquanto alguns aproveitavam esse tempo para tirar um cochilo. Bem na parte central do jardim havia um monumento de pedra com os nomes dos fundadores e primeiros professores do Orfanato. Aqueles homens e mulheres eram frequentemente reverenciados por alunos e professores como os que ajudaram Almar Bariopta a realmente mudar o rumo de Terraclara.

Quando a Guerra dos Clãs finalmente acabou, muitas feridas estavam abertas naquela terra, não apenas os ferimentos físicos, mas os efeitos mais nefastos e devastadores que uma sociedade pode sofrer por conta do derramamento de sangue sem sentido – como se algum tivesse sentido, afinal. Um desses trágicos efeitos foi a quantidade de crianças e jovens que haviam perdido seus pais, irmãos, às vezes a família inteira e agora vagavam sem saber qual seria o seu futuro. Uma nova Terraclara não poderia começar com essa injustiça e um pequeno grupo de cidadãos começou a trabalhar para tentar rastrear esses órfãos de guerra e buscar lares para todos.

Os órfãos eram muitos e as famílias devastadas pela guerra já não podiam acolher outras bocas para alimentar. Com isso, a maior parte desses órfãos acabou sob a tutela desse pequeno grupo de voluntários que resolveram criar primeiro um abrigo onde pudessem oferecer proteção e comida. Alguns pequenos galpões foram construídos para abrigar meninos, meninas, uma cozinha e um ambulatório. Com o tempo, o primeiro Zelador pensou que o mínimo que poderia ser feito por aquelas crianças era não só oferecer abrigo, mas providenciar uma educação estruturada para que no futuro esses órfãos se transformassem nos líderes da mudança e do progresso.

Até então não havia escolas formais em Terraclara; as pessoas com algum conhecimento o repassavam para seus aprendizes individualmente ou em pequenos grupos. A experiência de ensinar seria um enorme desafio que foi abraçado pelos fundadores daquele que foi nomeado o Instituto de Ensinos Clássicos e Modernos.

Com o tempo, aquela instituição foi se consolidando, atraindo cada vez mais jovens para aprender e tornarem-se instruídos nos conhecimentos básicos como o idioma, a História e a Matemática para depois seguirem para o segundo ciclo e estudar alguma das artes profissionais como construção, tratamento e cura ou organização pública. Hoje, o Instituto de Ensinos Clássicos e Modernos carrega duas heranças do passado: segue sendo um ponto focal de progresso e desenvolvimento e segue sendo chamado por todos pelo nome informal, mas que nunca deixou de ser usado: o Orfanato. Graças àquelas pessoas comuns que tomaram para si a responsabilidade pelo futuro daquela terra, agora o presente era uma prova viva do seu trabalho. Os nomes dessas pessoas estavam eternizados em um grande monolito de pedra que a essa hora do dia projetava uma longa sombra sobre o jardim central do Orfanato.

— Acorda, acorda — disse Teka, enquanto cutucava Gufus com a ponta do pé.

— Ei, sai pra lá, garota! Deixa-me aproveitar minha sombra preferida e refletir sobre a vida.

— Sei, sei, a única coisa refletindo aqui é a baba escorrendo da sua boca enquanto você dormia.

Gufus tratou de limpar o canto da boca com a camisa enquanto se levantava com aquela cara meio amassada de quem estava dormindo profundamente. Quando se levantou, deu de cara com o rosto sardento de Mia e seus olhos cor de mel. Era como acordar de um sonho e olhar para outro.

— Estamos curiosas para saber o que aconteceu com o Professor Rigabel — perguntou Mia. — Você foi punido?

— Punido por quê? Eu não fiz nada e ele sabe muito bem disso, o problema é que aquele cara-de-ameixa-seca concorda com o Oliri e a sua corja de metidos a besta, mas não pode dizer isso em público. Ele só queria me assustar.

— Vamos esfregar urtiga na cadeira dele — disse Teka. — Assim, pelo menos ele vai ficar se coçando e nós vamos rir um bocado.

Aqueles olhos verdes e aquela expressão de moleca brincalhona deixavam Gufus encantado, e até que a ideia da urtiga não era ruim.

— Deixa isso pra lá — ele disse para as amigas. — Eu quero mesmo é saber das novidades sobre a tal expedição secreta para espionar os estrangeiros.

— Não fale isso, Gufus. — A expressão de Mia era séria e assustada. — Pode colocar todos em perigo.

Mas apesar do pacto de silêncio, os três suspeitavam que alguma coisa errada estava acontecendo.

Capítulo XV

Mesmo para os líderes das famílias mais influentes, desafiar as decisões da Assembleia era uma ação perigosa. Uma das bases da sociedade arteniana era a participação das pessoas nas principais decisões e o que era decidido no anfiteatro era definitivo. Desrespeitar uma dessas decisões era um crime para o qual o povo de Terraclara não mostrava condescendência. No passado, houve alguns eventos de menor impacto e aqueles que desrespeitaram as decisões foram punidos com mais ou menos severidade de acordo com a gravidade do que fizeram. Alguns foram advertidos e pagaram multas para o Estado; outros haviam perdido suas funções na administração pública e o caso mais emblemático foi do terceiro zelador, que, além de ter sido removido da função, ainda foi preso por vários anos. O caso do Zelador Huafo tornou-se base legal para julgamentos nos tempos que se seguiram porque ele havia ignorado uma decisão da Assembleia e feito exatamente o oposto reabrindo as forjas de fabricação de armas. Sua justificativa foi que a paz poderia ser ameaçada e que Terraclara precisava estar preparada. Sua preocupação podia até ter fundamento, mas o momento para debate e discordância já havia passado, as decisões da Assembleia eram definitivas.

Madis Patafofa e Uwe Ossosduros sabiam muito bem dos riscos, mas ainda assim estavam decididos a investigar o que ocorria do outro lado do Abismo Dejan. Depois que o Secretário Marrasga e a Madame Cebola haviam saído, Uwe e Madis conversaram muito com o

Zelador Salingueta e decidiram por enviar um pequeno grupo de exploradores até um ponto de observação que permitiria observar sem serem notados.

— Essa é uma decisão difícil e arriscada, pois estamos colocando em risco não só a nossa liberdade como o futuro das nossas filhas — disse Uwe, enquanto soprava círculos de fumaça com o seu cachimbo.

— Mas é justamente para zelar pelo futuro delas e de todas as pessoas em Terraclara que nós estamos fazendo isso — disse Madis, e continuou: — Não estou fazendo isso de forma tranquila, mas o faço com a consciência limpa e certo de que a decisão da Assembleia foi equivocada.

— Equivocada? — perguntou o Zelador Salingueta. — Isso não é muito arrogante, achar que nós três somos mais sábios e perspicazes do que todos os nossos conterrâneos? Quem garante que nossa preocupação é válida? Quem garante que a melhor decisão não seria realmente manter as pessoas longe do Abismo e dos pontos de observação? Isso funcionou bem por séculos e nossa presença confortável aqui fumando cachimbo e bebendo vinho confirma isso.

O isolamento dos artenianos era uma estratégia questionada de tempos em tempos. Mas o relativo equilíbrio social e o medo das histórias antigas do Povo Sombrio tinham direcionado as decisões sempre a favor da manutenção desse isolamento. Mas havia uma inquietação constante por parte dos jovens em saber o que havia do outro lado do Abismo ou ao norte do mar depois dos Dentes do Tubarão. Mais cedo ou mais tarde se os artenianos não saíssem para o mundo exterior, o mundo exterior viria até eles.

Mesmo com sentimentos conflitantes, o Zelador estava apoiando a ideia e se comprometeu a trabalhar pelo sigilo daquela expedição. Seria complicado justificar uma expedição nesse momento, mas a proximidade de uma data trágica deu a Uwe, Madis e Amelia uma desculpa para viajar até onde eles precisavam.

Capítulo XVI

Uwe Ossosduros era um homem grande, com uma presença forte, daqueles que, onde quer que estivesse, seria capaz de impor respeito e até intimidar as outras pessoas. Além de alto, seu rosto moldado com bigode e cavanhaque e sua voz forte faziam sua presença impossível de ser ignorada onde quer que estivesse. Seu cabelo estava rareando bem na parte de cima da cabeça, mas ele não ligava muito para isso, aliás, desde a morte da esposa sua aparência foi deixada em segundo plano. Não era uma pessoa de má-índole, muito pelo contrário, mas seu jeito era um pouco assustador e era isso o que as pessoas viam. Esse envoltório de rudeza ajudava a mascarar os sentimentos mais profundos aos quais ninguém tinha acesso. Algumas canções o faziam chorar – ainda que somente na solidão do seu quarto; algumas situações o deixavam simplesmente sem palavras e um local específico trazia as piores lembranças da sua vida e o deixavam devastado.

Todas essas emoções que afloravam de forma impiedosa estavam sempre ligadas à sua amada esposa Flora. A sua morte trágica e prematura representou um choque do qual ele nunca se recuperou e a sua lembrança era carregada de arrependimentos. Quando começaram a namorar, Flora representou para ele uma espécie de prêmio de consolação por nunca ter conquistado o seu primeiro amor, Amelia, e vê-la tão apaixonada por Madis era devastador. O convívio era doloroso, penoso, um fardo para carregar sempre que estava perto de Madis e Amelia. Por outro lado, sentia-se culpado por dar esperanças à Flora estando ainda tão apaixonado pela sua irmã. Mas o que podia fazer? Simplesmente desistir da vida enquanto assistia amargurado o amor da sua vida sendo feliz com seu melhor amigo? Aproximou-se de Flora e foram aos poucos construindo um sentimento que culminou com o casamento e o nascimento de sua única filha.

Uwe insistiu em seguir a tradição de homenagear os antepassados e nomeou a filha com os nomes da sua mãe e sua avó: Temitilia Katherina. Flora achou horrível essa combinação e desde o primeiro dia começou a chamar a filha simplesmente de Teka. E foram levando um casamento tranquilo até que o destino se manifestou de forma amarga para aquela família.

Capítulo XVII

— Mas por que esse sádico está fazendo isso? — exclamou Gufus, visivelmente transtornado com as provas surpresas que Rigabel estava aplicando. E completou: — Parece que só fica feliz vendo o desespero dos alunos!

— Pois é, eu estou apavorada e nem sei como vou me sair — disse Mia, com uma cara que misturava cansaço com medo.

— Bem, se você está desesperada, minha querida prima, o que *eu* vou dizer?

Teka era muito inteligente, mas sua dedicação aos estudos era – na falta de uma definição melhor – uma das menores prioridades na sua vida.

— Mas o Rigabel tem medo dos seus pais, comigo a coisa é diferente — completou Gufus. — Ele aproveita cada oportunidade de fazer as perguntas mais difíceis durante a aula para mim e toda vez que eu erro ele coloca aquele sorriso na cara e faz uma anotação no diário de classe... Quando chegar o final do período vou dever pontos na média.

Era um exagero porque Gufus podia não ser um expoente em Matemática ou Ciências Naturais, mas era o melhor aluno em História e Geografia. Por isso mesmo parecia que o Professor Rigabel testava os seus limites com cada pergunta.

O longo intervalo no meio do dia antes era dedicado a brincadeiras, depois de uma certa idade passou a ser dedicado às paqueras e agora a um totalmente insano plano de estudos de História Antiga. Rigabel conseguiu instaurar um pânico generalizado não apenas entre Mia e Teka, mas entre todos os alunos daquele período. Até mesmo os seus queridinhos, como Oliri Aguazul, estavam preocupados. Essa mudança nos hábitos dos alunos não passou despercebida à Diretora Letla Cominato. Em um dos seus habituais passeios pelos corredores e jardins do Orfanato, ela passou por onde os alunos estavam estudando e comentou:

— Estudar é um alimento para o seu cérebro, mas um pouco de diversão nutre um espírito equilibrado. Equilíbrio é o alicerce de uma vida longa e feliz.

Os alunos responderam com alguns sorrisos amarelos e voltaram a enfiar as caras nos livros.

* * *

— Omzo, por favor, venha aqui tomar um chá comigo — disse a Diretora Cominato, enquanto se dirigia até a porta de seu escritório para receber o Professor Rigabel. Ele entrou com um certo ar desconfiado frente ao convite da Diretora para aquele chá no final da tarde.

Enquanto servia o chá a Diretora perguntou:

— Diga-me, Omzo, há quanto tempo nos conhecemos?

— Hum... Você me chamou aqui para fazer perguntas retóricas, Letla? Nos conhecemos desde que começamos a estudar aqui no Orfanato. Nem vou fazer as contas para não me sentir mais velho do que já sou...

A Diretora riu e continuou:

— Ah, esse sim é o Omzo que eu conheço há tantos anos, prefiro essa versão rabugenta a esse novo Professor que aterroriza os alunos.

Então era isso, ele pensou. Os alunos devem ter se queixado a seus ricos e poderosos pais e agora ele estava sendo questionado pela Diretora.

— Recebendo reclamações a meu respeito? — ele perguntou enquanto misturava o chá de forma lenta, quase ritualística.

— Não, eu tenho olhos e ouvidos e você sabe bem que acompanho tudo que acontece na minha escola.

— Sua escola? — ele respondeu com certo sarcasmo. — Pensei que pertencia ao povo de Terraclara.

Agora foi a vez da Diretora de dar um sorrisinho sarcástico e responder:

— Enquanto eu estiver sentada nesta cadeira e for responsável pelo futuro desses alunos, sim, é minha — e continuou: — Ninguém falou nada comigo, não foi necessário. Eu tenho acompanhado algumas mudanças e confesso que não estou gostando nada, nadinha do que está acontecendo.

— E desde quando ser rigoroso nas avaliações é errado? Minha obrigação é ensinar e a deles é aprender.

— Não estou falando das suas provas-surpresa, ou pelo menos não somente das suas provas. Minha preocupação é um crescente sentimento de divisão que estou notando aqui no Instituto.

Ela nem precisava exemplificar ou ser muito específica. Reações preconceituosas como a de Oliri Aguazul em relação a Gufus Pongolino não eram um fato isolado. Os tempos mudavam e com isso algumas pessoas estavam se adaptando bem e outras nem tanto. A sociedade passava por um momento natural de transição, mas isso estava causando uma espécie de cisão entre as pessoas. Grupos que viam essas mudanças como naturais e necessárias e outros que as rejeitavam estavam polarizando os artenianos como se houvesse adversários. Um certo sentimento de "eu estou certo e você está errado" começava a se infiltrar nas conversas, nos materiais escritos e nas discussões acadêmicas. E isso era muito preocupante.

— Letla, podemos não ser amigos, mas eu tenho profundo respeito por você como educadora, por isso eu vou lhe dizer uma coisa muito importante: a história tem o mal hábito de se repetir em ciclos.

Não podemos fechar os olhos ao que estamos vivenciando e desprezar tanto tempo de tradição.

Rigabel levantou-se e caminhou até a janela como se estivesse precisando de ar fresco, pousou sua xícara na mesa e continuou:

— Você não vê que nossas tradições estão enfraquecendo? Você não percebe que nossos valores estão sendo destruídos? Você simplesmente ignora que nossos...

Mas foi interrompido pela Diretora, que se levantou e disse:

— Não, Omzo, nossos, não. São as suas tradições antiquadas e seus valores carcomidos, não os meus. Você acha que eu não sei o quanto você despreza a presença do filho dos Pongolino e de outros como ele em nosso Instituto? E por quê? Só porque eles não têm um nome de família tradicional? Isso não é importante, o importante é quem esses meninos e meninas são e não os seus sobrenomes.

— Se a Senhora Diretora não precisar mais de minha presença, peço licença, pois tenho muitas provas para corrigir.

E saiu mantendo, como sempre, uma postura calma e comedida, ainda que fosse só aparência.

Capítulo XVIII

— Olha só aquela oferecida se jogando para cima do Gufus — disse Mia, enquanto observava de longe Shayla Louval conversando com o amigo.

— Hum... Observo um pouco de ciúmes nesse comentário, minha querida prima? — Teka respondeu com ironia.

— Eu, hein, claro que não! Eu só acho muito feio uma jovem como ela ficar praticamente se jogando nos braços de um rapaz em público.

— Bem, primeiro que ela não está se jogando..., mas agora reparando melhor... Aquela magrela sem-graça está realmente se insinuando para o lado do Gufus. Mas que oferecida... — Parou de falar quando notou que estava praticamente repetindo o comentário de Mia há pouco.

Havia um clima mal resolvido entre os três. Não era um clássico triângulo amoroso, mas ao mesmo tempo que as meninas desenvolviam uma atração inegável por Gufus, ele estava em uma situação ainda mais confusa. Gufus avistou as amigas ao longe e as cumprimentou com um aceno discreto. Na sua cabeça, pensamentos convergiam e se chocavam.

"Ah, os profundos olhos verdes de Teka, seus cabelos negros e lisos e seu sorriso largo... Como ela é linda." Era nítida sua identificação com Teka, gostavam de estar juntos; ela o fazia rir e ambos tinham uma propensão para aventuras que o deixava feliz e animado. Ou seja, quando estavam juntos, ele se sentia muito bem.

Bastou mover os olhos um pouco e ter outra visão agradável.

"Ah, os grandes olhos cor de mel de Mia e suas bochechas rosadas com pequenas sardas... Como ela é linda." Mia era a sua outra metade. Gufus adorava sua forma equilibrada de encarar a vida, sua doçura somada a um forte senso de direção e responsabilidade que fazia com que ele sentisse uma sensação de tranquilidade. Ou seja, quando estavam juntos, ele se sentia muito bem.

De longe, enquanto conversava com Shayla, Gufus olhava para as suas melhores amigas e era só nisso em que ele pensava.

— Shayla, Shayla, nós estamos indo praticar arco e flecha, você quer ir também? — perguntou Layla, sua irmã mais nova no meio de um grupo de outros alunos.

— Vamos? — Shayla perguntou a Gufus, animada. — Vai ser muito legal!

— Não — ele respondeu. — Não costumo praticar tiro com arco, só vou atrapalhar vocês.

Uma outra voz se destacou no meio do grupo de alunos que estavam caminhando juntos.

— Sem problema. Tiro com arco é um esporte tradicional, para aqueles que aprenderam com seus pais e avós, coisa de família. Quando precisarmos fazer massa de pão chamaremos você.

A voz de Oliri Aguazul era inconfundível e extremamente irritante. Gufus pensou em entrar em mais um bate-boca com ele, mas deixou pra lá. Não valia a pena.

Despediu-se rapidamente de Shayla e caminhou na outra direção com um misto de irritação e frustração.

— Um dia, eu taco a mão na orelha desse idiota — disse Teka, que havia assistido à cena desprezível a distância junto a Mia.

— Mas então vai ser expulsa do Orfanato e dar o maior desgosto para o seu pai.

— É — ela respondeu. — Mas eu iria sair feliz vendo aquele verme caído no chão com a orelha roxa.

E ambas caíram na gargalhada enquanto caminhavam na direção onde Gufus havia ido.

* * *

Gufus estava no seu canto preferido à sombra do monolito dos fundadores pensando no que levava pessoas como Oliri a serem tão preconceituosas. O tempo é um ótimo professor, nos ensina coisas que nenhum livro consegue. Pessoas e sociedades precisam continuamente aprender e em Terraclara as lições foram muito duras. Desde a Guerra dos Clãs, os artenianos foram aprendendo a conviver de forma equilibrada, respeitando as diferenças. Porém, muito disso era só aparência. Nas salas fechadas dos velhos casarões ainda havia muito sentimento de superioridade compartilhado entre antigas e novas gerações. Gufus sabia disso muito bem. Se por um lado havia um preconceito aberto como de Oliri em relação às pessoas de origem mais baixa, por outro, havia muita coisa velada, com um certo verniz social mantendo um estranho senso de *pedigree* entre algumas famílias. Alguma coisa do tipo: "Pode ser amiga dele, mas não pode se casar com ele." Ele sentia isso toda vez que estava com os Patafofa ou com os Ossosduros. Era extremamente bem-tratado, mas se perguntava qual seria a reação deles se uma das primas o escolhesse como noivo.

Seu pensamento foi interrompido quando Teka chegou literalmente caindo sentada sobre sua barriga que, como sempre, estava cheia.

— Cheguei primeiro — ela disse, enquanto se levantava.

— E quase matou o Gufus, quanta criancice.

— Sério, uma menina tão magrinha como eu pode te esmagar só porque tropeçou no final de uma corrida e caiu no seu colo? — Teka perguntou ao mesmo tempo com bom-humor e um pouco de malícia.

— Espera... Um pouco... Ainda estou... Sem fôlego — ele respondeu, ainda meio zonzo e recuperando-se do susto.

Depois de alguns minutos e já recuperado, aconchegou-se entre as amigas e começaram a conversar.

— Contem para mim se as duas princesas de Terraclara já sabem de alguma novidade sobre os invasores. O Povo Sombrio vai mesmo invadir nossa terra?

— Eu não sei, não vejo meu pai há dias — disse Teka. — Não que isso seja uma novidade, ele viaja sem avisar e reaparece do mesmo jeito desde que eu me entendo por gente.

— O meu pai também viajou. Mamãe foi com ele, mas eu não entendo o porquê, ele também viaja de vez em quando para cuidar dos negócios, mas ela nunca vai junto.

— Isso é bem estranho mesmo, depois do que escutamos na sua casa, eles viajam juntos e ninguém sabe para onde — falou Gufus, nitidamente com a pulga atrás da orelha.

— E quem disse que eles viajaram juntos? — perguntou Mia.

— Ué, minha priminha querida e ingênua, ninguém disse, mas está na cara que eles estão fora da cidade fazendo alguma coisa juntos. Só nos resta saber o quê.

Capítulo XIX

Quando saíram da Cidade Capital, Uwe Ossosduros e Madis Patafofa tomaram caminhos diferentes. Seguiram carregando uma bagagem leve nos cavalos, nada muito diferente do que já havia acontecido em tantas outras viagens que esses dois ocupados chefes de Clãs já haviam realizado. Amelia acompanhou o marido e era uma amazona melhor do que a maioria dos ajudantes, por isso ia à frente da comitiva. Os cavalos eram pequenos e ágeis, mas muito fortes, ideais para qualquer tipo de terreno. Além disso, eram muito rápidos nas arrancadas, herança dos antigos cavaleiros que preferiam cavalos capazes de percorrer curtas distâncias em altas velocidades como parte das estratégias de guerra. A cavalaria era parte fundamental das máquinas de guerra dos Clãs e seus cavaleiros tinham um vínculo especial com os rápidos e resistentes animais. Esse tipo de tradição não se perde com facilidade e esses incríveis animais continuaram a ser criados e valorizados em toda Terraclara.

Ninguém foi informado do destino daquela viagem tampouco do seu objetivo, apenas que era uma questão pessoal e muito importante para cada um dos viajantes.

*　*　*

Madis e Amelia seguiram para o sul pela rota que contorna as florestas de pinheiros. Como todas as estradas em Terraclara, ela era pavimentada cuidadosamente com pedras, o que tornava a passagem dos comboios de carroças muito mais segura e tranquila. Já para os cavalos, às vezes era melhor seguir pelas margens da estrada que não eram pavimentadas e sim de terra batida, mas tinham ótimas condições para seguir o caminho no trote regular dos animais.

A infraestrutura era uma marca registrada das sucessivas zeladorias de Terraclara. As estradas cortavam o território em todas as direções, permitindo que pessoas e mercadorias circulassem com facilidade. Além disso, havia muitos rios e alguns lagos favoráveis à navegação e grandes barcos faziam o transporte usando essas vias naturais. Com isso, o produto das minas Muroforte ao sul ou das fazendas Patafofa ao nordeste, por exemplo, podiam circular com facilidade entre todas as vilas de Terraclara. Essa teia de estradas emanava de um ponto central que era a Cidade Capital e, olhando em um mapa, realmente o traçado era impressionante, com estradas radiais e outras circundando o território de Terraclara. Madis e Amelia seguiam rumo ao Sul em uma dessas estradas radiais.

— Por que a minha amada não quis uma carruagem? Poderia viajar muito mais confortavelmente — perguntou Madis, suando e visivelmente incomodado com as longas distâncias percorridas montando a cavalo.

Amelia sabia muito bem que era ele quem queria estar confortavelmente em uma carruagem, mas isso tornaria a viagem mais longa e ela adorava cavalgar. Já Madis preferia o conforto de uma poltrona ao chacoalhar de uma sela.

Mia costumava dizer que seus pais criaram um problemão para ela sendo tão felizes, assim ela ficou muito exigente e não aceitaria nada menos em um futuro casamento. Não havia um casamento perfeito, mas Madis e Amelia encontraram um equilíbrio muito bom em seus muitos anos juntos. E esse equilíbrio havia começado já no tempo do Orfanato quando se conheceram. Por trás do jeito doce de Amelia, havia uma jovem determinada e ativa, o que equilibrava perfeitamente o jeito mais calmo e seguro de Madis.

Amelia e sua irmã Flora estavam sempre juntas e aos poucos Letla Cominato foi se aproximando, formando um trio que era visto com uma certa inveja por outras alunas do Orfanato. Quando a família Cominato perdeu todo o seu dinheiro, Letla teve dificuldades até em comprar livros e uniforme escolar, e nesse momento quem veio em seu socorro foi Madis, que secretamente desviou um pouco dos muitos recursos que recebia dos pais e comprava tudo o que ela precisava. Ninguém ficou sabendo quem foi o benfeitor ou benfeitora, exceto Amelia, que rapidamente notou as transações financeiras que Madis se empenhava em esconder. Ela respeitou seu segredo e nunca disse a Madis o que havia descoberto e tampouco contou à Letla quem era seu benfeitor. Essas e tantas outras ações mostravam o caráter daquele jovem de uma das famílias mais ricas de Terraclara, mas que tinha em seu coração seu maior tesouro.

Amelia se aproximou de Madis, deu-lhe um beijo na bochecha e disse:

— Ai, que nojo! Todo suado e empoeirado.

— Ah, é? Então vem aqui e me dá mais uns beijinhos.

Saíram rindo muito, cavalgando e fugindo um do outro.

E foi assim até chegarem à Vila do Monte, bem aos pés do Monte Aldum, sem saber que o caminho de volta seria bem diferente.

* * *

Uwe seguiu para o sul por uma rota um pouco mais distante, mas a cavalgada solitária foi rápida. Ele se dirigiu até o Grande Lago visando um dos pontos onde poderia pegar uma balsa. Junto com seu cavalo, Uwe seguiu pelas águas cristalinas, guiado pelas mãos firmes do barqueiro. O barqueiro atual era um jovem, filho de um velho conhecido de Uwe. Em suas viagens até a fundição ao pé do Monte Aldum, Uwe seguiu muitas vezes em companhia do velho Battu, conversavam muito, fumavam cachimbo e bebiam vinho fortificado que Uwe levava de presente para o velho companheiro de travessias. A idade cobrou seu preço e o velho Battu teve que passar a condução da balsa para seu filho, que mantinha a travessia em boas mãos. Battu, apesar de mais velho que Uwe, tinha um espírito jovem e uma sabedoria que não tinha relação com o ensino formal, afinal, nunca tinha pisado no Orfanato. Quando Flora morreu, muitas pessoas levaram palavras de consolo para Uwe, mas apesar de bem-intencionadas, sempre lhe pareciam vazias. Na primeira vez que cruzou o Grande Lago após a morte da esposa, ele esperava mais palavras de consolo, mas ouviu uma história.

Battu lhe contou que seu filho na verdade era seu sobrinho de sangue, porque seu irmão e sua cunhada haviam morrido muito jovens, deixando um bebê desamparado. Battu havia saído de casa muito cedo deixando os pais e seu irmão em uma vila bem distante. Juntou dinheiro e comprou a balsa que se tornaria sua riqueza, mas também sua escravidão. Vivia compartilhando momentos fugazes com estranhos que acompanhava na travessia, mas sem criar vínculos e sem nunca mais voltar à sua terra natal, afinal, não podia deixar a balsa sozinha e a travessia interrompida. E assim seguiu sua vida até o dia em que recebeu a notícia da morte do irmão.

Pela primeira vez em muitos anos, a balsa ficou presa ao ancoradouro e Battu viajou até a sua vila para encontrar os túmulos dos pais que haviam morrido devido à idade avançada e do irmão e da cunhada que haviam partido tão jovens. Ele se culpou por não ter passado mais tempo com a família e desperdiçado tantas experiências que poderiam ter compartilhado. Battu levou o bebê e o criou como seu filho, porém sempre se arrependia por ter se afastado da família. Depois de contar essa história, Battu olhou para Uwe com uma pequena lágrima descendo pelo rosto e disse: "Que bom que você e sua esposa tiveram esse tempo juntos".

Essa foi a única coisa que lhe trouxe algum conforto na época que se seguiu à morte de Flora e ele sempre respeitou e admirou Battu por sua sabedoria e empatia.

— E como estão as coisas lá na Cidade Capital? — perguntou o jovem Teittu, enquanto conduzia a balsa.

— Agitadas como sempre — Uwe respondeu e completou: — Acho que eu vou me mudar para cá e me dedicar ao transporte também.

Ambos riram e Uwe questionou:

— E como está meu velho amigo Battu?

— Cada vez mais reclamão. Ele diz que nunca deveria ter parado de trabalhar. Todos os dias quando tomamos o café da manhã juntos ele faz as mesmas recomendações e todas as noites na hora do jantar quer saber de todos os passageiros que transportei. Ele vai ficar feliz em saber que tive o prazer de lhe transportar até o outro lado hoje.

— Mande um grande abraço ao meu amigo e diga a ele que na volta vou passar na sua casa e vamos beber vinho fortificado juntos.

Mas Uwe não fazia ideia de que seu retorno não seria tão tranquilo como ele havia planejado.

Capítulo XX

Os casamentos de Madis e Amelia, Uwe e Flora ocorreram juntos. No início, os chefes dos dois Clãs estavam reticentes com a escolha dos jovens, mas como as noivas eram irmãs e fizeram questão de se casar no mesmo dia, os Patafofa e os Ossosduros acabaram aceitando a ideia. No final, a festa parou a Cidade Capital porque considerando os amigos, parentes, membros dos Clãs e aqueles relacionamentos comerciais e políticos que famílias importantes sempre mantêm, a impressão era que todos os habitantes haviam sido convidados. Os Pongolinos fecharam o negócio de pães e doces por uma semana só para preparar todas as delícias açucaradas para a festa; bebidas foram trazidas de todos os cantos de Terraclara; música, comida, enfim... Foi um dos eventos mais memoráveis da história recente. A Zeladora Loupa-Dival cedeu o anfiteatro do Monte da Lua para a celebração e a grande praça em frente à estátua de Almar Bariopta foi o local da grande festa.

Alguns anos depois, já à frente dos respectivos Clãs, Uwe e Madis viviam vidas felizes com a chegada de suas filhas – até o dia em que Uwe e Flora foram convidados para a abertura de mais uma mina na Cordilheira Cinzenta. Esse evento era especialmente importante porque marcava uma nova parceria entre os Clãs Ossosduros e Muroforte. Os mineiros liderados por Malia Muroforte e os metalúrgicos liderados por Uwe Ossosduros trabalharam duro por muito tempo até conseguir abrir esse novo veio de exploração de minério atravessando o Monte Aldum e instalar uma fundição ao pé da Cordilheira. Para isso, utilizaram velhos túneis de observação como base e furaram as majestosas montanhas como formigas abrindo uma enorme possibilidade de produção de metais para o futuro.

Um dos túneis mais antigos – o de número 26 –, revelou um tesouro escondido e depois de expandir o seu acesso, uma nova era de mineração e fundição estava para começar. Com a presença de muitos convidados incluindo chefes de outros Clãs e da Zeladora Loupa--Dival, os anfitriões subiram em uma grande estrutura de madeira e metal para dar início simbólico à extração de minérios. Malia, que já não era jovem à época, deixou para Flora a honra de usar uma picareta dourada especialmente confeccionada para o evento e bater no paredão de rocha para dar início à mineração.

O que ninguém havia notado era que um grande bolsão de gás natural havia se formado após as primeiras escavações.

Após algumas batidas, Flora não conseguiu extrair nem um pequeno pedaço de ferro sob risadas e aplausos de todos os presentes. Um coro de vozes alegres começou a incentivar Flora aos gritos de "bata mais forte" e ela, em uma última tentativa, golpeou o veio de minério com força, gerando muitas faíscas. Foi o suficiente para inflamar o bolsão de gás e causar uma forte explosão. Quando o paredão de rocha cedeu em um estrondo cercado de poeira e detritos, uma parte da estrutura havia caído e uma fenda na parede deixava entrar um pouco de luz vinda da parte externa. A extremidade do palanque havia caído no Abismo Dejan, e com ele, Flora.

O sepultamento de Flora foi simbólico, os destroços haviam se precipitado para o fundo do Abismo e não havia um corpo para sepultar. Ainda assim, Uwe dedicou um túmulo para sua esposa onde enterrou alguns objetos que ela amava. Naquela tarde chovia fino e o rosto molhado pela chuva ajudou a disfarçar as lágrimas que desciam pelo rosto severo de Uwe. A pequena Teka foi levada pela tia para simbolicamente se despedir da mãe, mas não entendeu bem o que se passava. Amelia abraçava Teka e Mia enquanto ouvia os músicos tocando uma melodia em tom menor. Já havia chorado muito e agora sua atenção era tentar ajudar a sobrinha que ficara órfã de mãe tão cedo.

Malia Muroforte estava arrasada, o pensamento em sua cabeça era que ela deveria ter subido aquela escada e usado a picareta dourada; ela já era velha e achava que sua passagem pela vida tinha sido longa e positiva, poderia ter sido ela a morrer no Abismo e não aquela jovem mãe. Essa tristeza ainda a acompanhava tantos anos depois. Ainda que o trabalho tenha continuado na mina, Malia mandou selar aquele corredor e ainda colocaram uma falsa parede de pedras na fenda criada pela explosão. Assim, ninguém do outro lado do Abismo teria algum vislumbre do que se passava do lado norte.

Por isso, Uwe nunca mais tinha entrado naquelas minas, e quando Madis e Salingueta o convenceram a participar de uma missão de exploração para verificar o que realmente havia do outro lado, ele reviveu as piores lembranças da sua vida.

Capítulo XXI

Madis e Amelia chegaram primeiro à Vila do Monte e esperaram até o anoitecer pela chegada de Uwe. Os frequentadores da hospedaria estranharam a chegada de tantos visitantes ilustres e começaram a comentar, uns entusiasmados e outros desconfiados. Foi Uwe quem interveio e pediu um brinde durante o jantar:

— Amanhã lembrarei do momento mais triste da minha vida. Há dez anos minha amada esposa Flora morreu nas minas e esse trágico acidente marcou minha vida e da minha filha para sempre. Por isso eu e minha cunhada Amelia viemos até aqui para prestar homenagem à minha saudosa esposa no local da sua morte.

E ergueu seu copo em silêncio seguido por todos os presentes.

A notícia correu pela Vila do Monte como fogo em um depósito de feno, acalmando as mentes mais curiosas e gerando uma forte empatia com Uwe e Amelia. Todos sabiam do ocorrido, mas a maioria naturalmente não se lembrava da data e todos acharam natural que o viúvo e a irmã viessem prestar uma homenagem especial à única vítima fatal daquele acidente horrível.

Naquela noite o clima estava estranho, ouviram trovões ao longe e por vezes clarões de relâmpagos iluminavam a cordilheira, mostrando sua enorme silhueta em uma imagem ao mesmo tempo magnífica e assustadora.

Madis e Amelia não conseguiram dormir e ficaram conversando enquanto admiravam pela janela o espetáculo das luzes na cordilheira.

— Eu ainda acho muito estranho que o Zelador tenha participado dessa decisão, mas não tenha viajado conosco — disse Amelia, debruçada no peitoril da janela.

— Ele precisava ficar para não despertar suspeitas, afinal, nossa justificativa para estar aqui é a aniversário da morte de Flora, que ele mal conhecia.

— Sei..., mas fico insegura, pois estamos em vias de descumprir uma decisão da Assembleia com o conhecimento e a anuência do Zelador. No entanto ele pode simplesmente negar tudo e sair como o inocente enganado dessa história.

— Mas quanta desconfiança! — retrucou Madis. — Algum motivo para isso?

— Não, só fico insegura, porque se alguma coisa acontecer conosco, duas garotinhas vão ficar desamparadas.

— Elas já não são bebezinhos, e pode ter certeza de que por trás daquela carinha sardenta, nossa filha é uma jovem forte e inteligente.

— Madis puxou carinhosamente a mão de Amelia e fechou a janela.

— Vamos tentar dormir um pouco porque amanhã o dia vai começar bem cedo e será cansativo.

Madis demorou para pegar no sono e ficou pensando nas palavras da esposa, mas logo depois se forçou a descartar aqueles pensamentos de desconfiança. Sabia que podia confiar em Salingueta.

Capítulo XXII

Quando Madame Hulis foi acordar Mia e Teka encontrou as duas já banhadas e vestidas com os uniformes do Orfanato.

— O que aconteceu, eu estou atrasada? — perguntou realmente achando que tinha se confundido com o horário.

— Bom dia, Nina! — respondeu Mia, com o jeito carinhoso com que sempre tratou a governanta dos Patafofa, Madame Yolonina Hulis.

— Não, Madame Hulis, nós é que estamos adiantadas — disse Teka, que, ao passar por ela, deu-lhe um beijo na testa.

Geralmente o que ocorria era o contrário. Sempre que as primas dormiam na mesma casa ficavam conversando por horas e acordar cedo para ir para o Orfanato era uma tarefa complicada para elas e para quem tivesse a infeliz responsabilidade de assegurar sua pontualidade. Madame Hulis trabalhava com os Patafofa desde antes de Madis e Amelia se casarem e acompanhou os momentos da família desde então. Tinha um especial carinho por Mia e uma forte ligação com Teka, uma vez que as duas primas estavam sempre juntas. A governanta dos Patafofa já não era uma mulher jovem, mas tinha vigor e aparência que confundiam quem quer que quisesse adivinhar sua idade, que ela não revelava de jeito nenhum. Seu jeito meigo e gentil não concorria com uma organização impecável do tempo e a gestão dos demais empregados das duas casas da família. Todos a respeitavam e a maioria gostava muito dela.

Quando Madame Hulis olhou em volta, as duas já tinham recolhido o material escolar e desciam as escadas com pressa. Tomaram o café da manhã como dois animais selvagens engolindo a comida e saíram correndo pela porta após se despedirem já caminhando pelo jardim em direção à rua.

— Vão com cuidado e boa aula! — disse Madame Hulis quase para si mesma porque as meninas já iam longe e provavelmente não a escutaram.

A caminhada da casa dos Patafofa na Cidade Capital até o Orfanato não era longa, e no caminho as meninas encontraram Gufus que, como sempre, estava comendo.

— Bom dia, como vão as *princhechas* mais *lindax decha chidade*? — falou Gufus de boca cheia, enquanto proporcionava uma espetacular borrifada de migalhas.

— Eu ia te chamar de porco — disse Teka —, mas isso seria uma injustiça... Com os porcos.

— Já sei, já sei — respondeu Gufus. — Agora vai dizer que os porcos são muito mais educados do que eu.

— Isso mesmo! — ela respondeu rindo muito.

— Se vocês estivessem saboreando essa rosca de queijo e orégano quentinha também não iriam esperar esfriar. Quem quer um pedaço?

Ambas aceitaram porque saíram de casa sem se alimentar bem e o cheiro maravilhoso daquela rosca salgada estava realmente apetitoso. Seguiram o caminho até o Orfanato sem falar quase nada porque as bocas estavam ocupadas com a comida.

— E aí, animadas com o decatlo?

— Claro que sim, vou competir na corrida e no salto em altura — respondeu Teka.

— Eu vou competir no tiro com arco e em Matemática — disse Mia. — E você, Gufus?

— Eu não gosto de esportes nem de estudar muito, então vou ficar torcendo por vocês.

Realmente Gufus aproveitava qualquer oportunidade para escapar das atividades esportivas e não seria um grande competidor nas modalidades que faziam parte do decatlo. Não que ele fosse sedentário, pelo contrário, treinava lutas com o seu tio, fazia trilhas nas colinas e encostas ao largo da cidade, nadava muito bem e desde que a família havia comprado a casa à beira do Lago Negro tornara-se um remador rápido e um velejador muito técnico. Mas corrida, salto, luta com bastões, tiro com arco e o inevitável torneio de Quatro Cantos definitivamente não eram atrativos para ele.

— Mas Gufus — disse Mia —, você é o melhor aluno de História e Geografia e pode tranquilamente ganhar uma medalha nessa categoria e aproveitar para dar um desgosto ao Professor Rigabel.

— Não sei, não; se eu perder vai ser um presente para aquele cara-de-pulga do Oliri... Aí eu não vou ter mais sossego.

— Mas pense na cara de raiva contida que você vai ter o prazer de ver estampada no Rigabel se vencer, só isso já vale a pena — argumentou Teka.

— É, pode ser, vou pensar. Ainda posso me inscrever antes do fim do período da manhã.

O Decatlo era uma competição anual, dividida entre os ciclos nos quais os alunos estavam estudando, abrangendo cinco provas físicas e cinco intelectuais. O objetivo era incentivar o equilíbrio entre mente e corpo e incentivar a amizade e a integração entre os alunos.

As provas intelectuais eram divididas nos seguintes grupos: Matemática; História e Geografia; Ciências da Natureza; Linguagem e Literatura e Química e Física. Além das medalhas os alunos que tivessem desempenho perfeito nas questões receberiam notas máximas no semestre seguinte nas disciplinas relacionadas, o que incentivava muitos alunos a concorrerem.

Já as provas físicas incluíam algumas atividades tradicionais como corrida, salto, luta com bastões e tiro com arco, todas provas individuais. No final do dia acontecia o tradicional torneio de Quatro

Cantos. Era o único esporte coletivo do Decatlo e dividia os times em quatro cores: Laranja, Amarelo, Azul e Verde. Em um grande campo quadrado cada time tinha que defender um círculo de um metro de diâmetro que ficava no chão e, também, tinham que acertar bolas de cores diferentes nos cantos dos adversários. Em intervalos irregulares e a critério dos juízes, novas bolas eram colocadas em campo criando um caos divertido de se assistir e muito difícil para quem estava jogando. As estratégias variavam de time para time, com alguns se concentrando na defesa e outros no ataque. O que importava no final era o saldo de bolas encaçapadas nos cantos adversários em relação àquelas que seu time havia sofrido. Gufus achava esse esporte uma perda de tempo monumental — assim como qualquer outro esporte coletivo — e além de não praticar não costumava assistir a nenhuma partida. Havia jogos amistosos praticamente todas as semanas e torneios entre equipes formadas por colegas de turma, mas o que valia mesmo era o troféu do Decatlo Anual para ser exibido com orgulho até o ano seguinte.

* * *

Ao longo do dia as provas foram sendo disputadas e as meninas tiveram um bom desempenho. Teka ficou em segundo lugar na prova de corrida, mas não foi muito bem no salto. Já Mia brilhou na prova de matemática ficando em primeiro lugar e levando mais uma medalha de ouro para casa. Até que não foi tão mal na disputa do tiro com arco, ficando em terceiro lugar.

— Aí, Priminha, ganhou uma medalha no tiro com arco — disse Teka em tom de gracejo. — Você agora está em boa companhia.

Teka arrastou a prima até um corredor com placas e mais placas homenageando os vencedores das edições passadas do Decatlo. Teka fez questão de mostrar à Mia o nome da vencedora do tiro com arco por três anos seguidos: Handusha Salingueta.

— Sério!? — perguntou Mia incrédula. — Você me arrastou até aqui para mostrar as glórias passadas da Madame Cebola?

— Só queria que você soubesse que tem taaaanto em comum com ela — disse Teka, gargalhando enquanto fugia correndo de Mia.

* * *

Após o almoço, chegou o momento das provas vespertinas que antecediam a disputa de Quatro Cantos.

— Por onde anda o Gufus? — questionou Teka para Shayla, que passava apressadamente por ela.

— E como eu vou saber? Não o vi o dia inteiro.

— Ah, eu perguntei por que ultimamente vocês andam muito juntos e pensei que você soubesse — disse Teka, com um jeito debochado.

— Mas pensou errado, e eu não ando junto com ele.

E saiu com cara de poucos amigos.

— Gufus está no Salão Oval se preparando para disputar a medalha de História e Geografia — adicionou Mia, chegando perto da prima, e completou: — E advinha quem está arbitrando essa prova?

* * *

Mais tarde caminhavam pelo grande pátio ostentando as medalhas que haviam conquistado no dia quando seu caminho cruzou com o do Professor Rigabel. Gufus aproveitou para pegar a medalha dourada e fingir que a estava polindo enquanto passavam pelo mal--humorado professor. Ele fingiu que não os viu e seguiu em passos largos e apressados em direção ao campo de Quatro Cantos.

— Conta uma coisa para nós — perguntou Mia. — Ele te espetou quando entregou a medalha de primeiro lugar?

— Não, mas ele se aproximou de mim com nojo como se eu estivesse coberto de estrume de vaca, o que me deu a ideia de agradecer dando um forte abraço nele, aí ele quase teve um treco e saiu rapidinho de perto de mim.

Os três caíram na gargalhada pensando na cara de decepção do Professor Rigabel quando, além de entregar a medalha a Gufus, ainda ter que lhe dar nota máxima em História no semestre seguinte para o seu aluno mais desafeto, já que Gufus teve desempenho perfeito acertando todas as questões que foram propostas.

— Vamos assistir ao jogo de Quatro Cantos? — disse Mia para os amigos.

E por falta de coisa melhor para fazer, foram se encaminhando sem pressa para o campo.

Capítulo XXIII

O caminho da Vila do Monte até a entrada das minas não era tão longo, mas como era muito acidentado, levaram um bom par de horas para chegar. A encosta do Monte Aldum era recortada internamente por dezenas de túneis abertos para mineração e alguns antigos que levavam aos postos de observação. O fatídico túnel de número 26 originalmente servia ao propósito de levar até uma das pequenas fendas na face da Cordilheira Cinzenta para observação das terras além do Abismo Dejan. Durante muito tempo, vigias se revezaram naquele e em outros postos de observação, mas com o passar das décadas simplesmente não havia o que vigiar e os postos acabaram caindo em desuso.

Os relatos iniciais sobre o Povo Sombrio que vivia do outro lado do Abismo eram assustadores e faziam parte do folclore de Terraclara. As narrativas de silhuetas escuras montando enormes cavalos negros e armas gigantes enquanto espreitavam pelos limites do planalto do outro lado do Abismo eram vagas e cheias de elementos fantásticos. Mas o medo dos habitantes do outro lado do Abismo foi se dissipando conforme os avistamentos rareavam e esses túneis já cavados ficaram abandonados por muitos anos.

Quando a necessidade de mais minérios para as forjas começou a crescer, alguns desses túneis foram transformados em locais de exploração, incluindo o agora fechado, túnel 26.

— Não sei se eu quero entrar aí — disse Amelia, enquanto segurava forte a mão do marido.

— Volte para a Vila do Monte, Melly — respondeu Madis, com ternura. — Uwe e eu podemos seguir com a nossa missão por aqui.

— Mas ela era minha irmã, se eu não seguir com vocês, as pessoas podem desconfiar, vamos em frente.

Uwe seguia calado com uma postura meio encurvada como se o peso do mundo estivesse sobre seus ralos cabelos. Quando deixou aquele local há dez anos, estava em um estado de choque tão grande que nem se lembrava de como foi parar em uma carruagem a caminho de casa. Voltar era um sacrifício enorme que só se justificava pelo bem comum de sua terra.

— Podem abrir! — Uwe comandou alguns mineiros que estavam na entrada do túnel e completou: — Por favor, não nos sigam, este é um momento somente para a família.

Os trabalhadores das minas removeram as grandes peças de madeira que fechavam a entrada do túnel revelando escuridão e um cheiro mineral forte, como se o ar fosse mais denso do que o normal. Cada membro do pequeno grupo levava uma das lanternas utilizadas nas minas capazes de iluminar uma extensa área à sua frente, mas a sensação de desconhecido era enorme porque à frente de cada facho de luz havia uma escuridão quase palpável.

Conforme passavam, encontravam antigos lampiões presos nas paredes e foram acendendo um a um. Aos poucos, o ambiente foi ficando mais e mais iluminado, atenuando aquela sensação de desalento causada pela escuridão. O final do túnel se abria para uma grande galeria de formato irregular lembrando um hexágono. Uwe começou a acender mais e mais lampiões pendurados em todo o perímetro do local e logo puderam ter uma visão mais clara do ambiente onde estavam. No lado oposto à entrada do túnel, a grande estrutura de madeira e metal original havia sido parcialmente reconstruída e placas de metal forradas com pedra haviam sido instaladas para fechar a grande brecha que foi aberta pela explosão há dez anos. Mas esse não era seu objetivo, Madis sabia que naquele mesmo salão havia um acesso escondido na plataforma de observação e algo ainda mais surpreendente.

— Como esse segredo chegou à sua família? — perguntou Uwe, e completou: — Vocês são agricultores e suas terras ficam muito longe daqui.

— Mas durante a guerra meus antepassados lutaram aqui contra os Muroforte e contra a sua família também — respondeu Madis, e continuou: — Exploraram essas minas por alguns anos e algumas batalhas bem sangrentas foram travadas nesses túneis.

— E por que você nunca comentou nada disso comigo? — perguntou Amelia, ainda incomodada pelo marido saber tanto sobre o local da tragédia familiar.

— Meu amor, saber que aqui há uma passagem secreta não iria reduzir a dor pela perda de Flora — respondeu Madis com o seu pragmatismo habitual.

Durante a Guerra dos Clãs, os campos de batalha migravam por vários locais de Terraclara enquanto alianças eram forjadas e outras desfeitas. Os exércitos dos Clãs marchavam sobre cidades, sobre campos e sobre os pontos-chave de produção de armas. Naquela época havia um pequeno clã que habitava a Vila do Monte e explorava as minas, ainda de pequeno porte, da Cordilheira Cinzenta. Esse pequeno grupo inicialmente não se envolveu nos conflitos da grande guerra, mas as guerras têm o mal hábito de atingir àqueles que não têm relação com as desavenças dos poderosos. E foi exatamente o que aconteceu aqui. Duas grandes alianças de Clãs ambicionavam a exploração das minas para suas forjas de armas e o grupo liderado por Aldus Patafofa foi o primeiro a chegar.

A conquista não foi rápida, fazendo muitos prisioneiros e levando pessoas a lutar em pequenos grupos usando seu conhecimento das minas e dos túneis como acesso para ataques de guerrilha. Um grupo de líderes locais não foi encontrado e estavam sendo procurados por todos os arredores. A iminente chegada da aliança liderada pelo Clã Ossosduros levou Aldus Patafofa a tomar medidas extremas e escolher pessoas da Vila do Monte para morrer se os líderes não se entregassem. Frente à carnificina iminente, o esconderijo dos líderes locais foi revelado e com ele um segredo que ficou guardado com os Patafofa por gerações: alguns poucos acessos da cordilheira para o outro lado do Abismo Dejan. Quando Aldus Patafofa foi informado disso, ele reuniu um pequeno grupo dos seus mais leais soldados e foi em busca não só dos líderes da resistência local, mas de uma passagem que poderia significar vantagem estratégica na guerra com os outros Clãs. Esse trunfo nunca foi usado, a guerra acabou e o segredo ficou trancado nos diários de Aldus Patafofa para seus descendentes.

* * *

— De acordo com as instruções do diário de Aldus Patafofa, a passagem deve estar por aqui — disse Madis, enquanto se encaminhava para a parte mais baixa da galeria hexagonal.

— Como assim "deve estar por ali"? — perguntou Uwe. — Você não sabe como chegar na passagem?

— Você queria uma placa de sinalização ou um "X" indicando o local secreto? — respondeu com ironia e um pouco de irritação.

— Deixe-nos ver as instruções e assim podermos ajudar.

— Mas eu não trouxe o diário — disse Madis, enquanto se embrenhava em uma pequena fenda na parede.

— Ah, isso fica cada vez melhor a cada minuto — retrucou Uwe, agora bem irritado. — E como é que vamos encontrar essa passagem?!

— Eu memorizei as instruções e de acordo com o que eu li a entrada deve ser bem...

E após um rangido alto e incômodo de superfícies sendo arrastadas umas contra as outras, uma forte luz inundou o ambiente cegando temporariamente os três.

— ... Aqui!

Capítulo XXIV

Um grupo de guardas da Brigada liderado pelo chefe daquela guarnição, Astorio Laesa, chegou até a porta das minas e logo perguntou ao encarregado sobre a abertura do túnel 26.

— Sim — respondeu assustado o encarregado. — Hoje cedo mandamos alguns homens para abrir a passagem para os Patafofa e Ossosduros.

— Com ordem de quem vocês fizeram isso? — perguntou o líder dos guardas.

— Com ordem de... Ninguém. Eles pediram e nós abrimos.

— Vocês, mineiros, sabem que aquele túnel foi fechado por ordem do Zelador e somente ele pode mandar reabri-lo — insistiu o guarda mais graduado e mais mal-humorado.

— Eu... Bem... Não sabia — respondeu gaguejando, agora bastante assustado, o encarregado da mina.

— Reúna alguns dos seus homens e leve-nos até lá agora!

O encarregado das minas liderou pessoalmente um grupo que foi guiando os guardas até a entrada do túnel 26. Lá chegando, viram a entrada do túnel aberta e luzes de lampiões iluminando o acesso. Conforme iam adentrando o túnel, começaram a notar duas coisas estranhas: muita luz vinda da galeria e um certo ar fresco completamente inesperados nessa profundidade. De um lado da grande galeria um feixe de luz se destacava da minguada iluminação dos lampiões e o grupo demorou a se acostumar com a claridade.

O acesso à origem daquela luz era bem escondido por um dos cantos da grande galeria e estava camuflado por formações de pedra naturais que pareciam grandes estalagmites formando quase um mini-labirinto. Quando os guardas contornaram todas as pedras, ficaram tão surpresos com o que viram que por um tempo não tiveram nenhuma ação e pareciam fazer parte daquela formação rochosa de pé, olhando para a fonte de toda aquela luz.

Capítulo XXV

As arquibancadas estavam cheias para a final do torneio de Quatro Cantos. Como esse jogo tem partidas rápidas, é possível fazer um torneio inteiro em apenas um dia. Os times entravam em campo cada um com uma cor sorteada um pouco antes da partida, então a torcida não tinha como se identificar por meio de roupas ou bandeiras, por isso os times recebiam nomes que os identificassem como da sua Vila de Origem, de algum animal ou ainda dos seus capitães.

— Vamos lá, Gufus, vai ser divertido — disse Mia, enquanto puxava o amigo pelo braço como um burro empacado.

— Ai, não..., mas que tédio ficar vendo aquele monte de gente correndo de um lado para outro se esbarrando e derrubando uns aos outros — Gufus respondeu, fazendo a voz propositalmente arrastada.

Quatro Cantos era muitas vezes chamado de um caos estruturado. Cada time era composto de quatro jogadores e cada partida tinha sempre quatro times em campo. A cada time era atribuída uma cor e os times tinham que ao mesmo tempo defender o círculo de um metro de diâmetro que ficava no chão do seu próprio canto e tentar encaçapar as bolas nos campos dos adversários. As bolas eram coloridas e cada bola encaçapada no círculo do adversário marcava um ponto para a equipe, já cada vez que um adversário fazia o mesmo o time perdia um ponto. Vencia quem chegasse primeiro a um saldo positivo de cinco pontos. Novas bolas eram colocadas em campo em intervalos totalmente irregulares, fazendo com que, às vezes, diversas bolas estivessem sendo arremessadas enquanto outras rolavam perdidas pelo campo esperando serem agarradas e enfim arremessadas.

As estratégias variavam pouco, ou o time se defendia mais ou atacava mais, dependendo da qualidade do próprio time dos seus adversários. Os jogadores podiam agarrar as bolas e correr até próximo aos círculos dos times adversários, mas tinham que arremessar de longe de fora do semicírculo que marcava cada canto da quadra. Por outro lado, se a bola fosse sendo arremessada e trocasse de mãos em todo o trajeto, o jogador poderia enterrar a bola diretamente no círculo do chão. Era um jogo de contato porque os dezesseis jogadores em campo estavam constantemente se chocando uns com os outros e sendo derrubados no chão. As regras eram bem flexíveis quanto a isso e os juízes somente aplicavam penalidades quando notavam agressividade intencional.

— Se vocês não se importarem de sentar-se lá embaixo ainda há alguns lugares — disse Teka, enquanto ajudava Mia a arrastar Gufus até a entrada do campo.

Os lugares mais baixos eram evitados porque bolas arremessadas constantemente acertavam as pessoas na plateia, causando contusões e alguns dentes perdidos.

— Ah, eu é que não vou me sentar lá na primeira fila — disse Gufus. — Não quero sair daqui banguela e com o olho roxo.

— Deixa de ser chato e vamos lá enquanto ainda há alguns lugares vagos — Teka completou enquanto largava a mão de Gufus e corria para o campo.

Quando finalmente se sentaram na arquibancada, viram que estavam bem próximos ao canto reservado ao time azul, e sabiam bem quem provavelmente usaria aquela cor na partida de hoje.

"Aguazul, Aguazul" gritavam muitos alunos quando o time de camisas azuis entrou no campo liderado por seu Capitão Oliri, que naturalmente deu seu nome ao time. Enquanto isso, Gufus e as primas vaiaram ruidosamente a entrada da equipe que se aproximava do canto onde eles estavam sentados.

— Hum, ganhou uma medalha de ouro Pongolino? — perguntou Oliri de dentro do campo. — Não sabia que estavam dando medalhas por limpar cozinhas.

Os demais companheiros da equipe riram alto acompanhando a piada preconceituosa de Oliri.

Gufus ensaiou se levantar para ir embora do campo, mas foi segurado pelas amigas.

— Calma, calma — disse Teka, enquanto empurrava Gufus para baixo pelos ombros. — Sente-se aí e vamos torcer contra esse inseto nojento.

A Diretora Letla Cominato caminhou até o meio do campo e deu boas-vindas a todos, incluindo convidados como o Zelador e alguns cidadãos ilustres. Depois disso, pediu a todos que aplaudissem as quatro equipes finalistas sem distinção de torcida, mas isso definitivamente não funcionou, porque os coros das torcidas de cada time foram formando-se e ficando mais altos: "Aguazul", "Flechas", "Ponte de Pedra" e "Onças-Pardas". Cada uma dessas equipes jogava regularmente na escola e às vezes em pequenos torneios em vilas próximas, por isso, tinham forte integração e sabiam jogar juntas contra qualquer adversário. Eram os melhores do Orfanato e todos sabiam disso, então essa partida final trazia a expectativa de ser a melhor dos últimos anos.

As equipes se posicionaram junto aos seus cantos e as primeiras bolas foram liberadas de um recipiente acima do campo. Enquanto as bolas caíam, os jogadores já se jogavam e pulavam para agarrar aquelas que estavam dentro da sua estratégia. Por mais que detestassem Oliri, os amigos tinham que admitir que sua liderança era decisiva para o sucesso no jogo. Enquanto todos buscavam bolas de sua própria cor para arremessar nos cantos dos adversários, Oliri e seu primo Zed pegavam as bolas dos outros times e Zed voltava para o círculo para protegê-lo, assim, as demais equipes não tinham com o que atacar o canto azul inicialmente. Enquanto isso, os outros jogadores disputavam as bolas de outras cores e rapidamente a equipe

Aguazul já abria dois pontos de vantagem. Tudo apontava para uma partida rápida e – para desgosto de Mia, Gufus e Teka – com vitória da equipe Aguazul.

Conforme novas bolas foram sendo adicionadas ao campo, o jogo adquiriu aquela característica dinâmica e quase caótica que as pessoas tanto apreciavam. Bolas eram encaçapadas em todos os cantos enquanto o saldo do placar ia mudando de forma frenética. A estratégia de Oliri parecia invencível, enquanto dois jogadores atacavam, Zed ficava encarregado de defender o canto azul e um terceiro buscava arrecadar o máximo de bolas adversárias, mantendo-as fora do jogo o máximo de tempo possível e, com isso, reduzir as chances de algum outro time encaçapar.

Mas Oliri e seus companheiros não contavam com a grande surpresa daquele ano que era o time de Ponte de Pedra. Todos os alunos daquele time eram originários da vila de Ponte de Pedra e desde muito pequenos jogavam juntos na cidade natal. Sua integração era perfeita e sua estratégia agressiva parecia suicida em princípio, deixando seu canto desprotegido, mas por outro lado os quatro jogadores corriam e trocavam passes de forma frenética, encaçapando bolas nos cantos dos adversários o tempo todo.

Mesmo com o seu próprio canto desprotegido, o time de camisas laranjas de Ponte de Pedra viu seu saldo de pontos aumentando gradativamente à medida em que encaçapavam mais bolas do que seus adversários. Em certo momento, havia um empate de quatro a quatro no saldo entre a equipe azul e a equipe laranja quando, de forma repentina, a estratégia da equipe de Ponte de Pedra mudou e eles deixaram dois jogadores defendendo o seu canto enquanto dois outros rapidamente correram para cantos opostos simultaneamente encaçapando bolas nos cantos azul e verde, encerrando a partida com uma surpreendente vitória com seis pontos de saldo.

– A festa da equipe laranja se espalhou desde o campo e tomou conta das arquibancadas, com pessoas gritando o nome da vila de Ponte de Pedra.

De seu lugar na arquibancada, Mia, Gufus e Teka ouviram o desabafo de Oliri com seus companheiros de equipe.

— Como um time de caipiras daquela cidadezinha insignificante ganhou de nós?! — disse, com raiva, enquanto se dirigia aos seus três colegas. — Vocês são uma vergonha para as suas famílias; vão ter que voltar para casa e dizer que perderam para aqueles pobretões do interior!

— Podem ser caipiras, mas te deram uma surra — disse Gufus da arquibancada, enquanto balançava displicentemente um pedaço de papel laranja que havia achado no chão.

Oliri perdeu a calma e partiu para cima de Gufus pronto para iniciar uma briga, mas foi contido pelos seus colegas.

— O seu dia vai chegar, padeiro, você não perde por esperar. — E saiu do campo arrastado pelos colegas.

Os quatro jogadores de Ponte de Pedra estavam posicionados no meio do campo sob aplausos do público, esperando as suas medalhas que deveriam ser entregues pelo Zelador, mas ele não desceu ao campo. No caminho, foi interceptado por um mensageiro que veio correndo e lhe entregou um bilhete. O Zelador ficou alguns segundos parado com a mão direita pendente segurando o bilhete, depois chamou alguns colaboradores próximos como o Chefe das Obras e Conservação, Roflo Marrasga, e sua irmã. Partiram apressados sem nem se despedir da Diretora Cominato.

Um murmurinho tomou conta da multidão que estava na plateia e aos poucos parecia que os olhares de todos começaram a apontar para onde Gufus, Mia e Teka estavam sentados.

— Será que o Oliri fez uma queixa para a Diretora? — perguntou Gufus. — Eu não fiz nada de errado, só impliquei um pouco com ele. Será que vou ser advertido de novo?

Aquele murmurinho foi aumentando e ganhando volume até que a Diretora Cominato chegou perto dos três, colocou as mãos nos ombros das meninas e disse: — Vocês precisam sair daqui e ir para casa.

— O que aconteceu? — perguntou Mia. — Aconteceu alguma coisa com meus pais?

— Ou com o meu pai? — acrescentou Teka, já antecipando uma notícia trágica. — Ele morreu?

— Não — disse a Diretora. — Eles estão presos.

Capítulo XXVI

Gufus teve a reação mais tranquila e rapidamente levou as amigas para fora do campo. Saíram do Orfanato e quando chegaram à rua, Gufus ficou pensando no que fazer. Ir para a casa dos Patafofa parecia a melhor alternativa, mas por outro lado isso poderia expor as meninas se houvesse pessoas já aglomeradas por lá. Enquanto passavam pelas arquibancadas, foi possível ouvir algumas palavras hostis e outras de espanto para com as famílias Ossosduros e Patafofa. Gufus não sabia bem o que tinha acontecido e a Diretora Cominato apenas havia dito para saírem dali, mas havia um clima de espanto e reprovação no ar. Tomando uma decisão quase automática, decidiu pela segurança do lar e seguiu em direção ao Lago Negro. No caminho, encontrou um dos entregadores que trabalham para seus pais.

— Por favor, pare tudo o que está fazendo, volte para a Padaria e diga aos meus pais para largarem o trabalho e virem para casa com urgência.

Continuou quase que rebocando as amigas pelas ruas, caminhando em passo rápido enquanto se afastavam do Orfanato em direção ao Lago. Teria sido mais rápido ir para a casa dos Patafofa, mas o instinto lhe dizia para afastar as meninas de alguma coisa que ele nem sabia direito o que era. Logo que chegaram em casa, Gufus acomodou as amigas na sala principal e foi buscar água fresca para elas. Foram momentos estranhos, Mia não esboçava nenhuma reação racional e objetiva, tampouco Teka lhes presenteava com um de seus comentários mordazes e irônicos. Estavam anestesiadas com aquela notícia da prisão dos seus pais. Aquele clima quase irreal de silêncio e calma foi quebrado pelo som de uma carruagem seguido pela abertura das grandes portas de entrada da mansão de tijolos vermelhos.

— O que aconteceu, você está bem? — perguntou Silba, depois de correr pela casa adentro e segurar o rosto de Gufus como se espremesse uma laranja.

— Tudo bem, mãe, tudo bem.

— O que houve, meu filho? — indagou Alartel. — Por que nos chamou aqui com urgência? Saímos como loucos da padaria e quase matei os cavalos de tanto correr.

Parecia que ninguém notava a presença das meninas ali e elas estavam sentadas juntas de mãos dadas, afundadas em um grande sofá, quase desaparecendo na mobília. Os pensamentos de ambas ainda estavam confusos, mas agora uma reação já se esboçava.

— Vamos para casa — disse Mia, enquanto se levantava puxando Teka pela mão.

— Calma — retrucou Gufus. — Não sabemos o que aconteceu e aqui pode ser mais seguro do que na sua casa.

— Mas, afinal, o que aconteceu? — perguntou Alartel Pongolino visivelmente preocupado.

Gufus contou o pouco que sabia aos pais enquanto tentava manter as meninas quietas no sofá.

— Vocês tomaram a decisão certa vindo para cá — comentou Silba, e continuou dirigindo-se ao marido. — Querido, vá até as ruas e tente descobrir o máximo que puder. Se preciso, vá até a zeladoria.

Voltou-se para as meninas com o olhar meigo que só uma mãe amorosa tem e tentou tranquilizá-las.

— Vocês podem ficar aqui enquanto Alartel vai tentar descobrir o que aconteceu, mais tarde eu levo vocês para casa... Ou para onde vocês quiserem ir.

Por falta de uma alternativa melhor, as duas concordaram e ficaram aguardando o pai de Gufus voltar com notícias. Não precisaram esperar por muito tempo.

Capítulo XXVII

Em uma sala da zeladoria, o Zelador Salingueta, o Secretário Marrasga, Malia Muroforte, o Chefe da Brigada Ormo Klezula e, é claro, Madame Cebola, discutiam sobre os próximos passos.

— Nós não podemos simplesmente manter Madis Patafofa e Uwe Ossosduros na cadeia — disse Malia Muroforte em um tom de voz incomumente alterado.

— E por que não? — respondeu o Chefe Klezula. — Eles foram pegos em flagrante desrespeitando uma decisão soberana da Assembleia e tramando com o Povo Sombrio do outro lado do Abismo.

* * *

Os guardas da Brigada haviam chegado às minas por conta de uma informação recebida horas antes de que havia pessoas reabrindo uma passagem para o outro lado do Abismo Dejan. Apesar da incredulidade, tiveram que ir verificar, certos de que seria um alarme falso causado por uma certa histeria com as notícias de avistamentos de fogueiras do outro lado. Quando finalmente chegaram até a galeria no final do túnel 26, o local estava iluminado como se a luz daquela clara manhã conseguisse chegar até as profundezas da mina. Contornaram alguns obstáculos até chegar à fonte de toda aquela luz e o que viram foi, para dizer o mínimo, surpreendente.

Uma espécie de porta estava aberta deixando entrar toda aquela luz e uma estreita passagem parecendo uma ponte estava estendida até perder de vista do outro lado. Chegando mais perto, viram que a ponte era um conjunto de três fortes correntes de metal fazendo um formato de "V", permitindo a passagem de uma pessoa por vez e bem no meio dessa ponte avistaram três pessoas. A primeira reação foi de pânico; pensaram que estavam sendo invadidos pelo Povo Sombrio, mas logo reconheceram as figuras que ali estavam. Depois desse momento de medo e confusão, as espadas voltaram para as bainhas enquanto esperavam aquelas pessoas se aproximarem de volta à porta aberta na mina. Uwe vinha na frente seguido de Amelia e Madis fechava a fila.

— Senhor Ossosduros, o que vocês estão fazendo aqui? — perguntou, ainda incrédulo, o líder dos guardas, Astorio Laesa.

— Isso não é da sua conta — respondeu Uwe de forma grosseira.

— Na verdade, é sim, uma vez que vocês estão desrespeitando leis do nosso povo.

Enquanto ajudava Amelia e Madis a passar do final da ponte de volta à segurança da galeria, Uwe ainda acrescentou:

— Não se preocupe, Guarda, esse assunto vai ser tratado com o Zelador.

— Disso vocês podem ter certeza — ele disse, enquanto sacava sua espada auxiliar que era um misto entre uma faca de bom tamanho e um espadim, e completou: — Em nome da autoridade do povo de Terraclara e de sua Assembleia, vocês três estão presos e serão levados para a Zeladoria para serem julgados.

— Mas isso é um engano — alertou Amelia, tentando apaziguar os ânimos. — Nós podemos explicar o que aconteceu e sair daqui civilizadamente.

— Vocês vão ser levados sob nossa escolta, se isso vai ocorrer civilizadamente ou não, só depende de vocês — respondeu o guarda Laesa, enquanto sinalizava para os demais acorrentarem os três.

* * *

Malia Muroforte parecia ser a única a argumentar de forma mais incisiva em favor dos três recém-aprisionados, enquanto os demais mantinham um certo distanciamento. O Secretário Marrasga tentava contemporizar enquanto Madame Salingueta disparava sua língua afiada em todas as direções.

— Quem eles pensam que são? Ninguém, mas ninguém mesmo pode desobedecer às decisões da Assembleia.

— Mas, Venerável Madame, podemos explorar os aspectos atenuantes daquelas ações e quem sabe colocar uma cortina de fumaça nessa desobediência — disse Marrasga, em um raro momento de opinião.

— Ah, isso eu não posso aceitar, as leis são absolutas — refutou o Chefe Klezula.

— E você, Parju, não fala nada? — interpelou Madame Salingueta, quase batendo com o seu leque na base do pescoço do irmão.

— Não há nada para falar que já não tenha sido falado. Preciso pensar nas próximas ações a tomar — disse o Zelador em um tom bastante frio e incisivo. E continuou no mesmo tom: — Por favor, podem sair e me deixar com as minhas decisões.

Capítulo XXVIII

Quando Alartel Pongolino voltou para casa já estava amanhecendo e encontrou todos em um estado de quase pânico. As meninas estavam decididas a voltar para a casa dos Patafofa e Gufus e sua mãe tentavam a todo custo dissuadi-las da ideia.

— A situação é ruim, bem ruim.

Alartel descreveu de forma bem clara, sem rodeios e sem tentar amenizar o que estava acontecendo. O Zelador estava se preparando para convocar uma votação sobre a punição dos três influentes cidadãos agora prisioneiros. O boato de uma traição estava correndo por toda a cidade e enquanto algumas pessoas reagiam com incredulidade, outras demonstravam revolta.

Enquanto conversavam, um rosto conhecido e muito bem-vindo apareceu na porta da sala dos Pongolinos.

— Nina! — Mia saiu correndo e se jogou chorando abraçada em Madame Hulis, que acabara de chegar.

— Eu fui uma tonta, fiquei tão preocupada esse tempo todo e devia saber que vocês três estariam juntos — disse Madame Hulis, enquanto puxava Teka para o abraço apertado que agora envolvia as duas primas.

— Obrigada por cuidar das minhas meninas — ela falou, olhando com os olhos cheios d'água para Silba Pongolino.

— Mia, sua mãe me pediu para lhe entregar esse envelope caso alguma coisa acontecesse — falou, estendendo um pequeno envelope de papel amarelo-claro.

Mia leu a carta e logo depois pediu para Madame Hulis levá-la até a casa dos Patafofa.

— Não, não, de jeito nenhum, não acho que seja seguro ir até lá, mesmo sendo tão perto.

— Naquela casa, não — Mia respondeu, na sequência, pegou na mão de Teka e foi caminhando em direção à porta seguida por todos que estavam naquela sala.

Interlúdio

As coisas estavam indo muito melhor que o planejado. Os obstáculos estavam sendo removidos de forma tão tranquila que era difícil até de acreditar. "Como as pessoas eram ingênuas", pensou.

O pequeno cômodo escondido atrás do painel de madeira parecia agora até um pouco maior enquanto recebia seu ocupante de sempre.

Agora faltava pouco, muito pouco para o golpe final e para isso precisaria, mais uma vez, escrever algumas instruções e pagar com mais algumas pedras preciosas.

"Ah, quão insignificante é o preço a pagar para uma recompensa tão grande" pensava, enquanto selecionava algumas joias com a sua mão enluvada e as colocava no pequeno saco de tecido verde.

O seu plano estava quase atingindo o sucesso total e sua ambição seria satisfeita. O poder estava a um passo de distância e essa distância seria percorrida com cuidado e determinação.

Como sempre fazia, abriu por dentro o painel de madeira, deixando que a luz externa incomodasse seus olhos, depois saiu para interpretar seu papel mais uma vez.

Capítulo XXIX

Afastado da Cidade Capital, fica localizado o antigo e tradicional Solar das Varandas, a casa ancestral da família Pongolino. É uma mansão enorme cercada de campos de flores e pomares, que abrigou gerações da família antes de Madis, Amelia e Mia. Chegar naquela casa era sempre uma visão impressionante. A estrada que seguia desde os enormes portões externos até a construção era ladeada por jardins de beleza incomparável, começando com flores e arbustos junto à estrada e árvores de tamanho crescente conforme iam se afastando da beira da estrada em direção ao terreno. Além das flores, borboletas e abelhas enfeitavam a paisagem junto à presença de pequenos animais que habitavam aquelas terras.

    A visão do Solar era impactante porque tinha um formato irregular, com inúmeras varandas, grandes e pequenas, encravadas em sua fachada, formando um conjunto arquitetônico de rara beleza. Se a chegada ao Solar das Varandas era impressionante por fora, a visão interna era comparavelmente bela. A leveza das varandas, dos vitrais e das portas de madeira clara amenizavam a seriedade da pedra dando àquela casa um aspecto de construção alegre. Chegando ao imenso hall de entrada, a sensação de leveza era ainda maior. As enormes janelas e as inúmeras pequenas varandas traziam a luz do dia para iluminar os tapetes cheios de filigranas combinando tons variados. O tapete redondo colocado bem no centro desse ambiente tinha vários tons de azul, combinados com uma moldura em tons de bege com flores.

Vários metros acima desse tapete, uma claraboia trazia luz natural durante o dia e permitia ver as noites estreladas quando as nuvens davam sua solene permissão. No andar térreo havia uma sequência de salas com mobiliários que serviam aos mais variados objetivos e no extremo da ala sul ficava a enorme biblioteca. As estantes cheias de livros tinham um ar mais sóbrio do que o restante da casa, mas a grande lareira e as altas janelas verticais que intercalavam as estantes traziam luz e calor para aquele ambiente. Era um dos lugares preferidos da família e, por vezes, Madis trabalhava na grande mesa de madeira, enquanto Amelia escrevia sobre a história de Terraclara e Mia lia alguma das centenas de obras disponíveis naquela biblioteca.

Era no meio desse ambiente tão familiar e acolhedor que os três amigos se encontravam, porém agora em um momento bem menos agradável.

— Pela cabeleira de Bariopta, nunca vi tantos livros nem na biblioteca do Orfanato! — comentou Gufus, enquanto quase torcia o pescoço olhando em todas as direções.

— É verdade — disse Mia, com os olhos ainda marcados de tanto chorar. — Eu devia ter convidado você para vir aqui em casa há muito tempo, mas a casa da cidade é tão mais perto e tão mais cômoda de ir e vir do Orfanato que nos últimos tempos eu pouco vim até aqui.

— Eu gosto mais da sua casa do que da minha — completou Teka. — A minha casa parece mais uma fortificação do que um lar.

Na verdade, o castelo Ossosduros tinha sido construído para ser uma fortaleza nos tempos em que a paz ainda não predominava em Terraclara. Seu objetivo original era proteger do alto de uma colina a passagem que levava às vilas e fundições do clã Ossosduros. Os cômodos residenciais já tinham sido adaptados e reformados, mas ainda havia um certo ar impessoal e frio nos ambientes. Foi a avó de Uwe quem começou o longo processo de humanização daquela enorme construção de pedras e ferro. Essa longa e lenta transformação foi tornando aquela imponente e resistente fortaleza em um lar. Flora deu continuidade a essa tarefa e muito do seu toque pessoal ainda podia ser visto nas áreas internas e dos quartos do castelo. Depois da sua morte, tudo ficou como que congelado no tempo e era assim que Teka se sentia quando estava em casa. Por isso ela passava tanto tempo com a prima na casa dos tios.

— E o que nós viemos fazer aqui? — perguntou Gufus, já impaciente e visivelmente com fome.

— Para começo de conversa, você veio porque quis — respondeu Teka, com o seu habitual jeito pouco amistoso. — E se seguir aquele corredor, vai chegar na cozinha. Vai logo e arranja alguma coisa para comer, assim você para de encher nossa paciência.

Até para o padrão de Teka, aquela resposta foi exageradamente rude. Mia e Gufus ficaram parados sem ação e esse clima estranho só foi quebrado pela chegada de Madame Hulis e do casal Pongolino.

— Crianças — disse Madame Hulis, do mesmo jeito que as tratava desde que eram crianças — Por aqui está tudo calmo e o pessoal que trabalha aqui no Solar disse que não havia recebido qualquer visita inesperada.

— Obrigada, Nina — agradeceu Mia e virou-se para os três adultos —, mas agora eu gostaria de ter um tempo sem interferências por aqui para procurar o que minha mãe mencionou.

Mia havia mantido segredo sobre o conteúdo da carta até aquele momento e realmente ninguém sabia o que estavam fazendo ali.

Os adultos saíram e foi Gufus quem perguntou novamente o que todos queriam saber.

— Mas e então, o que nós estamos fazendo aqui?

Mia leu em voz alta a carta que havia recebido pelas mãos de Nina.

"Minha amada filha,

Seu pai e eu vamos fazer uma viagem até um local que nos evoca as mais tristes lembranças e por isso eu pensei em lhe escrever caso alguma coisa ocorra conosco.

Os recentes acontecimentos trouxeram grandes preocupações para todos nós e eu, seu pai e seu tio decidimos que devíamos averiguar o que realmente está acontecendo do outro lado do Abismo. Fazemos isso por você, pela Teka e por todos aqueles que vivem na nossa terra. Não sei se vamos conseguir alcançar nosso objetivo, mas essa tarefa carrega vários riscos que apertam meu coração, não por mim, mas por você. Eu bem sei a falta que minha querida irmã faz para Teka e não quero que você passe por isso também, mas às vezes as necessidades do nosso povo superam as necessidades de alguns poucos ou, no meu caso, de um só.

Se alguma coisa acontecer conosco, procure no local onde escondemos nossos sonhos e você saberá onde nos encontrar.

Nós dois te amamos muito, bem do fundo dos nossos corações."

A assinatura estava levemente borrada, como se uma lágrima tivesse escapado bem no fim dessa carta.

Após a leitura foi, mais uma vez, Gufus quem quebrou o gelo:

— Mia, eu entendo sua tristeza, mas a sua mãe não disse coisa-com-coisa nessa carta. Onde se escondem os sonhos?

— Bem ali — Mia respondeu, apontando para a grande lareira.

Capítulo XXX

Amelia era uma mulher incrivelmente inteligente e especialista em história antiga. Chegou a disputar uma vaga de professora no Orfanato, mas enfrentou forte oposição do titular da disciplina – Omzo Rigabel – que fez de tudo para manter aquela cadeira ocupada por um professor apenas, ele mesmo. Amelia então decidiu tornar-se pesquisadora e escritora, tendo publicado uma sequência de obras sobre a história de Terraclara. Por conta dessa atividade, ela passava sempre algumas horas na enorme biblioteca do Solar ou no escritório da sua casa na cidade, cercada de livros, manuscritos, pergaminhos ou pedaços de pedra com inscrições.

Quando estava no Solar das Varandas, a companhia da filha e do marido era ao mesmo tempo um incentivo e uma distração para o seu trabalho de pesquisa – e geralmente a distração ganhava essa disputa. Amelia adorava incentivar a filha não só no hábito da leitura, mas também a exercitar sua imaginação. Uma das brincadeiras preferidas das duas era a de pensar alguma coisa, qualquer coisa, e tentar descrever ou desenhar esse pensamento. Com o tempo, produziram descrições de animais imaginários, lugares estranhos, máquinas de voar e outras tantas coisas que a imaginação fértil de uma criança poderia criar. Combinaram de manter esses sonhos como um segredo só delas e escolheram um lugar secreto para guardá-los.

A enorme lareira da biblioteca era ladeada por uma moldura de pedra com inúmeras figuras em relevo. Era uma obra de arte que fazia daquela lareira um dos pontos mais bonitos de todo o Solar. O que ninguém mais sabia era que a parte superior da enorme moldura se abria como uma longa gaveta, escondida na estrutura de pedra. Para abri-la era necessário puxar o chifre de um touro esculpido no lado esquerdo e, na sequência, girar cento e oitenta graus um botão de rosa gravado do lado direito. Ao fazer isso, podia-se escutar um clique e depois bastava puxar com força a pesada gaveta, revelando um compartimento sigiloso, agora cheio de desenhos e escritos.

* * *

— Por que raios você desenhou uma onça voadora? — perguntou Teka, enquanto bisbilhotava os desenhos e textos dentro da gaveta. E completou: — O bicho já é perigoso em terra e você ainda quer fazê-lo voar?!

— Larga isso, Teka — disse Mia, arrancando o desenho das mãos da prima. — O que a mamãe deixou deve estar aqui.

No meio de todos os papeis dentro da grande gaveta havia uma caixa de madeira, que logo foi removida e levada para o centro do grande tapete. Na caixa havia um livro muito antigo, manuscrito, que logo se revelou um diário. A caligrafia era bem difícil e demorou um tempo para descobrirem que era o diário de Aldus Patafofa. O papel estava amarelado e, em algumas páginas, quebradiço, tornando ainda mais lenta a tarefa de folhear aquela relíquia. Foi Amelia quem os ajudou ao deixar uma pequena folha de alguma planta marcando uma página.

— Como você sabe que foi sua mãe que deixou essa marcação? — perguntou Gufus.

— Porque é uma folha de laranjeira, a preferida da mamãe — respondeu Mia, enquanto amassava aquela pequena folha para revelar um leve, quase imperceptível, aroma que se espalhou pelo ambiente.

Naquela página estava um relato antigo, da época da Guerra dos Clãs, detalhando como Aldus descobriu o segredo das passagens através do Abismo Dejan e a forma sangrenta como manteve esse segredo para si, mandando eliminar todos os que originalmente sabiam das localizações das passagens pela cordilheira até o outro lado.

Havia instruções detalhadas sobre três passagens, uma delas mostrando certo desgaste como se tivesse sido manuseada de forma brusca e inadequada para um documento tão antigo. Mia e Teka quase podiam visualizar a cena quando Uwe e Madis puxavam aquele diário da mão um do outro para tentar ler e, em certo momento, Amelia repreendendo os dois e tomando para si a leitura do antigo documento. Nesta página havia a descrição de uma das passagens, mostrando a entrada por um túnel de mineração e uma porta escondida em uma antiga galeria.

— Foi para lá que eles foram — disse Teka, com a voz séria e os olhos baixos.

— E como você sabe? — perguntou Gufus.

— Porque apesar do meu pai não tocar no assunto, eu sei muito bem onde minha mãe morreu, e foi nesse túnel 26.

Um silêncio incômodo tomou conta da biblioteca, até ser quebrado pela própria Teka.

— Mas se eles foram presos por tentarem passar para o outro lado, o que eles estavam fazendo?

A resposta estava nos planos anotados por Amelia em um mapa da fronteira sul. Ela temia por sua vida, não somente por si, mas pela possibilidade de deixar mais uma órfã na família. Por isso fez questão de explicar o que estava planejando e o porquê.

As anotações foram feitas rapidamente e em tópicos:

— *Viajar separados até a Vila do Monte*
— *Mentir para todos*
— *Entrar pelo túnel 26*
— *Atravessar — como?*
— *Observar*
— *Fazer contato?*

Todas essas anotações pareciam ter sido feitas às pressas, mas, de certa forma, ofereciam um roteiro bem detalhado sobre onde estavam indo e o que iriam fazer. Aquela última e misteriosa anotação era a que mais intrigava os três investigadores informais.

— Vamos refazer a viagem deles — disse Mia em um rompante que cessou o silêncio e ao mesmo tempo surpreendeu os demais, afinal, ela sempre foi a personificação do equilíbrio e da sensatez.

— Mas a sua mãe não pediu isso — retrucou Gufus —, aliás ela só queria que você soubesse o que estava acontecendo caso ela morres... — e interrompeu a frase sem muito sucesso porque todos entenderam o que ele queria dizer.

— Sim, eu sei, ninguém morreu, mas eles estão sendo acusados de traição e desobediência.

— Mas, Mia... — Gufus retrucou mais uma vez, dessa vez dosando o tom de voz como se quisesse amenizar o que diria a seguir. — Eles desobedeceram à Assembleia e são culpados.

Mais uma vez um silêncio incômodo, quase palpável, tomou conta do ambiente. Foi Teka, até então incomumente calada, quem quebrou aquele gelo.

— Estamos esperando o quê? Se sairmos agora, ainda teremos muita luz do dia pela frente.

Capítulo XXXI

Geralmente os dias que sucedem o decatlo são tomados de celebrações dos grandes vencedores e choramingos dos perdedores. Os professores sabiam bem disso e tinham certa condescendência, evitando testes e provas naquele período. Bem, quase todos. No primeiro dia de aula que se seguiu ao decatlo, os alunos que chegavam à sala de aula do professor Omzo Rigabel foram surpreendidos com mais um teste-surpresa. Já conheciam a rotina de sentar-se e ficar olhando para aquele caderno ainda virado, esperando o momento em que o Professor daria sua autorização para começarem o teste. Havia três mesas desocupadas e Rigabel fez questão de fazer a chamada antes de começar o exame, mesmo sabendo muito bem quem eram os três ausentes.

— Senhor Gufus Pongolino... Gufus Pongolino está presente? Não? — E prosseguiu: — Senhorita Mia Patafofa... Ah, que pena, faltou. Senhorita Temitilia Katherina Ossosduros... Senhorita Ossosduros, última chance de responder à chamada.

Só após se deliciar com esse momento, Rigabel autorizou que os alunos começassem o teste-surpresa. Ficou de pé olhando as expressões desesperadas dos alunos enquanto pensava sobre as três ausências.

* * *

— Bom dia, Letla. Podemos falar um minuto?
— Claro, Omzo, pode entrar. Quer um chá?

Omzo Rigabel pensou, mas não verbalizou que a Diretora Cominato vivia apenas movida a chá; devia ser uma espécie de poção que lhe dava energia.

— Você já deve estar sabendo que aqueles três — e deu uma ênfase bem estranha enquanto pronunciava "aqueles três", quase como se estivesse descrevendo um banheiro sujo — faltaram às aulas novamente hoje.

— Sim, eu sei. Eles também faltaram às aulas nos últimos dois dias. Hoje mesmo vou conversar com os Pongolinos e tentar descobrir quem está tomando conta das meninas.

A Diretora Cominato acreditava que as primas estavam sob os cuidados da Madame Hulis, mas a ausência de Gufus a fez desconfiar que talvez a família Pongolino as tivesse acolhido. De qualquer maneira, iria tentar esclarecer o que acontecera e ajudar no que fosse possível.

— Você precisa descobrir o que aconteceu e punir severamente aqueles três — retrucou o professor Rigabel.

A Diretora Cominato chegou a pegar fôlego para lhe dar uma resposta apropriada, mas, em vez disso, soltou um discreto suspiro e respondeu:

— Pode deixar! Assim que souber de alguma coisa, lhe informarei.

E ficou parada olhando para ele com uma expressão que poderia ser traduzida como "pode ir embora agora porque tenho muito o que fazer".

* * *

A Diretora Cominato saiu do Orfanato decidida a ir diretamente até a casa dos Pongolinos. Alartel e Silba deviam estar abrigando as meninas ou pelo menos saberiam onde elas estavam. Porém, logo que partiu, foi lembrada, pela movimentação de pessoas, da votação que havia mais uma vez sido convocada de última hora pelo Zelador. Ainda assim, optou por desviar o caminho pelo Lago Negro e tentar falar com os Pongolinos antes de seguir para o anfiteatro do Monte da Lua. Mas a residência de tijolos vermelhos estava fechada e nenhuma luz indicava que alguém poderia estar em casa. Retomou, então, seu caminho original e chegando ao seu destino, a reunião já havia começado. Ela ouvia o burburinho das pessoas simultaneamente com os discursos e argumentos lá na frente, mostrando que o assunto era sério e despertava um debate acalorado.

No grande palanque do anfiteatro, o Zelador ocupava lugar central, sendo ladeado por sua irmã, o Secretário Marrasga, o Chefe da Brigada Ormo Klezula e, abaixo deles, sentados em um banco, Uwe, Amelia e Madis.

Enquanto tentava se posicionar em meio à multidão que lotava cada centímetro daquele espaço, a Diretora Cominato pensou: "Então é assim que vai ser, um espetáculo às custas dos três".

Mas ela não imaginava o quanto estava errada. O desfecho daquela noite seria pior, muito pior.

Capítulo XXXII

Já havia se passado muito tempo, eles não tinham ideia do quanto —, mas o sol já estava baixo e precisavam encontrar abrigo. Como a saída havia sido repentina, não puderam se preparar adequadamente, mas levavam agasalhos, um pouco de comida, moedas, arcos, flechas e um espadim.

— Já estou me perguntando se não devíamos ter saído pela manhã; assim, teríamos tido tempo de nos preparar melhor — disse Gufus que, naturalmente, já estava com fome.

— Mas se fizéssemos isso, duvido que seus pais e Nina iriam deixar a gente vir — respondeu Mia.

— E você veio porquê qu... — Teka começou a dizer, quando foi interrompida pela prima aos berros.

— Para com isso, Teka! Essa agressividade não leva a nada. Ninguém aguenta mais suas respostinhas.

Gufus se armou de toda paciência e compreensão do mundo para tentar acalmar os ânimos.

— Calma, meninas, estamos todos nervosos e com medo, é natural, mas vamos ficar bem.

Mia olhou para Gufus e sentiu tranquilidade e confiança emanando daquela figura tão familiar, e teve certeza de que havia perdido aquela discussão lá no Solar por um ótimo motivo.

* * *

Horas antes, na biblioteca do Solar das Varandas, todos ficaram sem ação frente à sugestão de Teka de saírem imediatamente seguindo os passos do pai e dos tios. Mia, que havia, de início, proposto a viagem, foi pega de surpresa e mais uma vez surgiram sentimentos conflitantes em sua cabeça. Como sempre, uma pequena batalha interna acontecia na mente de Mia, afinal, ela mesma, em um rompante bem incomum, havia sugerido seguir os passos dos adultos e tentar entender o que havia ocorrido. Mas naquele momento em que sua prima simplesmente dizia "vamos embora agora", ela titubeou. Era a velha Mia Patafofa doutrinada a controlar seus impulsos e que se via assustada diante de um salto de coragem como aquele.

— Mas... Não seria melhor esperar até amanhã cedo? — perguntou Mia, incorporando sua característica controlada e temerosa.

— Nada disso — respondeu Teka. — Se vamos, vamos agora, antes que alguém sinta nossa falta e venha atrás de nós.

O até então calado Gufus foi quem contemporizou e direcionou os esforços de todos.

— Vamos logo agora, pegamos o que der para a viagem aqui mesmo e saímos imediatamente. Se nós andarmos rápido, vamos chegar à beira do Grande Lago em três dias.

— Como assim, nós? Você não precisa ir, seus pais estão na sala ali ao lado e não na masmorra — falou Teka, com uma mistura de espanto e esperança.

— Gufus — disse Mia, tentando dissuadir o amigo daquela decisão —, nós não sabemos o que vai acontecer, quando vamos voltar... Você e seus pais já nos ajudaram muito, mas não vou deixar você se arriscar assim.

— E vocês acham mesmo que eu vou deixar as minhas melhores amigas sozinhas justamente agora? Podem ir se acostumando com a minha companhia nessa viagem — ele respondeu com um sorriso acolhedor.

Mia se aproximou devagar de Gufus e deu um beijo suave em seu rosto, dizendo bem baixinho:

— Obrigada.

Os preparativos tiveram que ser rápidos, incluindo um bilhete para a Madame Hulis e outro para os Pongolinos. No aviso, pediram para que não fossem seguidos porque isso poderia atrair atenções indesejadas. Ao contrário, solicitaram que fosse dada uma desculpa qualquer ao Orfanato e mantivessem suas ausências em segredo o máximo de tempo possível.

Pegaram algumas roupas, uns agasalhos e alguma comida na despensa. Gufus insistiu em levar alguma coisa para se defenderem e, na falta de armas naquela casa, Mia lembrou-se do espadim que ficava em uma estante acima da mesa de trabalho do seu pai. Era uma arma muito antiga, mantida ali mais como objeto de interesse histórico e decoração, afinal, sua bainha era toda trabalhada em fios de ouro. Apesar de ser bastante antiga, ainda era resistente e afiada, um trunfo da arte dos antigos ferreiros de Terraclara. Na sua lâmina, uma frase gravada em idioma arcaico: *A espata non sangrare*, que Amelia havia explicado tratar-se de uma forma antiga de se dizer "A espada não sangra".

No caminho, Mia passou no galpão perto da ala norte do jardim e pegou seu arco e um estoque de flechas. Quando já estavam saindo, voltou correndo e, depois de alguns minutos, retornou com um pequeno saquinho de couro nas mãos. Lembrou que havia uma pederneira jogada em algum canto no galpão, junto de uma pequena faca que seu avô usava para entalhar madeira. Cortar gravetos e fazer fogo poderia fazer toda a diferença naquela viagem.

* * *

A noite estava fria, mas no céu não tinha nuvens, garantindo, pelo menos, que eles ficariam secos naquela madrugada. O caminho que escolheram os levaria às margens do Grande Lago no final do terceiro dia de caminhada, e de lá poderiam tentar pegar alguma embarcação até a Vila do Monte. Não esperavam ser seguidos, afinal, não eram fugitivos, mas na dúvida evitaram as estradas principais e seguiram às margens, ora pela mata ora pelos pequenos riachos que delineavam o caminho. Encontraram um local para descansar e passar a primeira noite não muito longe de um riacho, que lhes forneceria água fresca, e embaixo de uma pedra, que fazia uma pequena cobertura natural contra o orvalho da noite.

A primeira tentativa de fazer uma fogueira foi um completo desastre: os gravetos que colheram ainda estavam verdes, fazendo com que quase se sufocassem em tanta fumaça. A segunda tentativa foi um pouco melhor, mas a fogueira parecia que tinha vida própria e insistia em apagar. Foi Gufus quem matou a charada: o buraco que haviam cavado não permitia a entrada de ar. Assim, refizeram a fogueira usando pedras da beira do riacho como uma pequena parede para acomodar o fogo, agora com galhos bem mais secos, colhidos longe da margem. Enfim, depois de muito mais tempo que o previsto, estavam conseguindo descansar ao redor de uma fogueira que não só aquecia seus corpos como trazia luz para aquele local ermo.

— Ainda estou com fome — disse Gufus pela terceira ou quarta vez.

— Imagino que esteja — respondeu Teka com ironia. — A essa hora, em casa, você estaria fazendo um lanchinho entre o jantar e a ceia, antes de dormir.

Todos riram muito, mas estavam racionando a comida para o caso de não encontrarem nada comestível no dia seguinte. Um ruído não distante dali chamou a atenção dos três e o medo das onças pulou logo em suas mentes como um brinquedo de mola. Aquelas matas eram o lar de vários animais de todos os portes e, dentre os mais perigosos, estavam os maiores predadores: as onças e os lobos. Lobos eram comumente encontrados nas regiões mais frias, e naquela região de temperatura mais amena, quem predominava eram as onças.

Onças pardas são grandes e desajeitadas, mas as pintadas, apesar de um pouco menores, são rápidas e, ao contrário dos lobos, sobem em árvores com facilidade. Por isso, todos aqueles que viviam nas áreas rurais tomavam muito cuidado com esses enormes felinos.

— Está com aquela espada na sua mão? — perguntou Teka, baixinho, sussurrando ao ouvido de Gufus.

— E você acha mesmo que um espadim de sessenta centímetros pode nos defender de uma onça? — ele respondeu, já puxando a lâmina da bainha.

— É melhor do que nada.

— Isso não é uma onça. A noite está muito clara e o vento está soprando na direção do riacho; as onças não conseguiriam se aproximar das presas sem chamar atenção — disse Mia, com um tom de voz irritante e surpreendentemente calmo.

— E desde quando a senhorita minha prima virou especialista em onças?

— Aquele monte de livros na biblioteca não serve só de decoração, já li muita coisa sobre os animais de Terraclara — e continuou: — Aqui em volta dessa pedra não há pegadas de animais, o que quer dizer que não é rota para o riacho e a chance de recebermos alguma visita é bem pequena, especialmente com o fogo aceso.

O silêncio que se seguiu poderia ser ilustrado pelas expressões faciais de certo espanto de Gufus e Teka, e um sorriso superior nos lábios de Mia. Dormiram bem naquela noite, e só acordaram quando o dia clareou e a fogueira já havia se apagado há muito tempo.

Capítulo XXXIII

Comeram as últimas frutas que haviam levado e agora só tinham alguns pães já endurecidos na bagagem, mas estavam confiantes de que encontrariam alimentos no caminho para disfarçar a fome ao longo do dia. No trecho do caminho onde se encontravam, seria fácil identificar a distância a aproximação de carroças ou cavalos, permitindo que se escondessem na mata. Por isso, decidiram seguir pela estrada, o que garantiria uma caminhada mais tranquila e rápida.

— Por favor, alguém me lembre de novo por que não viemos a cavalo? — perguntou Gufus, pela milésima vez.

— Porque isso chamaria atenção para nós — respondeu Teka, também pela milésima vez.

Na verdade, a opção pelos cavalos economizaria pelo menos um dia no trajeto, talvez mais, porém obrigaria que viajassem pela estrada todo o tempo e os forçaria a encontrar alguma pastagem para alimentar, desviando o caminho até o Grande Lago.

— Se chegarmos rapidamente à margem do Lago, podemos pernoitar em uma estalagem e depois seguir para a Vila do Monte — disse Mia enquanto catava algumas amoras selvagens em um arbusto.

— Ei, espera aí, como você sabe que essas frutas não são venenosas? — falou Gufus e, na sequência, ele mesmo respondeu a própria pergunta. — Já sei, já sei, aquele monte de livros na biblioteca não serve só de decoração — disse tentando imitar o jeito da amiga.

Os três caíram na gargalhada e seguiram viagem comendo as amoras recém-colhidas.

* * *

Frente à tranquilidade aparente do caminho até o momento, a preocupação era o tempo. Quanto mais demorassem para chegar ao destino, maiores as chances de alguém vir em seu encalço. Gufus acabou se tornando o guia da expedição por sua facilidade em ler o mapa e identificar os pontos do relevo ou outros marcos como rios e clareiras. Era uma habilidade extremamente útil que as meninas não faziam ideia de que Gufus dominava.

— Meu pai adora explorar a natureza e, desde que comecei a andar, ele me leva para excursões fora da Cidade Capital, munidos de mapas, um pouco de comida e água — disse Gufus, sentindo muita saudade não só do pai, mas também da mãe e do aconchego do lar. E acrescentou: — Eu aprendi a ler mapas ao mesmo tempo que era alfabetizado.

— E pelo jeito que você faz seus trabalhos no Orfanato, acho que só aprendeu a ler mapas mesmo — disse Teka, não perdendo a chance de implicar com o amigo.

Todos riram muito e seguiram a caminhada por mais algum tempo até que Gufus interrompeu o ritmo e ficou alternando o olhar do mapa para a paisagem adiante.

— O que houve? — perguntou Mia, com a cara muito assustada. — Erramos o caminho?

— Não — ele respondeu. — Estou pensando...

E de repente ele começou a correr, afastando-se das amigas, que não entenderam nada do que estava acontecendo. Mia conteve o impulso de Teka em segui-lo e ficaram paradas. Foi uma ótima decisão, porque seria pior se cada uma corresse em uma direção diferente e se perdessem. Ficando no mesmo lugar, Gufus poderia voltar e encontrá-las onde as deixou. E foi exatamente isso que aconteceu alguns minutos depois.

— O que vocês duas acham de cortar caminho e ganhar quase um dia de viagem?

Sem entender muito bem o que Gufus estava querendo, as meninas o seguiram até a beirada de uma ravina, não muito longe de onde estavam.

Gufus abriu o mapa novamente e compartilhou sua ideia com as amigas. A ravina seguia em uma linha quase reta na direção do seu destino, enquanto a estrada contornava os relevos fazendo uma grande curva. Caso seguissem pela ravina, cortariam um bom trecho do caminho e chegariam ao anoitecer bem à frente de onde haviam planejado.

— Mas se esse caminho é tão mais curto, por que as pessoas perdem tempo nessa estrada? — perguntou Teka, desconfiada de tantas vantagens na ideia da ravina.

Gufus já estava abrindo a boca para falar, mas foi Mia quem respondeu:

— Porque a ravina é estreita demais para carroças, irregular demais para os cavalos e, em algumas épocas do ano, as chuvas a transformam em um riacho com forte correnteza.

Gufus puxou aplausos e assobios, seguido por Teka, enquanto Mia brincava fazendo agradecimentos teatrais.

— Então vamos — disse Teka, já se encaminhando para um declive que serviria bem como acesso ao fundo da ravina.

Enquanto caminhavam, não foi difícil constatar que haviam exagerado no otimismo quanto ao prazo de chegada. A superfície era irregular, cheia de pedras, algumas pontiagudas e outras cobertas de limo. Além disso, um remanescente do riacho temporário insistia em correr ao longo da ravina, não o bastante para encher os cantis, mas suficiente para manter os pés incomodamente molhados. A progressão naquele terreno era muito mais lenta do que poderiam imaginar, sem contar a sucessão de escorregões e tombos que, no início, foram motivos de risos e, agora, horas depois, eram uma irritação crescente.

Decidiram não parar enquanto não chegassem ao destino porque ninguém queria passar a noite no fundo da ravina e, com isso, o cansaço já começava a se transformar em exaustão. Conforme a tarde avançava, a luz natural no fundo da ravina reduzia-se em um ritmo muito mais acentuado do que lá no alto, tornando o ambiente lúgubre e difícil de caminhar. Foi Teka quem primeiro escutou ao longe os trovões e rompeu o silêncio que os acompanhava como quarto participante da expedição.

— Em algum lugar as pessoas estão ficando molhadas, ainda bem que estamos longe.

Mia olhou para baixo e foi a única a notar que aquele pequeno fio d'água que os acompanhava ganhou sutilmente um pouco de volume. Ela de imediato parou a caminhada e disse com a voz assustada:

— Precisamos sair daqui... Agora!

— Mas o que houve? — perguntou Teka, sem entender nada.

— A chuva... A ravina... A água. — Mia não conseguia estruturar uma frase, apenas olhava em volta sem saber para onde ir.

— Calma, Mia, o que está acontecendo? — perguntou Gufus, mas, infelizmente, a resposta veio em forma de uma elevação brusca do nível da água e da velocidade da correnteza.

O inesperado temporal ao longe estava transformando o seu atalho em uma armadilha mortal. As fortes chuvas no início da ravina desciam como corredeira, subindo rapidamente pelo fundo rochoso. Enquanto a água ganhava volume e força, eles perdiam o equilíbrio, já tendo dificuldades em se manter de pé.

Para todos era uma situação apavorante, mas para Mia o terror era ainda maior. Era como se o medo tivesse consistência; alguma coisa que a envolvia com a densidade de um doce em uma panela, resistindo à colher que teimava em mexer. Uma espécie de tremor correu por sua espinha e ela agarrou o braço da prima com tanta força que a machucou.

— Eu não sei nadar — disse Mia, quase sem conseguir articular as palavras.

Existem palavras bem-intencionadas, mas que não têm efeito prático. Muitas pessoas em situações de pânico escutam palavras como "fique tranquilo" ou "tudo vai acabar bem" e isso só serve para aumentar o desconforto. Em uma situação dessas, as pessoas não querem escutar palavras vazias, querem ouvir o que Teka disse enquanto agarrava a prima pela cintura.

— Não se preocupe, eu nado pelas duas.

Aquele atalho tranquilo havia se transformado em um rio profundo e com forte correnteza que arrastava os três viajantes com violência. Foi Teka quem vislumbrou a saída e, com muita destreza e pensamento rápido, arrancou o espadim da cintura de Gufus e cravou a arma em um tronco de árvore que se projetava do alto da ravina. Os três agarraram-se uns aos outros da melhor forma possível e Gufus subiu primeiro, segurando-se no tronco de árvore. Imediatamente puxou Mia para cima, ficando ambos empoleirados nos troncos. Teka foi a última a subir e quem logo liderou o grupo a continuar seguindo até o terreno plano, longe da ravina e da correnteza que se formou.

Quando finalmente conseguiram chegar no terreno plano e seco, cada um caiu para um lado, exaustos e encharcados.

— Bem, pensem no lado positivo — disse Gufus, com uma tranquilidade atípica de quem havia escapado da morte há pouco. — Pelo menos a correnteza nos trouxe na direção certa.

Recebeu um sapato encharcado nas costas, arremessado por Teka como recompensa pelo comentário engraçadinho. As últimas forças foram gastas recolhendo gravetos para uma fogueira improvisada, que ajudou a aquecer seus corpos molhados e seus ânimos desgastados.

* * *

Após o susto da ravina, um novo dia de caminhada havia começado, mas a chuva que atingira outras regiões na véspera chegou logo no início da manhã. Assim, iniciaram o dia novamente ensopados, com frio e sem nada para comer. Felizmente o sol voltou a brilhar, permitindo que suas roupas fossem secando aos poucos enquanto caminhavam. A tarde já apontava para o inevitável crepúsculo e um certo desânimo pairou entre os três. Isso foi ficando visível na redução do ritmo das passadas e no silêncio incomum que tomou conta do grupo. Foi Mia quem teve a lembrança de uma canção que ouviu de Amelia quando era bem pequena. Sacrificou o último gole d'água do seu cantil para molhar a boca e cantou:

No curso do rio
Na vazão da maré
As águas que vêm
Do topo ao sopé
E lavam as gotas
De sal do meu vulto
De criança que vai
Encontrar o adulto

Vou andar, vou correr, só não posso voar
O mundo é tão grande, tão vasto e tão alto
E eu sou tão pequeno, não achei meu lugar
Entre os montes, florestas, lagos e planaltos

Tenho força de sobra
Empurrando as pernas
Sempre tenho um abraço
Nos hotéis e tabernas

Quando o corpo se cansa
Não me falta um abrigo
Não me falta um alento
Para levar comigo

Vou andar, vou correr, só não posso voar
O mundo é tão grande, tão vasto e tão alto
E eu sou tão pequeno, não achei meu lugar
Entre os montes, florestas, lagos e planaltos

Folhas caem no outono
Em um mar de castanho
E se quebram em meus pés
Num tapete de sonho
Vou depressa bem longe
Minha mente vai leve
Nunca me sinto perdido
Na relva ou na neve

Vou andar, vou correr, só não posso voar
O mundo é tão grande, tão vasto e tão alto
E eu sou tão pequeno, não achei meu lugar
Entre os montes, florestas, lagos e planaltos
Entre os montes, florestas, lagos e planaltos
Entre os montes, florestas, lagos e planaltos

Quando terminou a canção, Mia já estava sendo acompanhada na cantoria pela prima e pelo melhor amigo. Todos com o ânimo renovado pela emoção daquela música, seguiram o caminho abraçados. Não precisaram caminhar muito até avistarem a luz de uma casa, não muito longe da margem do Grande Lago.

Capítulo XXXIV

Após a última votação, muita coisa estava mudando para pior em Terraclara e os cidadãos não se davam conta disso, pelo contrário, estavam tranquilos porque alguém estava zelando por sua segurança. Todos os suspeitos de terem desobedecido à decisão da Assembleia e conspirado com o Povo Sombrio estavam presos. Aqueles condenados que exerciam alguma função na administração foram imediatamente afastados e substituídos. O Zelador havia sido autorizado pela Assembleia a tomar decisões de forma extraordinária, sem consulta popular, enquanto a crise perdurasse e, com isso, estava criando funções fiscalizadoras dentro de diversas atividades da sociedade.

O Chefe da Brigada, Ormo Klezula, recebera novas atribuições e investigaria todas as possíveis associações criminosas com os condenados.

As palavras tranquilizadoras que a população escutara foram: ordem, vigilância e normalidade. De forma geral, era apenas isso que a maioria queria ouvir, afinal, de um jeito ou de outro, o cidadão ficará feliz.

Capítulo XXXV

A claridade do dia já estava tomando seu rumo para longe dali e sua ausência trazia o frio que esteve escondido dos raios de sol. Com isso, os três viajantes tinham uma decisão a tomar.

— E aí, batemos na porta? — perguntou Gufus, já morrendo de fome.

— Ou nos escondemos? — argumentou Mia, sempre equilibrada nas suas colocações.

— Vamos ficar aqui parados na frente desta casa até congelar? — completou Teka, com sua falta de sutileza habitual.

— Se vocês me perguntarem, eu diria que faz muito frio aqui fora de madrugada — disse uma voz estranha, vinda bem de trás deles.

O susto foi grande e as reações variadas. Mia sacou seu arco e já carregou uma flecha, enquanto Teka e Gufus ficaram sem ação ao ver aquele estranho.

— Seria muito indelicado se a mocinha me desse uma flechada bem em frente à minha casa quando eu estava pronto para convidá-los a entrarem e se aquecerem junto à lareira — disse o estranho, com aparente bom humor frente a uma situação tão inusitada.

Mia abaixou o arco enquanto os três se entreolhavam pensando no que fazer.

— Bem, se mudarem de ideia, é só bater na porta — disse o estranho à medida que entrava na casa.

Já com o homem do lado de dentro, escutaram vozes de outra pessoa e uma conversa animada tomando conta do ambiente.

— Mas, e então — perguntou Teka —, o que a gente faz agora?

Sentindo o cheiro de comida que vinha de dentro da casa, a resposta de Gufus não foi nada surpreendente.

— Vamos bater na porta e pedir abrigo, simples assim.

E a discussão entre os três continuou sem acordo enquanto eram observados por dois espectadores que se divertiam muito assistindo pela janela à conversa sem sentido daqueles viajantes do lado de fora. O mais jovem dos dois abriu a porta repentinamente, pregando novo susto nos três e, segurando um prato que emanava um cheiro apetitoso, disse:

— O guisado que o meu pai preparou está uma delícia, pena que ele cozinhou muita coisa e vamos ter que desperdiçar um monte de comida. Pena mesmo.

E entrou em casa mais uma vez, porém agora deixando a porta aberta, com a visão de uma lareira acesa e uma mesa posta.

Vencidos pela falta de argumentos contrários, os três foram entrando devagar até ouvirem uma voz grave vindo lá de dentro:

— Limpem os pés antes de entrar, não quero pegadas de lama aqui dentro!

Rapidamente começaram a raspar as solas dos calçados em uma peça de metal que ficava na pequena varanda próxima à porta de entrada. Sem esperar quaisquer apresentações, o dono daquela voz grave, um homem já com cabelos brancos e pele marcada pelo tempo, começou a servir várias tigelas de guisado para todos os cinco. Ninguém comeu, esperando os anfitriões, até que foram interpelados pelo homem mais velho:

— Não estão comendo por quê?

Nem precisaram de convite adicional para devorarem o delicioso guisado de carne com legumes.

— Podem pegar pão para acompanhar, mas não toquem na garrafa de vinho; para vocês, é só água.

De um lado da mesa, os dois anfitriões comiam de forma menos voraz enquanto dividiam uma garrafa de vinho e observavam os convidados. Não era uma noite tão fria e a lareira crepitando perto deles tinha mais a função de tornar o ambiente agradável e acolhedor do que realmente a de aquecê-los.

Repetiram a comida e o delicioso pão que parecia ter sido tirado do forno pouco antes do jantar. Foi Gufus quem quebrou o silêncio.

— Vou lhe dizer uma coisa: meu pai é o melhor padeiro que eu conheço, mas esse seu pão está uma delícia, vou querer a receita.

— E o que o filho de um padeiro fazia parado aqui na minha porta? — perguntou o homem mais velho, de maneira amistosa.

Foi Mia quem incorporou a primorosa educação que recebera e falou em nome do grupo.

— Desculpem a nossa falta de modos. Meu nome é Mia e esses são Gufus e Teka. Estamos muito agradecidos pela acolhida e pela refeição.

Mia omitiu sobrenomes de forma intencional, afinal, Patafofa e Ossosduros são conhecidos em toda Terraclara e eles ainda prefeririam manter certo anonimato. Mas sua estratégia de dissimulação foi um fracasso total.

— Teka... Mia — murmurou o homem mais velho enquanto olhava para as meninas apertando os olhos como se tentasse enxergar melhor. Virou-se para Teka e disse: — Você é filha do meu amigo Uwe?

O espanto tomou conta dos três ao passo que o velho anfitrião abria um sorriso largo e dizia:

— Meu nome é Battu, sou o barqueiro que conduz a balsa que atravessa o Grande Lago, ou era, agora é meu filho Teittu quem a conduz.

O velho Battu contou várias histórias de como havia conhecido Uwe e quantas viagens fizeram juntos antes dele passar a balsa para seu filho. Teka lembrou-se do seu pai comentando sobre o barqueiro e rapidamente aquele jantar improvisado tornou-se uma animada acolhida cheia de contos e recordações. Porém, um assunto teimava em flutuar pela sala como a fumaça da lareira. Foi o velho Battu quem trouxe o tema para a conversa, mudando para um tom mais sério.

— O que aconteceu com o meu amigo e com os pais dessa menina? — ele perguntou, sentado em uma confortável poltrona, enquanto apontava para Mia.

Teka e Mia contaram o que sabiam – o que era bem pouco – e, ao final, o clima antes leve e alegre tornou-se pesado e naturalmente triste. Battu ficou um tempo encarando a lareira em silêncio, criando uma atmosfera anticlimática naquela sala. Depois disse:

— Eu sou um homem sem muitos recursos, mas o que eu puder fazer por vocês, eu farei, basta me dizer.

Ganhou um beijo na testa de Teka, e Gufus quebrou o clima dizendo:

— Pode começar me dando a receita daquele pão.

Teittu acomodou os três jovens entre almofadas e cobertores para que pudessem dormir ali mesmo na sala, perto da lareira; e sob a luz crepitante, puderam descansar como não faziam havia alguns dias.

Capítulo XXXVI

O Chefe Klezula saía da cela de um prisioneiro e entrava na outra de forma sistemática, perguntando as mesmas coisas a todos eles:

— Quem mais estava conspirando com vocês? Quais são os planos do Povo Sombrio? Quantos soldados inimigos estão acampados do outro lado do Abismo? O que vocês estão ganhando com essa associação criminosa com o Povo Sombrio?

As perguntas se sucediam e as respostas eram sempre as mesmas, dia após dia, porque simplesmente não havia conspiração. Madis, Amelia e Uwe nem haviam conseguido chegar ao outro lado do Abismo. Uma porta de metal bastante enferrujada barrou sua passagem e eles tiveram que voltar bem a tempo de serem presos por Astorio Laesa.

Todos haviam se declarado culpados por desobedecer às decisões da Assembleia, mas negaram veementemente qualquer acusação de conspiração. Alguns fatos, porém, realmente eram difíceis de ignorar. Reuniões secretas na casa dos Patafofas, viagem com motivos falsos e um flagrante de Uwe, Madis e Amelia retornando do outro lado do Abismo. O Chefe Klezula estava decidido a ir fundo naquela história e ainda havia muitas celas vazias que poderia preencher.

— Ormo, por favor, diga-me se minha filha e sobrinha estão bem — implorou Amelia depois da última sessão de perguntas.

— Você sabe que nenhuma informação pode ser passada aos prisioneiros.

— Então deixe-me pelo menos ver meu marido.
— Não, isso não é autorizado.
— Você se lembra quando precisou de ajuda no Orfanato para não ser reprovado no terceiro ano? Aquilo também não era autorizado, mas eu o ajudei assim mesmo.

O silêncio se instalou em frente à cela de Amelia, sendo quebrado apenas pelo som brusco de uma fechadura de metal sendo aberta.

— Venha comigo.

Os dois caminharam por corredores muito parecidos, que Amelia não fazia nem ideia de que existiam sob o prédio da Zeladoria. Logo chegaram próximo a uma cela que não estava vazia e o chefe Klezula a instruiu:

— Nada de perguntas, não falem sobre o ocorrido, não comentem sobre a traição.

Amelia assentiu com um gesto de cabeça e, no instante seguinte, viu-se frente a frente com o marido, o que já não ocorria há dias.

— Melly, meu amor, você está bem?
— Sim, sim, estou sendo bem tratada.
— E Mia, teve notícias dela? E quanto ao Uwe, o que houve?

O Chefe Klezula bateu com o pesado chaveiro de metal na grade alertando Amelia sobre o combinado.

— Só queria saber se você estava vivo e bem, agora preciso voltar. — E teve dificuldade em soltar as mãos do marido enquanto se afastava.

— Te amo!
— Mais do que tudo!

Klezula a conduziu de volta à cela em silêncio e, após trancar a porta, ainda ouviu, entre o choro contido, a voz rouca de Amelia:

— Obrigada.

Ele então seguiu para outro corredor a fim de começar mais uma sessão de perguntas.

Capítulo XXXVII

— Você tem certeza de que sabe o que está fazendo, Gufus? — perguntou Mia agarrada ao mastro da pequena embarcação como uma preguiça usando suas garras em um galho de árvore.

Gufus, animado como sempre – na verdade, mais animado até do que o normal – respondeu apenas:

— A senhorita tem que me chamar de Capitão Gufus e, por favor, nada de duvidar das minhas habilidades náuticas.

Cruzavam o Grande Lago com a velocidade do vento forte que os empurrava na direção certa sob um céu com poucas nuvens. Munidos de suprimentos e um novo mapa para substituir o que havia sido irremediavelmente molhado na ravina, os três estavam a pouco tempo de chegar ao seu destino. No dia anterior, aceitaram a bem-vinda ajuda de Battu e Teittu e pegaram emprestada uma pequena embarcação a vela que eles mantinham para pequenos percursos. A chegada de um dia de sol com a promessa de ventos adequados à navegação acelerou a saída da casa onde foram tão bem recebidos.

A ideia de usar o barco havia sido de Teittu, que prontamente se ofereceu para levá-los, mas a oferta foi recusada porque não queriam colocar mais ninguém no meio das suas encrencas. A única dúvida era se conseguiriam velejar em segurança, mas logo um voluntário se apresentou para o posto de Capitão da embarcação. Gufus passava muitas horas navegando com seus pais no Lago Negro, que apesar de ser muito menor, também o ensinara a tirar o máximo proveito dos ventos. Teka, que estava aprendendo a ler mapas com a ajuda de Gufus, ficou encarregada de orientar o caminho enquanto Mia mantinha-se o mais calma possível cercada de água por todos os lados.

— E o Capitão Bobão, pode me dizer o quanto falta para chegarmos à margem oposta do Lago?

— Essa resposta eu deixo para a minha navegadora, a Primeira Oficial Teka — ele respondeu, sem sair do clima daquela brincadeira.

— Se o vento continuar constante, acho que em, no máximo, meia hora chegaremos ao nosso destino, Capitão.

O mapa mostrava um ponto de desembarque marcado com um X, recomendado por Teittu. Era próximo o bastante da base da cordilheira e evitava os ancoradouros movimentados que serviam à Vila do Monte. Por ser um barco muito pequeno, seria fácil encontrar um local para desembarcar e deixá-lo preso a algum arbusto ou uma árvore. Dali, uma caminhada rápida os levaria à base da cordilheira e então poderiam seguir viagem. O diário de Aldus Patafofa ficou um pouco prejudicado com o mergulho nas águas da ravina, mas como estava muito bem enrolado em lona, ainda conseguiam ler as páginas que os interessavam.

— Primeira Oficial, preparar para atracar — disse Gufus, vendo a margem oposta se aproximar rapidamente.

Depois de toda a aventura aquática recente, ninguém queria mais retomar a caminhada totalmente ensopados, mas a quantidade de plantas aquáticas e bancos de areia não estava permitindo uma aproximação da margem que evitasse que eles, mais uma vez, se molhassem. Como não havia um ancoradouro nem local próximo, Gufus decidiu saltar ali mesmo e caminhar dentro d'água até a margem.

— Primeira Oficial, preparar para o desemb...

Mas foi interrompido por uma flecha que zuniu sobre sua cabeça e cravou-se certeira em uma pequena árvore à margem do lago, levando com ela uma corda presa à sua haste.

— Agora é só puxar — indicou Mia, ainda com o arco nas mãos.

— É, a Mia não quer se molhar mesmo — disse Teka, com os olhos arregalados de espanto com o susto da flecha.

— Por favor, dirija-se à minha pessoa da forma adequada — retrucou Mia com um olhar triunfante: — Oficial Artilheira!

* * *

A caminhada até a base da cordilheira foi rápida: em pouco menos de duas horas, estavam no local planejado. O diário de Aldus Patafofa mostrava que os dois pontos de acesso mais fáceis eram aqueles utilizados pelos pais de Teka e Mia e um outro muito escondido junto a um dos antigos postos de observação. O problema é que esses postos haviam sido, em sua maioria, desativados e lacrados. Os poucos ainda em uso estavam sempre sob guarda da Brigada. Felizmente, para eles, aquele ponto específico já não estava sendo usado, então não tinha risco de encontrarem resistência. Infelizmente, porém, esse mesmo ponto de acesso ficava bem abaixo da borda do Abismo, fazendo com que eles tivessem que descer por uma trilha íngreme pelo paredão.

— Sabem o que nós não trouxemos? — perguntou Teka, vasculhando a bagagem do trio; e ela mesma respondeu: — Cordas.

Na correria da saída da casa dos Patafofas, e depois quando passaram pela casa de Battu e Teittu, lembraram-se de trazer muitas coisas, mas uma corda longa e resistente ficou de fora.

— Mas quem disse que vamos precisar de cordas? — perguntou Gufus ainda influenciado de otimismo pelo sucesso de suas habilidades de navegação.

— E quem disse que não vamos precisar? — rebateu Teka na hora, bem no seu estilo de língua afiada.

Foi Mia quem levou equilíbrio àquela discussão:

— Sinceramente, acho que devemos seguir até a passagem e avaliar o estado da trilha pelo paredão para ver se ainda está lá. Com o tempo pode ter desmoronado, aí não precisaríamos de cordas e, sim, de asas.

Sem muitas alternativas, começaram a primeira parte da jornada, adentrando a cordilheira por uma passagem que já esteve bloqueada por um portão de ferro, mas que com o tempo havia enferrujado de tal forma que um pequeno empurrão foi suficiente para derrubá-lo. O acesso estreito e em péssimas condições levava a uma escadaria ainda menor e em piores condições. Andaram por mais de uma hora na escuridão, mas as lamparinas cedidas por Battu fizeram toda a diferença. Se tivessem que confiar em tochas, estariam totalmente no escuro a esta hora. Chegaram ao posto de observação desativado já contando com a iluminação natural que entrava abundantemente por uma janela estreita e alta, que permitia avistar o outro lado do Abismo. Foi um momento de emoção e curiosidade. Nunca pensaram em vislumbrar as terras misteriosas habitadas pelo Povo Sombrio e agora, ali, estavam prestes a cruzar aquele espaço.

A visão do lado oposto era um tanto decepcionante. Viram um terreno pedregoso e, mais ao longe, uma paisagem verde, porém sem árvores altas. Não havia nenhum sinal de pessoas naquela região, o que, em grande parte, foi um alívio, afinal, agora que se aproximavam do Abismo, o medo do Povo Sombrio caminhava com eles a cada passo da jornada. O diário de Aldus Patafofa era bem detalhado em como ter acesso à travessia e foi surpreendentemente fácil encontrar uma passagem espremida entre rochas, pouco acima da janela de observação. Durante eras, ninguém desconfiara da entrada de ar fresco ou luminosidade porque os vigias simplesmente atribuíam essas características à janela de onde inspecionavam o outro lado. A passagem exigia que um atravessasse de cada vez, rastejando em um espaço onde mal dava para uma pessoa pequena, como Mia, imagine um guerreiro robusto e cheio de armamentos, ficaria entalado. Teka foi na frente, seguida de Mia, enquanto Gufus fechava a fila. Arrastavam-se usando os cotovelos e joelhos da melhor forma possível até chegarem à abertura no paredão.

— E agora, o que eu faço? — gritou Teka lá da frente, tentando compartilhar com os demais a dúvida sobre o caminho a seguir.

— Eu seguro suas pernas e você se debruça na abertura para ver o que tem ali. Qualquer coisa, eu te puxo — disse Mia.

— É... Ou caímos as duas.

Teka foi bem devagar, projetando parte do corpo para fora, o suficiente para avistar alguma coisa que se parecia vagamente com uma escadaria talhada na encosta no Abismo. Hesitante, mas corajosa, pediu a Mia para largar suas pernas e, sem muita dificuldade, passou para fora, sumindo da visão da prima.

— Teka, Teka, cadê você? Gufus, eu acho que ela caiu!

— Bú! — foi a resposta que Mia recebeu quando Teka colocou a cara na abertura, já de pé sobre a superfície, do lado de fora.

— Não teve graça nenhuma — ela respondeu.

— Ah, teve sim — disse Teka rindo muito. — Você precisava ver a sua cara.

— Ei, alguém aí na frente pode me dizer o que está acontecendo? — berrou Gufus, cuja única visão eram as solas das botas de Mia.

As primas riram juntas enquanto Teka ajudava Mia e depois Gufus a passarem para o outro lado.

Capítulo XXXVIII

Olhando para baixo, viram aquela escadaria precária descendo pela encosta e ficaram na dúvida sobre o que fazer. O risco de algum degrau daqueles ruir sob seus pés dava calafrios em todos, assim como as rajadas de vento que desciam e subiam o espaço no Abismo e fazia com que eles quase perdessem o equilíbrio. Mas já haviam chegado até lá e voltar agora seria um desperdício de todo tempo, esforço e riscos que correram. Usaram os agasalhos para improvisar uma espécie de corda e passaram pela cintura de cada um deles.

— Assim, se um cair, os outros não vão ficar sozinhos se lamentando — disse Teka, ao mesmo tempo ironizando e externando o temor que todos sentiam.

Começaram a caminhada com Teka à frente e Gufus fechando a fila. Ele tinha a difícil função de tentar segurar a corda improvisada caso alguém caísse. Mas, contrariando a expectativa geral, aquele caminho de pedra estava em bom estado. O maior problema eram as rajadas de vento que constantemente os desequilibravam. Não precisaram de muito tempo para começar a perder a visibilidade conforme a luz do dia simplesmente deixava de alcançar o local onde estavam, cada vez mais fundo no Abismo.

No meio dessa escuridão, Teka sentiu que o degrau seguinte era, na verdade, uma pequena plataforma de pedra e foi se esgueirando tentando abrir espaço para os demais. Ali, agora, os três aventureiros estavam encostados no paredão sem saber o que fazer. Não tinham como prosseguir e só restava refazer o caminho para cima. Foi Mia quem notou, no meio da quase total escuridão, uma imagem sutil à frente de onde estavam. Pediu uma lamparina, mas o vento forte impedia o seu acendimento. Ela então se deitou no chão e foi se arrastando na direção daquela visão tênue, até que se viu em cima de uma passagem, como se fosse uma ponte de pedra projetando-se para o outro lado. Ela havia descoberto um acesso permanente entre os dois lados, mas nem se dera conta disso.

— Deitem-se no chão e venham se arrastando atrás de mim — Mia disse aos berros, tentando competir com os uivos do vento que rodopiavam pelo Abismo como um carrossel enlouquecido.

Situações extremas algumas vezes levam as pessoas a tomarem decisões corajosas e muitas vezes estúpidas. O risco que os três correram foi imenso e nem notaram. Aquela ponte natural poderia estar enfraquecida e ruir na travessia, ou uma rajada de vento poderia simplesmente derrubá-los rumo ao fundo do Abismo ou, ainda, aquela passagem poderia não levar a lugar nenhum. Mas nenhum deles pensou nessas hipóteses enquanto se aproximavam da parede do lado oposto. Chegaram a outra plataforma de pedra, que parecia um pouco maior que a contraparte anterior do Abismo. Pararam para descansar e, só então, após relaxarem um pouco, começaram a ter consciência do que haviam conseguido: cruzaram o Abismo Dejan.

Teka quebrou o silêncio dizendo:

— Tenho boas e más notícias.

— Qual é boa? — perguntou Mia.

— A boa notícia é que bem aqui, do meu lado, achei um caminho para nós.

— E a má... — disse Gufus, já imaginando o que o esperava.

— Mais escadas.

* * *

A subida foi tão ruim quanto a descida, mas pareceu demorar menos tempo. Depois de se arrastarem em um estreito túnel e caminharem encostados no paredão em ambos os lados, o acesso desta parte do Abismo parecia até uma sala de estar almofadada. Uma grande abertura na parede os levou até uma caverna, onde puderam acender as lamparinas e vislumbrar um ambiente espaçoso e surpreendentemente arejado. Explorando aquele lugar com a ajuda da bem-vinda luz das lamparinas cedidas por Battu, rapidamente identificaram uma passagem, dessa vez bastante ampla, permitindo mover-se sem problemas.

Antes de seguirem o caminho, resolveram descansar e comer alguma coisa, afinal não sabiam o que encontrariam do outro lado e quanto tempo levariam. Não tinham certeza do horário, mas imaginavam que a tarde já avançava para o fim e, em breve, a lua cheia seria a única a atenuar a escuridão na noite. Chegaram a pensar em pernoitar por ali, porém a decisão de seguir viagem pareceu mais sensata naquele momento. Com a ajuda das lamparinas, o trajeto pela extensa galeria de pedra foi fácil, apesar de longo. Caminharam por cerca de uma hora até que Teka avistou um ponto de luz que crescia em intensidade conforme se aproximavam. Junto com a luz, um ruído familiar foi se intensificando até que Teka, como seguia na frente, repetiu a frase dita há pouco quando acabaram de cruzar o Abismo.

— Tenho boas e más notícias.

— Ah não, de novo não — exclamou Gufus e logo perguntou: — Está bem, qual é a boa?

— A boa notícia é que já avistei a saída.

— E a má... — completou Mia.

— Minha querida prima, você deveria ter aprendido a nadar.

* * *

Os três estavam parados em uma pequena abertura na rocha e, logo abaixo deles, um rio corria não muito caudaloso, mas o suficiente para levar preocupação a todos e pânico para Mia. Olhando para cima, os últimos raios de sol tornavam o céu alaranjado e as primeiras estrelas surgiam tímidas lá no alto. Não tinham opção, precisavam cruzar aquele rio e montar acampamento do outro lado antes da noite cair de vez.

Tentaram proteger a comida e as lamparinas da melhor forma possível e reforçaram o embrulho de lona que envolvia o antigo diário. Antes de partirem, Mia amarrou um lenço amarelo em uma flecha e a cravou bem acima da entrada daquela caverna. Assim poderiam encontrar o caminho de volta. Teka usou a corda improvisada de casacos para se amarrar em Mia e repetiu o que já havia dito:

— Eu nado por nós duas.

Pularam os três juntos na água, que estava tão gelada que chegava a doer sua pele. A correnteza não parecia tão forte, mas a margem oposta ao paredão não oferecia locais para saírem em segurança. Quando finalmente vislumbraram alguns bancos de areia adiante, a correnteza aumentou e o riacho se transformou em uma corredeira que os arrastou de forma impiedosa, descendo pelo seu curso, batendo seus cansados corpos contra as rochas e o fundo pedregoso. O último pensamento de Mia antes de perder os sentidos foi: "Devia ter aprendido a nadar".

Capítulo XXXIX

— Como assim, "verificações aleatórias"? — disse a Diretora Cominato, quase gritando enquanto repetia o que estava escrito no memorando que recebera. — Isso é um absurdo! Vou me queixar diretamente com o Zelador.

Nesse momento, sem dizer sequer uma palavra, Uly Aguazul simplesmente apontou para a assinatura no final do documento, mostrando claramente de quem aquela ordem havia se originado. Uly foi apontada pelo Zelador como uma espécie de consultora para ajudar a direção do Orfanato a identificar ações e informações relativas à conspiração com o Povo Sombrio. Por ser mãe de um dos alunos, havia um regulamento antigo do Orfanato que previa que os pais e responsáveis poderiam ser convocados a ajudar em casos de extrema necessidade. Foi nesse regulamento obscuro e esquecido que o memorando se baseou para nomear Uly Aguazul como consultora, responsável por auxiliar a Diretora na busca por informações a partir de verificações aleatórias nas aulas e nos materiais de alunos e professores.

— E o próximo passo, qual será? — perguntou a Diretora Cominato. — Instalar uma base da Brigada aqui dentro para que o Chefe Klezula conduza interrogatórios?

Uly respondeu apenas com um sorriso bem discreto, como se o comentário da Diretora fosse uma piada sem graça. Em seguida, olhou em volta com certo ar de desprezo pelo que via e perguntou:

— Onde será a minha sala?

* * *

Oliri, que sempre foi uma pessoa desagradável, agora estava insuportável. Ele chegou mesmo a faltar com respeito para com a Diretora Cominato e, de forma inesperada, foi severamente repreendido pela pessoa de quem menos se esperaria algo assim.

— Senhor Aguazul, volte imediatamente aqui — disse a voz inconfundível do professor Rigabel.

A reprimenda foi longa, intensa e dita em voz alta para que todos os presentes nos corredores pudessem ouvir, e terminou com um pedido de desculpas de Oliri, mostrando respeito, ainda que certamente longe de mostrar alguma sinceridade.

— Peço desculpas à Diretora por minha falta de respeito.

Oliri olhava para Rigabel com frustação, mas este, com os dois braços cruzados e olhar quase raivoso, simplesmente falou:

— E...

— E nunca mais serei desrespeitoso para com a senhora, os demais professores e funcionários deste instituto.

— Vá agora para a sala de aula — disse Rigabel, quase rosnando.

— Mas ainda estamos no horário de intervalo e...

— Agora!

Oliri saiu correndo lembrando em muito as reações de Gufus quando fugia do Professor. Surpreendentemente, Rigabel voltou-se para a Diretora Cominato e se desculpou.

— Desculpe-me pela intromissão neste assunto, Letla, mas se Uly decidir se vingar de alguém, que seja de mim. Eu sei bem lidar com ela.

E seguiu andando da mesma forma como sempre fazia, calmamente pelos corredores, olhando em volta como se estivesse rapinando alunos fazendo alguma coisa errada.

* * *

"As atividades esportivas deste dia foram canceladas e substituídas por uma palestra sobre lealdade ao Estado."

O aviso estava afixado na porta de entrada do Orfanato e os alunos, conforme entravam para o último dia de aulas da semana, reagiam desde decepção moderada até gritos de raiva. Havia duas partidas de quatro cantos agendadas para aquela tarde e os alunos foram surpreendidos com a novidade. No horário marcado, todos os alunos e professores se reuniram no pátio central e Uly Aguazul, inacreditavelmente, apresentou o palestrante-surpresa daquela tarde: o próprio Zelador.

Enquanto escutava as palavras de Uly, a Diretora Cominato foi surpreendida por alguém sussurrando em seu ouvido. A voz era conhecida, apenas o conteúdo do comentário foi novo e espantoso:

— Precisamos nos opor a esse absurdo — disse Omzo Rigabel.

— Quem é você e onde está o Omzo que eu conheço? — ela respondeu sorrindo e acrescentou: — Hoje à noite vou passar na padaria Pongolino para pegar uma encomenda de doces, por que você não me acompanha?

Capítulo XL

O calor da fogueira era muito desejado por quem havia saído das águas geladas daquele rio traiçoeiro. Mia não se lembrava de sair da água tampouco de acender a fogueira. Teka e Gufus certamente a salvaram e a colocaram junto ao fogo para secar seu corpo e trazer um pouco de conforto. Mia espreguiçou-se e logo sentiu dores em várias partes do corpo; aquelas corredeiras deram uma verdadeira surra nela e em seus amigos. Abriu os olhos devagar e viu dois vultos sentados próximos a ela bem em frente à fogueira. Como era bom saber que Teka e Gufus estavam ali com ela sãos e salvos. Mia levantou-se, apoiando-se nos cotovelos enquanto fixava o olhar por cima da fogueira.

Ergueu-se num pulo! Todos os seus sentidos agora estavam atentos e suas entranhas pareciam ter gelado. À sua frente, dois homens a observavam; vestiam uma espécie de túnica, mas não conseguia ver seus rostos com clareza, apenas o branco de seus olhos parecia brilhar com a luz da fogueira. Estava perdida, seria melhor correr e morrer afogada naquele maldito rio.

Tentou fugir, mas uma dor profunda em sua perna esquerda a derrubou no chão. Um dos homens aproximou-se e disse alguma coisa em um idioma desconhecido. Ela agarrou um pedaço de madeira da pequena fogueira e os ameaçou.

— Deixem-me em paz, saiam daqui, maldito Povo Sombrio.

Capítulo XLI

Um livro muito popular em Terraclara era *As Incríveis Aventuras de Abefer* – um conjunto de pequenos contos, centrados nas aventuras e desventuras de um jovem chamado Abefer Moufil. Com seu temperamento irrequieto e a vontade de explorar o desconhecido, Abefer fez várias viagens a locais estranhos, como as profundezas do Grande Lago ou a navegação após os dentes do tubarão. Em todas essas histórias, o personagem principal encontrava seres fantásticos ou enfrentava vilões com planos mirabolantes. Abefer frustrou o intento dos piratas que queriam invadir Terraclara pelo mar e conseguiu evitar que monstros aquáticos subissem à superfície do Grande Lago, sempre de forma heroica e corajosa. Mas de todas as narrativas daquele livro tão popular, nenhuma era mais renomada do que *O Povo Sombrio*.

O Povo Sombrio

Em uma manhã de verão, quando os dias eram longos e quentes, Abefer despediu-se de seus pais para passar um tempo na casa dos seus avós paternos, à beira do Grande Lago. Depois que os monstros aquáticos haviam sido banidos, aquele lago voltara a ser um local de tráfego de muitos barcos, de pescaria e de diversão. A época do verão, com dias longos e quentes, representava um momento perfeito para aproveitar a natureza, nadar e pescar com seu avô e depois aconchegar-se com as histórias contadas pela sua avó.

Abefer tomou a barca que o levaria através do lago e estava sentado preguiçosamente com uma das mãos na água quando viu ao longe um pássaro muito grande. Aquele enorme vulto alado chamou sua atenção, mas apenas como curiosidade; até aquela forma começar a ganhar nitidez e tamanho conforme se aproximava da barca. Abefer postou-se de pé e desembainhou a espada dourada que havia tomado do líder dos piratas.

A descomunal ave aproximou-se da barca já com as asas abertas totalmente visíveis. O condor gigante devia medir mais de dois metros e a envergadura das suas asas muito mais do que isso, pareciam ter uns cinco a seis metros. Quando a gigantesca ave pousou no deque da barca, causou um enorme chacoalhar, que desequilibrou o barqueiro, encolhido de medo atrás do leme. Abefer mantinha-se alerta, com a reluzente espada dourada na mão direita, pronto para se defender. A voz do condor soou profunda e grave:

— Não é necessário sacar sua espada, eu venho em paz pedir sua ajuda.

— Espero que o senhor não fique ofendido, mas prefiro ficar com minha espada por enquanto — respondeu Abefer. E continuou: — Essa lâmina dourada já salvou minha vida algumas vezes.

O gigantesco condor aquiesceu com um gesto de cabeça e voltou a falar:

— Como quiser. Meu nome é Azaneus e o que me traz aqui é um pedido desesperado de ajuda. Minha amada esposa e eu somos os últimos remanescentes da nossa espécie. O Povo Sombrio nos caçou impiedosamente até que sobrasse apenas um casal, e agora eles levaram nosso maior tesouro: o último ovo de condor.

Abefer imediatamente lembrou-se do porquê do povo de Terraclara vigiar o Abismo Dejan. A maldade do Povo Sombrio não conhecia limites, atingindo tudo e todos. Devastaram as terras ao sul da Cordilheira Cinzenta, transformando-a em um mar de destroços. Os habitantes que não conseguiram fugir da invasão foram transformados em escravos e frequentemente sacrificados no Abismo. De todos os vilões de que Abefer tinha notícia, o Povo Sombrio era, de longe, a maior personificação do mal.

— Mas o que eles querem com o último ovo da sua espécie?

— Eles querem escravizar nosso filho e fazer dele um instrumento para invadir Terraclara pelo ar.

Azaneus dizia essas palavras com os olhos cheios de emoção e a voz vacilante. A perspectiva de ver seu único filho transformado em uma arma pelo Povo Sombrio era pior do que encarar a morte, coisa que ele faria sem titubear se isso pudesse salvar o precioso ovo.

Já colocando a espada na bainha e se aproximando de Azaneus, Abefer perguntou:

— Peço que o senhor me desculpe a impertinência, mas por que o poderoso condor gigante precisa da ajuda de alguém pequeno como eu?

— Porque o ovo foi levado para o interior da Pirâmide Vermelha e, lá dentro, eu e minha amada esposa não conseguimos chegar.

Abefer virou-se para o barqueiro e disse:

— Por favor, termine a travessia do lago e avise meus avós que fui com Azaneus para além da cordilheira ajudar a salvar seu filho. Não... — ele interrompeu a si mesmo e continuou: — Diga apenas que vou me demorar um pouco porque parei para ajudar um amigo, assim eles não ficarão preocupados.

Virou-se novamente para Azaneus e disse com um sorriso:

— Vou precisar de uma carona, o senhor conhece alguém forte o bastante para me levar para o outro lado do Abismo?

Abefer subiu nas costas de Azaneus, que com um forte impulso alçou voo do deque da barca em direção à cordilheira.

Muitas haviam sido as aventuras de Abefer até então, mas a sensação de voar era indescritível. O vento forte acariciava seu rosto enquanto as paisagens de Terraclara se descortinavam abaixo. As águas do lago reluziam, com milhares de pequenos reflexos do sol e, ao longe, as verdejantes matas ficavam para trás enquanto a impressionante visão da Cordilheira Cinzenta se aproximava. A mudança de cenário foi impressionante quando cruzaram as montanhas e começaram a sobrevoar o outro lado do Abismo. A luz do sol enfraquecia com tanta fumaça e poeira e, no solo, uma paisagem árida predominava. Abefer chegou a ver, distante, um grupo de homens, mulheres e crianças acorrentados, enquanto usavam suas mãos para cavar em busca sabe-se lá do quê. Além de ajudar Azaneus, ele agora tinha um objetivo adicional: precisava evitar a qualquer custo que o Povo Sombrio utilizasse os condores gigantes para cruzar a cordilheira e fazer em Terraclara o mesmo que haviam feito ali.

Pousaram em uma área deserta, não muito longe da Pirâmide Vermelha, e Abefer seguiu a pé, deixando Azaneus esperando em segurança. A caminhada foi rápida e logo Abefer se viu próximo à porta onde duas caveiras, uma de cada lado do portal, serviam de base para tochas que, mesmo durante o dia, ardiam na entrada daquele antro do mal. Não havia ninguém guardando o acesso da pirâmide, afinal quem seria louco o bastante para entrar lá?

Abefer foi se esgueirando nas sombras enquanto seguia pelos corredores dentro da pirâmide, assim evitava qualquer contato indesejado. No caminho havia esqueletos pendurados nas paredes, dentro de gaiolas de ferro e presos ao teto com pregos. O cheiro que emanava daquele lugar era podre e transmitia uma sensação de morte o tempo todo. Um corredor à frente era vigiado por dois guardas, o que levou Abefer a pensar que estava no caminho certo. Os dois homens sombrios usavam traje negro com capuz, que não permitia vislumbrar seus rostos. Nas respectivas bainhas, portavam grandes espadas serrilhadas. Não queria chamar a atenção daqueles guardas e, por isso, usou um truque de ilusão de ótica que aprendera no passado.

Os guardas ouviram um ruído metálico vindo do corredor à esquerda e um deles saiu para verificar. Quando andou alguns poucos passos, avistou uma enorme sombra no fundo do corredor e chamou o companheiro para ajudá-lo. Chegando lá, encontraram um esqueleto à frente da lamparina projetando sua sombra alongada, e riram daquele alarme falso. Não tiveram muito tempo para rir quando uma gaiola de ferro caiu sobre eles derrubando-os imediatamente.

Abefer sabia que não tinha muito tempo e correu pelo corredor até chegar a uma sala redonda onde, no meio, estava o ovo, em um ninho improvisado, aquecido por fogueiras à sua volta. Sem titubear, pegou o enorme ovo e o colocou em uma sacola. Correu pelo corredor com a sensação de que tudo havia sido fácil demais. Como resposta aos seus pensamentos, um grupo de guardas o esperava no caminho de saída da pirâmide. Sim, entrar foi fácil, já sair...

Um dos homens sombrios aproximou-se de Abefer munido de sua espada grande com a lâmina enferrujada, porém serrilhada e afiada. O cheiro que emanava das suas vestes era pútrido e, quando chegou mais perto, Abefer pôde ver o que o capuz escondia. Não havia rosto, apenas uma superfície escura com dois pontos vermelhos, que serviam como imitação dos olhos. O homem sombrio foi se aproximando, mas não o atacou. Abefer ouvia alguma coisa sendo falada em um idioma desconhecido. "Sim, é claro" — ele pensou —, "eles querem o ovo intacto, por isso não me atacaram".

Abefer sacou sua reluzente espada dourada e avançou contra o homem sombrio, que relutou e recuou. Enquanto isso, outros guardas iam chegando e, aos poucos, se viu cercado por aqueles seres sem rosto. Um dos homens sombrios se destacou do grupo e começou a falar em idioma próprio, mas Abefer não precisava ser poliglota para entender o que ele queria dizer: "Entregue o ovo e o deixaremos sair em segurança".

Ele não era ingênuo de acreditar naquilo e, em vez de apontar a espada para o homem, encostou a lâmina dourada no ovo. Não precisavam de palavras para se entenderem e o homem deu ordens para os guardas recuarem. De repente, Abefer ouviu um som diferente e teve uma ideia. Foi se encaminhando para um dos corredores, sempre com a lâmina encostada no ovo, e se escondeu atrás de uma das gaiolas cheias de ossos. Ficou um tempo escondido, gritando coisas as quais sabia que os homens sombrios não entenderiam, e saiu com o ovo envolto em um trapo recolhido na gaiola. Depositou o ovo no chão e apontou para a saída.

O homem sombrio fez um gesto afirmativo com a cabeça e os demais se afastaram o suficiente para Abefer correr para a saída, mas antes, ele arremessou sua espada em direção ao ovo, acertando-o precisamente e criando uma grande confusão entre os guardas. Correu como nunca havia corrido, no sentido da segurança da luz do dia, apenas para encontrar um novo grupo de guardas esperando-o do lado de fora da pirâmide. "É o fim" — pensou —, "essa foi minha última aventura".

Mas antes que os guardas pudessem avançar em sua direção, um guincho terrível se fez ouvir e um par de condores gigantes surgiu do alto, com suas garras afiadas em riste, rasgando tudo e todos que estivessem pela frente. Abefer rapidamente se agarrou à perna de um dos condores e todos voaram em segurança rumo à cordilheira. Chegaram no ninho em um nicho bem protegido, em uma fenda no alto do Monte Aldum, onde finalmente puderam descansar. Dessa vez foi a esposa de Azaneus quem falou:

— Onde está o ovo? Você conseguiu salvar meu filho?

— O ovo... Foi destruído. Eu tive que fazer isso para escapar.

Os dois condores gigantes abaixaram as cabeças em profunda tristeza e um som de desespero foi ouvido por toda a cordilheira. Foi quando Abefer pegou sua sacola e de lá gentilmente retirou um filhote de condor, ainda todo sujo e com os olhos fechados, mas são e salvo.

— Esse rapazinho é tão corajoso que resolveu nascer bem no meio do perigo, e eu aproveitei a chance para usar o ovo como distração. Podemos dizer que um salvou a vida do outro.

O filhote foi colocado com cuidado sobre o ninho e os felizes, e agora aliviados, condores não tinham palavras para demonstrar sua gratidão.

— O que nós podemos fazer para lhe agradecer? — perguntou Azaneus enquanto sua esposa acalentava o filhote.

— Uma carona de volta seria bem-vinda, afinal, meu avô está me esperando para uma pescaria.

Enquanto sobrevoava aquelas paisagens mais uma vez, Abefer lembrou-se horrorizado do que aqueles monstros haviam feito nas terras além do Abismo e pensou que nunca estariam totalmente seguros em Terraclara enquanto o Povo Sombrio habitasse sua fronteira. Precisava fazer alguma coisa sobre isso no futuro, afinal, precisava recuperar sua espada dourada.

Esse conto, embora seja totalmente uma obra de ficção, deu forma às lendas e histórias sobre o Povo Sombrio que habitava o outro lado do Abismo e frequentava o imaginário popular de todos em Terraclara. Era essa a visão dos cruéis homens sem rosto que tomou os pensamentos de Mia naqueles momentos logo após despertar.

Capítulo XLII

— Então você fala o idioma comum — disse um dos homens, parcialmente calvo e com cabelos grisalhos em longas tranças apenas na parte de trás da cabeça. O sotaque era diferente, mas Mia conseguiu entender o que eles diziam.

— Fique calma, não vamos lhe fazer mal, achamos vocês no... — ele disse alguma coisa que ela não compreendeu.

Ele apontou para o outro lado da fogueira onde os corpos de Gufus e Teka jaziam aparentemente sem vida e continuou:

— Pensamos que estavam mortos, mas quando os tiramos da água, um fio de vida ainda restava e estamos cuidando de vocês.

O outro homem, de cabelos negros e curtos, estendeu um pote na direção de Mia e disse com a voz mais forte e profunda do que o outro de cabelos brancos:

— Coma um pouco de..., vai lhe fazer bem.

Outra palavra que ela não entendia, mas não ia comer nada do Povo Sombrio, só queria sair dali.

— Nos deixem ir embora! — ela gritava, enquanto brandia a madeira ainda com a ponta em brasa.

— Você pode ir quando quiser — respondeu o homem de cabelos brancos. — Meu filho e eu fizemos o que achamos certo e tiramos vocês da água.

O homem mais jovem assumiu uma postura de mãos estendidas com as palmas viradas para a frente, parecia querer mostrar que não iria atacá-la.

— Não precisa ter medo, nós não somos perigosos nem sombrios como você disse.

Naquele momento o que mais chamou a atenção de Mia foi o tom da sua pele muito escura. Nunca tinha visto nada assim e, neste momento, sua mente estava confusa e ainda em prontidão frente ao perigo. As imagens fantasiosas dos homens sombrios sem rostos, emanando pura maldade, predominavam em sua mente. Ela foi se movimentando meio agachada, com o olhar fixo nos dois homens sombrios, ainda brandindo o pedaço de madeira como defesa instintiva. Eles recuaram alguns passos enquanto Mia se aproximava dos corpos inertes de Gufus e Teka. Ambos estavam envoltos em panos coloridos e grossos, capazes de aquecer seus corpos. Aquele tecido era rústico ao toque, mas cheirava bem, como flores selvagens. As listras coloridas não pareciam ter nenhum padrão, mas eram agradáveis ao olhar.

Mia notou que seus pensamentos estavam vagando com detalhes inúteis, como cores e texturas, enquanto deveria estar preocupada com os dois companheiros de viagem, que agora ela constatara que estavam vivos. A respiração de Teka era tranquila e um grande hematoma tomava conta do seu ombro esquerdo. Gufus dormia pesadamente, com a respiração ruidosa e vários cortes em diferentes partes do corpo, todos cobertos com uma espécie de emplastro avermelhado. Mia sentiu um tipo de alívio generalizado e toda aquela situação cobrou o seu preço, fazendo com que a visão ficasse turva. A última coisa de que se lembrava era de ver um dos homens sombrios correndo em sua direção enquanto ela desmoronava e a visão escurecia.

Capítulo XLIII

Quando Mia despertou, estava em um cômodo não muito grande, construído com ripas de madeira clara. Notou que estava em uma cama alta envolta em tecidos coloridos e macios. Sentou-se e tentou lembrar onde estava e o que havia acontecido. Foi quando as recordações se precipitaram como uma cachoeira e, em estado de alerta, pulou da cama, sentindo uma pontada de dor na perna esquerda, mas nada que a impedisse de andar. Virou-se rapidamente na direção da única porta daquele cômodo, mas sua caminhada foi interrompida antes mesmo de começar, quando viu um enorme cachorro deitado bem em frente à porta. O cão tinha os pelos brancos e suas orelhas pontudas estavam atentas para o que acontecia no ambiente. Assim que Mia deu os primeiros passos, o cachorro se levantou e começou a latir, postando-se entre ela e qualquer possível saída.

— Então você finalmente acordou.

A voz era suave e amável, ainda que carregasse um sotaque muito forte e desconhecido. A dona da voz adentrou o cômodo e a visão daquela mulher tão amável contrastava com tudo o que Mia acreditava que encontraria do outro lado do Abismo. Ela não era jovem, aparentava idade próxima à de sua mãe. Era uma mulher alta e forte, com a pele escura e grandes olhos expressivos. Quando falou com Mia, parecia que todo o seu rosto se iluminava enquanto abria um grande e terno sorriso.

Mia deu dois passos para trás até encostar na cama onde havia dormido.

— Quem é você? Onde é que eu estou?

— Meu nome é Malaika e você está na minha casa. — E apontando para o cachorro completou: — E aquele é Pequeno Urso, ele foi seu guardião nos últimos dias.

Mia pensou: "Dias? Como assim, o que aconteceu?".

Como se lesse seus pensamentos, Malaika completou:

— Você precisava repousar depois de quase morrer afogada e meu marido trouxe você e seus amigos para cá.

A mulher andou até a porta e a chamou:

— Venha, já está na hora de sair desse quarto.

Ainda muito assustada, mas sem alternativas, Mia foi seguindo Malaika pela casa de madeira. A decoração era simples, com mais espaços vazios do que móveis e enfeites, dando à casa uma sensação de amplidão.

— Essa túnica é da minha filha — Malaika comentou apontando para as roupas que Mia estava usando. — Ela é um pouco mais alta do que você, mas acho que, por enquanto, vai servir.

Só agora Mia reparou que não estava usando suas roupas e, sim, uma espécie de vestido de cor indefinida entre bege e marrom. O tecido não era tão macio quanto os que forravam a cama onde esteve, mas parecia resistente e não muito quente.

Passaram por uma porta e chegaram ao pátio onde havia outras pessoas, todas com a pele escura, como Malaika e os homens que a resgataram.

— Esses são meus sogros. Ela é Atsala, e ele Tarkoma, que você já conhece.

O casal já era idoso e Mia lembrou-se do homem com as tranças de cabelos grisalhos.

— Aquele é meu marido, Odnan, que você também já conhece.

Os três fizeram o mesmo gesto quase ao mesmo tempo, levando a mão ao peito e depois levemente estendendo-a para a frente.

Mia continuava meio atordoada com tudo o que estava acontecendo e não conseguiu sequer responder às saudações que recebia. Do outro lado do pátio, havia um pequeno lago com plantas aquáticas e bancos ao redor, onde algumas pessoas conversavam.

— E ali do outro lado estão meus filhos Marro e Tayma, juntos daqueles outros dois que você certamente conhece.

Gufus e Teka cruzaram o pátio correndo e quase derrubaram Mia enquanto a abraçavam.

— Você dorme muito — disse Teka, ainda abraçada na prima.

* * *

O dia estava ensolarado e a temperatura agradável, por isso resolveram fazer a refeição no pátio. Perto do lago havia uma construção baixa como uma pequena piscina só que, em vez de água, tinha uma mesa forrada de azulejos bem no centro. As pessoas podiam sentar-se no chão, na borda dessa piscina sem água, e fazer suas refeições na grande mesa de azulejos. Era uma construção incomum e uma prática ainda mais incomum. Em Terraclara, qualquer opção diferente de uma mesa com cadeiras para uma refeição seria considerada apenas um piquenique, mas ali a refeição foi servida quase ritualisticamente pelos mais jovens, enquanto Atsala e Tarkoma já estavam sentados.

Mia viu Gufus e Teka ajudando no elaborado balé de pratos, cumbucas e bandejas enquanto ela foi acomodada junto aos mais velhos. A comida era diferente do que estavam acostumados em Terraclara, com várias porções de vegetais, carnes, queijos e pães. Um pequeno barril de madeira foi levado para aquela mesa e os adultos serviam-se de vinho em diminutos copos. Aos poucos Mia foi compreendendo aquele ritual no qual tudo o que se comia e bebia era servido em pequenas quantidades, várias e várias vezes. A conversa variava de um idioma estranho, na maior parte do tempo, e às vezes mudava para que os visitantes pudessem entender e participar.

— Se você não for comer isso aí, manda para cá que eu como — disse Gufus apontando para o prato de Mia ainda intacto.

Um pouco atordoada, ela começou a comer e, a princípio, estranhou os temperos fortes de algumas coisas, porém logo notou o contraste de suavidade com outras porções. Era uma culinária estranha, mas apetitosa. Conforme começou a comer, pareceu que seu corpo se lembrou de quão faminta estava e abocanhou cada uma daquelas porções com voracidade de fazer inveja ao seu melhor amigo, que até então detinha o título informal de maior comilão de todos.

— Cuidado para não explodir! — falou Teka, rindo, enquanto apreciava o ímpeto da prima em comer.

Malaika riu abertamente do gracejo de Teka e logo colocou mais comida no prato de Mia.

— Deixem-na comer em paz — disse entre uma colherada e outra sendo colocada no prato de Mia —, ela não come nada há uns dois dias.

— O que aconteceu? — perguntou Mia, ainda assustada e perdida no meio daquele turbilhão de aromas, sabores, cores e palavras desconhecidas.

E foi o velho Tarkoma quem explicou tudo a ela.

Capítulo XLIV

Tarkoma e seu filho Odnan estavam retornando de uma viagem malsucedida até as terras de Arne, líder dos Freijar. Vivendo nas terras a nordeste, bem próximos ao Abismo, os Freijar eram os típicos vizinhos problemáticos dos quais é melhor manter distância preventiva, um relacionamento cordial sem qualquer proximidade. Os Freijar exploravam minério e lenha e eram construtores habilidosos com pedras. Compunham-se, em sua maioria, por homens e mulheres altos, muitos deles com cabelos avermelhados e feições finas. Vestiam-se de forma simples, mas tanto homens como mulheres compensavam a simplicidade das roupas com joias e ornamentos. Seus esportes preferidos eram lutas entre grupos e arremesso de troncos, que muitas vezes acertavam uns nos outros levando a mais confrontos. Essas atividades geralmente terminavam com cantoria enquanto barris de cerveja eram esvaziados. Do ponto de vista de Tarkoma, eram um "bando de brutos e porcos"; já Odnan, simplesmente achava que viviam do seu jeito e, desde que não perturbassem os demais, haveria paz e harmonia naquela região.

— Vou precisar tomar cinco banhos depois que voltarmos só para me livrar do cheiro daqueles porcos — disse Tarkoma enquanto passavam pelo portal de pedra que marcava a fronteira das terras dos Freijar.

— Não seja preconceituoso, meu pai, cada um vive do seu jeito e nós não temos que julgá-los.

— Eu não estou julgando ninguém, meu nariz é que está.

E caíram na gargalhada juntos enquanto passavam pelo portal com sua carroça. A estrada não era muito bem conservada, o que tornava o caminho de volta mais demorado do que previsto. No final da tarde, já conscientes de que não chegariam em casa no mesmo dia, escolheram um local adequado para passar a noite, bem próximo a um banco de areia, às margens do rio. Sua carroça era bem equipada para isso e tinham cobertores, comidas e utensílios para uma refeição e uma boa noite de sono.

Odnan foi até a beira d'água encher uma panela e presenciou aquela cena inusitada. Três corpos aparentemente sem vida vinham boiando e ficaram parados presos entre alguns galhos, a poucos metros da margem. Odnan gritou por ajuda enquanto entrava na água gelada tentando agarrar os três corpos. Seu pai chegou rapidamente e o ajudou a puxar um menino e duas meninas para fora d'água. Eram jovens e pareciam ter a mesma idade dos filhos de Odnan. Sua pele era clara, mas não se pareciam com os Freijar; talvez fossem servos trazidos de outras terras e tivessem fugido das péssimas condições que os Freijar impunham aos seus serviçais. De qualquer forma, parecia que a fuga tinha terminado em tragédia.

— Essa aqui está respirando — disse Tarkoma enquanto examinava Teka. — E este aqui também.

— Essa menina não sobreviveu — falou Odnan ao examinar o corpo inerte de Mia.

Puxaram os três para a areia e foi quando Tarkoma aproximou-se e começou a bater nas costas de Mia enquanto virava o corpo dela de lado. Ele já havia visto muitos afogamentos na sua juventude e sabia que uma ação rápida poderia salvar a menina. Não demorou para que aquele corpo inerte desse sinal de vida, expelindo água pela boca e pelo nariz. A respiração estava fraca, mas estava lá. Levaram os três para o seu acampamento e os colocaram junto ao fogo, envolvendo seus corpos ainda gelados em todos os cobertores que puderam encontrar. Depois do breve despertar de Mia e seu subsequente desmaio, a noite seguiu tranquila. No dia seguinte, Teka e Gufus já despertaram com o aroma de comida vindo da fogueira próxima.

Tarkoma e Odnan já esperavam uma reação parecida com a da outra menina e por isso reagiram bem melhor dessa vez. O espanto e medo de Teka e Gufus foram contornados por apresentações, mantendo certa distância e explicando que haviam retirado os três das águas do rio na noite anterior. A menina de cabelos negros e olhos verdes parecia um animal acuado; e o menino de cabelos ondulados e olhos castanhos mostrava-se mais curioso do que amedrontado. Foi Gufus quem começou a dialogar com os seus salvadores, ainda sem entender bem toda a situação.

— Onde nós estamos?

Odnan então respondeu abrindo um mapa bem à frente de Gufus. Sem saber, Odnan utilizou a melhor forma de comunicação possível com seu jovem convidado, que aos poucos identificou os pontos de referência no mapa e conseguiu localizar-se ainda que com muitas dúvidas sobre a geografia local. Ele contou que os havia retirado da água na noite anterior, deixando implícito que havia salvado suas vidas.

— Então nos afastamos um bocado do Abismo — comentou Gufus, falando baixinho, quase como se falasse consigo mesmo.

— Sim, o rio faz uma grande curva e aos poucos vai se afastando do Abismo em direção ao centro do... — Odnan usou uma palavra que Gufus não compreendeu.

A voz profunda de Tarkoma interrompeu aquele diálogo.

— Eu sou Tarkoma, filho de Sikander, e esse é Odnan, meu único filho. — Fez um gesto levando a mão ao peito e depois a estendendo para a frente.

— Eu sou Gufus Pongolino e essa aqui é...

— Teka, filha de Uwe e Flora — ela respondeu repentinamente. Intrometendo-se na conversa. — E aquela é minha prima Mia.

Ainda havia um assunto que ninguém comentara e que Gufus e Teka não sabiam como abordar. Foi Tarkoma quem comentou com total falta de sutileza, que, inclusive, muito lembrava certa menina de cabelos negros ali presente. Teka gostou do jeito direto do homem mais velho.

— Ontem sua prima acordou e ficou falando um monte de coisas sobre seres sombrios e nos atacou como se fôssemos devorar sua carne. Vocês podem nos contar o que isso significa?

Teka e Gufus se entreolharam como se pudessem se comunicar telepaticamente, tentando concluir o que fazer em seguida. Teka sempre foi muito pragmática e rapidamente deduziu que, se eles quisessem fazer alguma coisa ruim, já teriam feito; e sem ajuda, não conseguiriam nada naquela terra estranha. Resolveu, então, contar o que havia acontecido, sob o olhar atento dos dois homens. Quando acabou, dois pares de olhos negros a encaravam com um misto de incredulidade e curiosidade.

— Nunca pensei que viveria para conhecer alguém do outro lado do Abismo — disse Tarkoma com um sorriso entre os lábios.

— E eu nunca pensei que uma coincidência tão grande pudesse acontecer — completou Odnan, pensando no motivo de sua viagem à terra dos Freijar.

Capítulo XLV

— E aqui estamos nós, comendo e bebendo com os únicos três viajantes do outro lado do Abismo que já cruzaram para as nossas terras — disse Malaika.

Da mesma forma frenética como tinha começado, a refeição foi encerrada – com todas as pessoas indo e vindo, lavando pratos e panelas, guardando utensílios e depois caminhando lentamente para a grande varanda onde se sentaram em estranhas estruturas, que pareciam feitas de tecido e ficavam penduradas entre ganchos presos às paredes. Teka e Gufus puxaram Mia para sentar-se junto com eles enquanto os demais se acomodavam nas outras redes.

— Esse pequeno descanso após a refeição é bom para o corpo e para a mente, ajuda a equilibrar a pessoa como um todo — disse Atsala ao se acomodar na mesma rede que o marido, sendo abraçada carinhosamente por Tarkoma.

— Ah, o chá — disse Odnan enquanto seus filhos traziam uma bandeja com um grande pote de cerâmica que fumegava, cercado de vários pequenos copos.

Todos foram se servindo e, quando chegaram perto do trio de convidados, os três educadamente recusaram. Teka já havia cochichado no ouvido da prima que o chá era servido extremamente quente e amargo. Não valia a pena queimar a boca por um sabor tão horrível. Os membros da família degustaram a bebida em silêncio e Mia entendeu que aquilo era mais do que uma refeição, era um ritual de união familiar.

— Acho que aquilo que você quer perguntar, mas ainda não o fez por gentileza com seus anfitriões, os seus amigos já perguntaram enquanto você se recuperava — disse Atsala para Mia com toda calma entre um gole de chá e outro.

Um breve silêncio tomou conta do ambiente. A mulher, com a pele já marcada pelo tempo e cabelos grisalhos mais curtos, elegantemente presos com um lenço azul turquesa, sorveu mais um gole de chá e logo depois ela mesma respondeu ao próprio comentário.

— Não, menina, nem todos os habitantes dessas terras têm a pele escura como nós. Nossos vizinhos, a nordeste daqui, por exemplo, têm a pele mais clara que a sua e muitos deles têm cabelos avermelhados. Nas distantes terras do leste, as pessoas têm um tom de pele claro, mas não tão branco, e os olhos rasgados como se estivessem sempre os apertando para melhorar a visão, e seus cabelos são negros e muito lisos.

Atsala interrompeu rapidamente sua fala para entregar a caneca já vazia ao neto e agradecer com um sorriso e um afago em seu rosto. Depois continuou:

— Não sei se você reparou que minha linda neta tem os cabelos mais lisos, isso ela herdou dos ancestrais maternos. Nas terras onde Malaika nasceu, as pessoas têm a pele escura, não tanto quanto a minha, mas seus cabelos são lisos.

— Você está esquecendo nossos senhores e protetores de propósito ou deixou para o final? — perguntou Tarkoma com um tom evidente de ironia.

— Sim, sim, os cidadãos do Consenso, habitantes de Capitólio e senhores das províncias... Na verdade, em geral eles parecem muito com vocês, têm pele mais clara, cabelos e olhos castanhos, mas isso é assunto para outra hora.

O clima, antes leve e agradável, ganhou um teor sério e as pessoas ficaram em silêncio antes de Odnan quebrar aquele clima tenso com uma pergunta exótica.

— Agora é a sua vez de contar como é que vocês imaginam que é o mundo depois do grande Abismo.

Mia e Teka se revezaram falando sobre as lendas do Povo Sombrio e como isso influenciou o isolacionismo de Terraclara. A narrativa era ao mesmo tempo absurda e fascinante porque mostrava um grau de ignorância tão grande sobre o mundo e ao mesmo tempo como esse isolamento ajudou a construir uma sociedade tão equilibrada.

Atsala mais uma vez tomou a palavra.

— Vocês perdoem a minha falta de sutileza, mas podem creditá-la à minha idade, na velhice esperamos um pouco de condescendência com essas coisas.

Ela se levantou antes de continuar a falar, ficou olhando para a cordilheira ao longe e continuou:

— Esse isolamento todo, essa sociedade que vocês acham perfeita sofre de um grande mal que é a falta de diversidade. Com o tempo vocês vão sucumbir pela ausência de contato com outras pessoas e outras culturas.

O comentário duro deixou o clima da conversa bem desconfortável. Foi Odnan quem interrompeu aquele momento.

— Estou adorando saber um pouco mais sobre a sua terra, mas o trabalho não vai ser feito sozinho, as videiras precisam de cuidados.

— Nós podemos ajudar? — perguntou Mia, e logo completou: — Minha família está no ramo da agricultura e temos algumas videiras. Eu conheço um pouco desse trabalho.

— Se estiver se sentindo bem, sua ajuda será muito bem-vinda.

E saíram em grupo os três visitantes, Odnan e seus filhos em direção a um campo de videiras, que só agora Mia tinha a oportunidade de ver. "Realmente" – ela pensou –, "esse lugar é muito diferente do que imaginávamos".

Capítulo XLVI

Arne estava muito animado depois que os vigias trouxeram mais um saquinho de tecido verde atado a uma longa flecha. Junto à bolsinha, um bilhete. As palavras escritas na língua comum eram simples e as instruções também. Depois de manter as fogueiras acesas por mais cinco noites, ele deveria dobrar o número de fogueiras, aproximá-las do Abismo e montar uma série de bonecos de madeira – que deveriam sempre ser colocados à frente das labaredas, de modo que somente suas silhuetas ficassem visíveis. O bilhete explicava que se tratava de um ritual milenar que homenageava os heróis caídos no passado e esse fogo honrava a sua memória. Para Arne essa explicação não fazia a menor diferença. Enquanto os saquinhos de tecido continuassem recheados, ele até dançaria nu em volta das chamas, se assim fosse solicitado. A mensagem terminava dizendo que se essas novas fogueiras ficassem acesas por mais dez dias, outras cinco flechas com saquinhos de tecido seriam atiradas no final desse período.

Arne lia esse bilhete, escrito com caligrafia impecável, mas com alguns erros na grafia, e pensava em como fora sortudo ao encontrar a primeira flecha, meses atrás. As pedras preciosas que havia recebido regularmente nesse período estavam fazendo dele um homem muito, muito rico. Usava uma pequena parte daquela riqueza para comprar comida e cerveja para os homens que mantinham as fogueiras acesas. Para eles, era uma oportunidade de festejar e se embebedar em volta das fogueiras e estavam muito felizes com a tarefa ordenada pelo seu líder. Enquanto manuseava as pedras preciosas uma a uma com as pontas dos dedos, Arne pensava que o outro lado do Abismo deveria ser uma terra de incontáveis riquezas porque estavam gastando fortunas simplesmente para homenagear os mortos com fogueiras. "Ou seria outra coisa?" – ele pensou mais uma vez ao cofiar a longa barba ruiva, desconfiado das intenções de seus misteriosos contratantes.

Batidas na pesada porta de madeira interromperam seus pensamentos e Osmond, um de seus colaboradores mais próximos, entrou na sala.

— Meu senhor, as patrulhas voltaram há pouco e, até agora, nenhum sinal da Magna Guarda.

Arne estava preocupado que todo aquele movimento na beira do Abismo pudesse chamar a atenção do Governador Geral da Província e, consequentemente, da Magna Guarda. Era a última coisa que ele precisava, logo quando estava se tornando o homem mais rico daquelas terras.

— Muito bem, Osmond, deixe os homens descansarem, dê a eles toda a comida e cerveja que quiserem. Em dois dias, mande-os novamente patrulhar toda a borda das nossas terras. Preciso saber se houver algum movimento.

Do canto daquele cômodo, uma voz feminina se fez ouvir, quase um sussurro, porém forte no significado.

— Meu marido, tu és um bom homem e um líder justo, será que em sua ganância não estás colocando todo o povo em risco?

Thyra estava sentada em um canto, acariciando um dos seus cães, enquanto seus olhos azuis profundos crivaram Arne com dúvidas, tanto quanto seu comentário.

— Não posso dar as costas a essa riqueza que caiu aos meus pés — ele respondeu.

— Mas também não podes dar as costas ao risco que trazes ao nosso povo. És seu líder e a eles deves lealdade.

Arne continuou manuseando as pedras preciosas e pensando nas palavras de sua esposa. Ele só não sabia, ainda, que suas ações já haviam precipitado uma sequência de acontecimentos que não poderiam mais ser contidos.

Capítulo XLVII

Os três visitantes de Terraclara foram ajudar nas tarefas do vinhedo como uma forma de retribuição pela acolhida que os desconhecidos ofereceram. As imagens que traziam dos habitantes daquele lado do Abismo eram de medo e desconfiança, mas a gentileza e o refinamento das pessoas que encontraram mostravam o contrário. Será que essas eram outras pessoas? Será que o Povo Sombrio foi derrotado e expulso por eles? Será que estavam conduzindo um elaborado ato para enganar os três jovens visitantes?

— Você já pensou em se mudar para cá e ingressar no negócio de vinicultura? — perguntou Marro com olhar amistoso enquanto observava o cuidado como Mia aparava as videiras.

A reação de Mia foi a mesma de sempre quando recebia um elogio ou algum rapaz falava com ela de forma galanteadora: ficou ruborizada e riu de forma discreta tapando a boca com uma das mãos.

— Se você acha que ela é boa nisso — comentou Teka, que estava bem próxima, totalmente atrapalhada cortando as videiras de forma errada —, espere só até precisar acertar alguma coisa com uma flecha.

Marro era um rapaz alto, mais do que Teka e Gufus, e sua pele muito escura brilhava com o suor da tarde de trabalho sob o sol. Seu cabelo era cortado muito curto como o de seu pai, mas suas feições lembravam muito o seu avô Tarkoma. Era um rapaz de gestos lentos e poucas palavras, mas não economizava o largo sorriso que havia herdado de sua mãe. Usava calças com um corte engraçado, que pareciam alargar-se na altura das pernas e depois se estreitavam conforme chegavam aos pés, sendo firmemente amarradas a uma espécie de sandália de couro. Sua camisa era larga e ostentava um conjunto de listras coloridas que faziam sua presença bem visível onde quer que estivesse.

Trabalharam juntos durante a tarde e, após merecidos banhos e uma bela refeição, passaram o restante da noite conversando. A idade próxima fez com que os irmãos Marro e Tayma naturalmente se aproximassem do trio de visitantes vindo do outro lado do Abismo, mas foi a curiosidade que os manteve acordados até bem tarde, conversando e conhecendo as características dos locais onde moravam. O interesse era tanto que toda a família se juntou à conversa na varanda que cercava a casa.

Mia, Teka e Gufus contaram sobre a organização social de Terraclara e como isso havia evoluído de um passado sangrento com a guerra dos Clãs. Contaram sobre as votações no grande anfiteatro do Monte da Lua e dedicaram muito tempo falando sobre o Orfanato. Com suas palavras, os visitantes pintaram um quadro de um local ideal para se viver – não fosse o fato de estarem isolados do restante do mundo.

— Não sei se esse isolamento foi tão ruim assim — disse Teka, com um ar mais maduro do que o de costume, e continuou —, só sei que deixamos de conhecer pessoas interessantes como vocês.

Foi Tarkoma quem apresentou um contraponto muito forte ao comentário de Teka.

— Mas a menina precisa entender que o que vocês estão vivenciando aqui é apenas uma parte pequena e muito distante da realidade que nos cerca.

— Bem distante — completou Odnan com ênfase na palavra "bem".

Dessa vez foram os anfitriões que tomaram a palavra e contaram que aquela região onde moravam era considerada uma espécie de "fim do mundo" para os demais. A sua família e algumas outras vieram da região mais ao sul, das grandes planícies, buscando esse isolamento. O avô de Tarkoma havia migrado para lá quando ele ainda era um bebê. Eles e outras famílias trouxeram preciosas mudas de videiras e oliveiras e recomeçaram sua vida de forma isolada. A família de Malaika chegou mais tarde, foi acolhida e depois tornou-se parte de uma grande família a partir do casamento com Odnan. Ali, na fronteira do fim do mundo, estavam longe dos grandes avanços da civilização, mas tinham paz.

— Mas aqui é tão tranquilo — comentou Gufus, e logo completou: — Essa paz que vocês tanto falam já não existia? Vocês vieram para cá em busca do quê?

Os mais velhos se entreolharam antes de contar a eles sobre o Consenso. Foi Tarkoma quem tomou para si a tarefa de explicar como as coisas funcionavam daquele lado do Abismo.

Capítulo XLVIII

Os registros históricos não eram tão precisos sobre a fundação daquele grande domínio, mas havia bastante certeza sobre algumas questões. Há séculos, um grupo de habitantes da região central começou a exercer maior influência devido ao seu crescente poder econômico e militar. Eles rebatizaram a antiga cidade que habitavam com o nome que perdura até hoje, demonstrando, já naquela época, que aquele deveria ser o centro de um grande poder: Capitólio. Ao mesmo tempo que subjugavam outros povos, fortaleciam seu controle sobre todos os aspectos da vida das pessoas. O melhor exemplo desse domínio era o idioma comum. Todos eram obrigados a aprender o idioma dos seus dominadores desde nascença, ainda que pudessem manter outras línguas para comunicação entre si. Essa talvez tenha sido a principal base para a hegemonia e o controle instalados entre todos os habitantes daquela terra.

Por muito tempo, os povos dominados se agarravam ao conceito de que a história tem a tendência de se repetir e outras forças já haviam surgido e desaparecido com o passar do tempo, dando lugar a novas influências. Dessa vez, porém, foi diferente. O que havia se instituído na base daquele poder dominante era muito mais profundo em termos de uma ideia distorcida de predominância étnica e social. Os cidadãos do Consenso, com o tempo, desenvolveram um senso de que qualquer coisa entre o céu e a terra lhes pertencia por direito. Todas as terras e seus frutos, todas as coisas produzidas, todas as águas de todos os rios, todos os animais e todas as pessoas naquele mundo pertenciam ao Consenso e deveriam servir ao bem-estar de seus cidadãos.

— Como assim? Até as pessoas pertencem a eles? — perguntou Teka com um misto de incredulidade e revolta.

— Nenhuma pessoa pertence à outra — disse Mia, citando os escritos de Almar Bariopta. — Isso é escravidão — ela completou.

Um olhar triste e resignado acompanhou Malaika, que deu continuidade ao comentário de Mia.

— É muito mais do que isso. Para eles, nós existimos por sua benevolência, para servir ao Consenso que, por sua vez, nos permite o dom da vida e pode retirá-la a qualquer momento.

Tarkoma continuou sua narrativa contando que enquanto os cidadãos do Consenso estivessem felizes e satisfeitos, todo o resto poderia seguir existindo, sem sua interferência. Para os senhores daquelas terras, não havia muita diferença entre um rio que fornece água fresca e as populações que vivem nas mesmas terras. Se servirem ao seu propósito, podem existir e seguir seu curso. Por isso, quanto mais longe do centro do poder, mais tranquila será a vida. Ali, na beira do Abismo, encontraram a relativa paz que desejavam.

— Agora já chega — disse Atsala se levantando da cadeira onde estava. — Vamos dormir porque amanhã as videiras e as oliveiras não vão se cultivar sozinhas.

E assim foram todos para suas camas, mas a narrativa que escutaram não permitiu que nenhum dos três visitantes de Terraclara pegasse no sono rapidamente.

Capítulo XLIX

O Governador Geral da região estava envolto em suas escassas e pouco relevantes atividades quando se deparou com um relatório incomum. Bem na borda do grande Abismo estavam sendo avistadas fogueiras que pareciam não só perenes como estavam aumentando em número e intensidade. O Governador Cario olhou para um grande mapa afixado na parede, atrás de onde estava sentado, e ficou analisando o que via enquanto sorvia devagar uma taça de vinho produzido ali mesmo naquela região. Não era nem de longe uma bebida tão refinada quanto a que consumiam em Capitólio, mas naquele fim de mundo era o melhor que conseguia.

Aquele vinho era elaborado pelos migrantes que vieram da região centro-sul e se instalaram no planalto, próximo ao Abismo, havia inúmeras décadas, muito antes da sua administração naquela terra quase esquecida pelo Consenso. Até que a bebida era aceitável, considerando que era totalmente fabricada por aqueles seres inferiores. Lembrou-se de uma frase que seu pai usava quando se referia aos povos que habitavam as demais regiões: "Eles já andam e até falam, esperar mais o quê deles?".

Cario estava com seu olhar fixo na região onde os Freijar haviam se estabelecido e imaginou se aquelas fogueiras seriam parte de algum tipo de ritual estranho e desprezível daquele grupo. Por exigência da sua função, foi obrigado a se inteirar das características dos grupos que lá habitavam e de todos os que povoavam aquela região. Os que ele gostava menos eram os condores, que habitavam as encostas da cordilheira, e aqueles cabelos vermelhos. Ambos eram ruidosos e deixavam sujeira em toda parte, mas pelo menos os condores serviam para reduzir a população de roedores. Cario chamou seu assistente pessoal e mandou uma mensagem para o líder da guarnição local da Magna Guarda.

E assim, uma ação tomada do outro lado do grande Abismo influenciaria toda aquela terra.

Capítulo L

Foi Mia quem pediu para conversar com Odnan e sua família antes que saíssem para o trabalho naquela manhã. Os anfitriões já sabiam, por intermédio de Gufus e Teka, que os três haviam cruzado o Abismo para investigar as fogueiras que estavam sendo avistadas do outro lado e gerando inquietação. Ela também contou que seus pais foram acusados de traição por investigar essas mesmas fogueiras e precisava fazer alguma coisa para entender o que estava acontecendo e assim, talvez, libertá-los. Propositalmente omitiu o nome da sua família e de Teka, ainda que fosse quase impossível alguém ali já ter ouvido falar de Patafofas ou Ossosduros. Mesmo assim, isso lhes dava certa sensação de segurança.

— Sua hospitalidade só perde em grandeza para a gentileza que seus corações nos mostraram — disse Mia —, mas não podemos ficar aqui e deixar nossos pais apodrecendo em alguma cela.

— Não sei se vocês se lembram do que eu lhes disse logo que nos conhecemos — falou Odnan para Teka e Gufus. — Foi uma coincidência incrível nos encontrarmos em uma situação como aquela, quando ambos estávamos tentando descobrir a mesma coisa.

Ele lhes contou que os rumores sobre as fogueiras estavam se espalhando e isso somente poderia se originar na terra dos Freijar. A descrição que Odnan fez foi comedida, destacando sua natureza menos sociável, mas logo foi interrompido por Tarkoma.

— Bêbados e arruaceiros, é isso que eles são!

Odnan continuou explicando que o comércio com os Freijar era limitado, mas que mantinham boas relações, ainda que distantes.

— Na noite em nós os encontramos quase mortos, estávamos voltando daquelas terras, a tempo de ver as fogueiras sendo acesas ao cair na noite.

Odnan e seu pai tentaram inutilmente conversar com Arne, o líder dos Freijar, para entender o que estava acontecendo e dissuadi-lo de fazer qualquer coisa que mudasse o perfil discreto, quase invisível, que marcava suas existências ali no fim do mundo.

Tentaram por dois dias ter um encontro com Arne, mas receberam apenas desculpas e uma refeição, antes de serem convidados a retornar às suas próprias terras. Nesse pouco tempo em que lá estiveram, conseguiram saber apenas que as ordens de manter as fogueiras acesas vinham diretamente de Arne, que recompensava todos aqueles que trabalhavam nessa tarefa com fartas quantidades de comida e cerveja.

— Retornamos da mesma forma como fomos, sem saber de nada — ele completou.

Gufus, que estava muito calado desde a noite anterior, foi quem perguntou:

— Mas afinal, por que vocês estão interessados nas fogueiras desse tal de Arne?

— Porque a última coisa que queremos é chamar a atenção do Consenso e, especialmente, da Magna Guarda.

Capítulo LI

Toda grande força que dominou outros povos e regiões teve o apoio de braços armados poderosos e competentes. No caso do Consenso, essa força era tão especializada e letal quanto leal aos seus senhores. Historicamente, algumas vezes os exércitos eram compostos de voluntários dedicados a uma causa, mas carentes de especialização; outras vezes eram mercenários bem-pagos e bem-treinados, que não tinham particular lealdade a essa ou àquela causa.

A Magna Guarda era uma elite de guerreiros especializados, que gostavam do que faziam e, principalmente, eram leais a uma causa comum: a expansão e preservação do Consenso. Uma das histórias mais famosas sobre a Magna Guarda era contada e recontada entre os cidadãos do Consenso como forma de louvar os heróis do passado e ao mesmo tempo lembrar a todos os demais povos do que aquela força militar era capaz.

* * *

Há cerca de cento e vinte anos o Consenso já estava disseminado e estabilizado em todos os cantos do mundo conhecido. Alandra era uma dessas partes distantes dos domínios, uma região importante, porque lá existiam minas que forneciam minerais vitais à manutenção da já complexa economia daquele grande Estado. Era uma região árida, pouco atrativa, basicamente composta de desertos arenosos e algumas formações rochosas não muito altas. Os habitantes originais daquelas terras lá viviam por inúmeras gerações e aprenderam a conviver com o clima hostil. Eram pessoas, em muitas maneiras, forjadas no calor das areias quentes e, por isso, tinham fama de poucas palavras e poucos afetos. Mas isso era somente com os estrangeiros.

Os habitantes de Alandra eram muito solidários e unidos, porque essa era a única forma de sobreviverem em um local tão árido. Não havia grandes cidades porque a água era bastante restrita e disponível em poços e algumas poucas nascentes subterrâneas. Em volta dessas fontes de água, havia pequenas comunidades que se dedicavam à criação de animais e à extração mineral. Mesmo antes da expansão do Consenso, Alandra já era uma fonte de minérios importante para as demais populações, que, por sua vez, vendiam alimentos e outros bens que os alandres não conseguiam produzir em suas terras pouco férteis.

O profundo senso de união e solidariedade dos alandres foi o maior obstáculo enfrentado pelo Consenso quando anexou aquelas terras aos seus domínios. O conceito de que tudo e todos entre o céu e a terra pertenciam ao Consenso sempre fora rejeitado e combatido pelos povos dominados, mas nunca houve uma reação tão forte quanto entre os alandres. A sua dispersão geográfica também prejudicou o controle por parte do Consenso, que teve que dispor de vários batalhões de soldados e espalhá-los por toda a região.

Os anos se tornaram décadas e o domínio do Consenso sobre Alandra parecia ter se estabilizado. A extração mineral foi intensificada e o fluxo de caravanas, contendo mais e mais minerais, foi se tornando contraproducente, e logo uma grande metalúrgica foi construída próxima a uma mina de carvão – e muitos instrumentos, inclusive armas, passaram a ser produzidos ali mesmo. Na visão unilateral do Consenso, tudo estava equilibrado e eficiente, mas para essa comunidade, mesmo após décadas de domínio, havia um crescente sentimento de revolta.

Utilizando a dispersão geográfica a seu favor, uma nova liderança surgiu entre o grupo. Seu nome foi apagado da história, mas aquele homem ou aquela mulher viajou entre os diversos agrupamentos montando uma estrutura latente de revolta. Ele ou ela viajava de forma sorrateira e, por alguns dias, se misturava à população local dando instruções e organizando as ações de resistência. Enquanto isso, armas foram sendo desviadas da produção das forjas locais, apenas algumas em cada lote de dezenas, tornando o controle quase impossível. Essas armas foram aos poucos sendo distribuídas entre as diversas comunidades de Alandra. Levou tempo, não se sabe ao certo quanto, mas chegou um momento em que todos estavam prontos e havia armas escondidas em praticamente todas as localidades. Os números estavam totalmente a favor dos revoltosos: eram mais de dez alandres armados para cada soldado do Consenso, e eles tinham o fator surpresa a seu favor.

Em uma noite sem lua, os ataques simultâneos ocorreram em toda a região. Todos os esquadrões da Magna Guarda, dispersos em pequenos números, foram sendo dizimados e os demais membros do Consenso que administravam aquelas terras tiveram o mesmo destino. Alandra estava livre do domínio externo, exceto por um local: as forjas. Devido à sua importância, um batalhão da Magna Guarda ficava estacionado naquele ponto e cerca de mil soldados, liderados por Hatar, montaram resistência ao movimento dos alandres. Milhares de homens e mulheres armados com lanças, espadas e escudos, produzidos naquela mesma forja, cercaram e atacaram o batalhão.

O clamor da luta pela liberdade era forte e trazia o ímpeto da busca pela justiça, mas isso não foi suficiente para enfrentar a maior e melhor força militar que já existira. Hatar usou todo o seu conhecimento e sua experiência para forçar os revoltosos a atacar em locais onde ele escolhera, e a formidável capacidade bélica do Consenso mostrou porque dominava o mundo conhecido. Usaram tudo o que havia nas forjas como armas e fizeram chover fogo nos revoltosos, construindo, de improviso, catapultas que arremessavam metal derretido, em uma verdadeira tempestade vermelho-vivo. Em cada embate, as perdas para os alandres eram muito maiores e seu número e seu ímpeto foram sendo reduzidos. Milhares de revoltosos morreram em curto espaço de tempo e a desproporção inicial dos números entre as duas forças em conflito já não era tão grande.

Hatar liderou um ataque final, dividindo suas forças remanescentes em três ondas, coordenando um ataque frontal enquanto duas alas cercavam os revoltosos. Sua estratégia funcionou bem quando as forças do Consenso, sob sua liderança, partiram para uma investida derradeira, frente a frente com a comunidade de Alandra, que depois foram cercados e dizimados pelos flancos. No final, a Magna Guarda havia feito o impossível: derrotara os revoltosos e reduzira suas forças a praticamente nada. O custo, porém, foi alto. Dos cerca de mil homens e mulheres do batalhão, quase todos pereceram na última batalha, inclusive seu comandante. Semanas depois, quando as forças do Consenso chegaram com reforços, encontraram um cenário de desolação e um cemitério improvisado, com mais de oitocentos túmulos. As forjas foram novamente acesas e um mar de metal liquefeito foi derramado sobre os túmulos dos soldados para honrar seu descanso final transformando-o em um monumento. Os combatentes remanescentes foram enviados de volta com honras para Capitólio, levando com eles o escudo rachado do comandante.

Quanto à Alandra, o Consenso aplicou o seu conceito mais distorcido: a paz. Toda a população foi condenada à morte e sua cultura, seu idioma e seus registros históricos varridos da memória. Homens, mulheres, crianças, todos foram chacinados sistematicamente nas localidades onde vivessem. Aqueles que fugiram para outras terras foram caçados até que o último estivesse morto. Em menos de um ano, já não havia mais nenhum habitante vivo daquele povo para contar suas histórias, e o nome da liderança revoltosa foi apagado.

O idioma local morreu junto com as pessoas e qualquer registro em papel ou pedra foi apagado para sempre. O nome "Alandra" só foi permitido sobreviver ao seu povo como parte do lembrete sombrio que o Consenso passou para todos os habitantes do seu domínio. Pessoas de outras regiões foram realocadas à força para aquelas terras para repovoarem e darem continuidade à extração mineral. A antiga forja foi desativada e transformada em um memorial aos soldados mortos naquela batalha. A estrada principal que ligava a vila ao restante do Consenso recebeu um pórtico feito com o metal das armas e dos escudos dos soldados caídos, de onde pendia a espada de Hatar, encimada por uma placa com o novo nome daquela terra: Hataria.

A história do que foi chamado de "A Batalha dos Dez Mil" foi amplamente disseminada por todas as terras do Consenso como um alerta sobre a Magna Guarda: os uniformes negros são invencíveis.

Capítulo LII

— Uniformes negros... — comentou Mia, baixinho, enquanto olhava para os demais.

Um pensamento iluminou sua mente e transpareceu em sua expressão facial, que emanava aquela típica atitude de quem resolvera o maior dos mistérios. Em seguida, perguntou, ainda que um pouco envergonhada, temendo estar dizendo alguma coisa absurda:

— Esses soldados, por acaso, têm os olhos vermelhos e brilhantes?

Malaika riu da pergunta sem sentido da menina, que nunca havia visto pessoas diferentes dela mesma e nem se deu ao trabalho de responder.

Que decepção! Mia pensara que havia resolvido o mistério do Povo Sombrio, afinal, um grupo de pessoas fazendo aquele tipo de barbaridade, só poderia ser a origem daquela lenda; mas o comentário de Malaika parecia invalidar seu raciocínio.

— Mas quando vão para a batalha, eles cobrem o rosto com lenços negros e, por isso, é até difícil saber se aqueles monstros realmente têm olhos — Malaika complementou.

— E eles têm um quartel na beira do Abismo? — perguntou Gufus.

— Não atualmente, mas no passado houve uma presença permanente da Guarda vigiando o Abismo e a cordilheira — respondeu Odnan, e completou: — As histórias de pessoas atiradas no Abismo ainda assombram muita gente. Mas isso foi muitos anos antes de nossa família se mudar para cá.

Foi como se os três amigos compartilhassem o mesmo pensamento quando se entreolharam com uma expressão de satisfação e orgulho: haviam desvendado o mistério do Povo Sombrio.

Capítulo LIII

— Mas não podemos voltar lá agora assim sem uma justificativa — disse Odnan enquanto caminhava de um lado para outro como se seu movimento fosse trazer esclarecimento às dúvidas que agora povoavam seus pensamentos.

— Nem eu quero chegar perto daqueles arruaceiros de novo — completou Tarkoma.

Mia, Teka e Gufus estavam decididos a ir até as terras dos Freijar para descobrir o mistério por trás das fogueiras. Odnan não poderia deixar três crianças se aventurarem sozinhas nas terras de Arne e seus guerreiros de cabelos cor-de-fogo. Havia relatos de servos sendo trazidos de outras regiões e obrigados a trabalhar para os Freijar em condições horríveis. "Imaginem o que fariam com aqueles três – pensou Odnan em silêncio.

Foi Atsala quem trouxe uma sugestão, sem perder a chance de fazer um comentário ao mesmo tempo ácido e bem-humorado.

— Homens, vocês só pensam assim, uma coisa de cada vez. Quem disse que precisamos voltar até lá sem justificativa?

Sem entender bem o que estava acontecendo viram Atsala pedir à Marro para buscar alguma coisa no outro cômodo. Ele voltou trazendo um pedaço de pele de cabra com escritos em um idioma estranho e também no idioma comum.

Atsala leu o que estava escrito em tom solene:

— Todos os jovens dessas terras são convidados ao Festival da Oitava Lua.

— Mas isso é um absurdo — respondeu Odnan com um tom rude que até então os visitantes não haviam conhecido, e continuou: — Todos sabem que esse festival é uma vitrina de jovens sendo oferecidos para casamentos entre os Freijar e seus convidados, eu não vou expor meus filhos a esse absurdo.

— Mas ninguém precisa se casar, aliás casamentos com pessoas de outras raças não são bem-vistos pelos Freijar — disse Malaika com uma expressão de tranquilidade. — Só precisamos aguentar três dias naquele local para obter as informações que queremos, afinal as bocas vão estar cheias de cerveja e as línguas bem mais soltas.

Os Freijar não eram originários das terras junto ao Abismo, haviam sido realocados pelo Consenso depois que sua guarnição permanente da Guarda concluiu que não havia motivos para continuar tomando conta daquele fim de mundo. Aqueles homens e mulheres altos, na sua maioria com olhos claros e cabelos loiros ou castanho-avermelhados, foram instalados nas terras que até hoje habitam com o único intuito de manter algum tipo de presença na região. Eles nunca haviam abandonado totalmente seus antigos costumes e um dos que mais preocupava Odnan e sua família era o fato de tomarem servos de outros povos para trabalhar para eles. Não eram declaradamente escravos porque isso não era permitido pelo Consenso, mas na prática esses servos não tinham liberdade de ir e vir e somente recebiam abrigo e comida pelo seu trabalho.

O povo Freijar fora espalhando-se em todas as terras ao nordeste acompanhando a longa trilha do Abismo Dejan. Seu líder atual, Arne, era querido pelo seu povo porque mantinha as tradições e não interferia no seu dia a dia. Havia diversas vilas de Freijar ao longo de toda a extensão nordeste e milhares de habitantes espalhados naquela extensão de terra. Com o tempo outros migrantes chegaram àquela região e enquanto não cruzassem o rio para além das fronteiras eram tolerados e até mesmo bem aceitos.

Quando os pais e avós de Tarkoma chegaram àquele planalto trazendo suas videiras e oliveiras foram convocados à presença do bisavô do então líder dos Freijar, Trygve. Com a promessa de um convívio pacífico e principalmente com a perspectiva da produção de vinho, ele deu sua aprovação para que aqueles estranhos de pele escura ocupassem as terras inabitadas do planalto ao sudoeste. Desde então novos migrantes foram chegando e desenvolvendo uma forte produção de azeite e vinho que eram negociados depois de atender às demandas dos representantes do Consenso. Havia uma vila mais ao sul onde se concentravam as instalações do Consenso incluindo um pequeno contingente da Guarda. De lá partiam as remessas de tudo o que era requisitado em outras regiões, especialmente em Capitólio. Mas havia ainda oportunidades de comércio e a pequena vila tinha um movimento constante de pessoas, mesmo que muito inferior ao que outras partes experimentavam. Era exatamente esse relativo isolamento que trazia a tranquilidade que Odnan e sua família tanto prezavam e que estava sendo posta em risco pelos Freijar e suas fogueiras.

— Esse festival pode ser uma boa oportunidade de descobrir alguma informação útil — disse Teka e completou: — Quando nós vamos?

— Em três semanas — respondeu Atsala.

— Mas isso é muito tempo, nós precisamos voltar a Terraclara e libertar nossos pais — disse Mia em um tom de voz ao mesmo tempo apreensivo e impaciente.

— E vamos fazer isso como? — perguntou Gufus. — Nós não temos nada, não sabemos nada, não adianta correr para voltar de mãos vazias.

— Você diz isso porque seus pais estão confortavelmente instalados na casa com vista para o lago e não em uma masmorra.

As palavras de Teka foram duras e impensadas. Gufus estava ali do outro lado do Abismo correndo riscos e desrespeitando as leis por lealdade às suas melhores amigas e sentiu-se profundamente injustiçado com mais esse comentário de Teka. Ele saiu em direção ao pátio externo não com uma atitude de raiva, mas com a cabeça baixa e expressão magoada. Os olhos de Mia fuzilaram a prima com tamanha reprovação que os demais presentes ficaram em silêncio espantados com aquela reação desmedida. Foi a jovem Tayma quem se levantou e saiu para falar com ele.

* * *

Gufus saiu em direção ao ar livre como se aquilo pudesse aliviar a pressão que sentia no peito. O dia estava um pouco nublado, ocultando a incidência direta do sol e a temperatura estava bem mais amena do que no dia anterior. O pátio externo da casa onde estavam hospedados era muito arejado, aquele pequeno lago dava um ar tranquilo e a fonte jorrando água atraía muitos pássaros parecendo que tornava o ar mais fresco.

No meio de toda aquela situação em que estavam, Gufus ainda não tinha se permitido pensar que estava pisando onde nenhum arteniano jamais estivera, que estava sentindo uma brisa que nunca chegaria ao outro lado da cordilheira. Olhou para cima e viu os mesmos picos nevados que via da sua terra natal só que de um ângulo inédito para qualquer um em Terraclara. Como podiam estar ali e não apreciar toda a beleza e estranheza de uma terra e um povo tão diferentes? Estava com os pensamentos perdidos nesses devaneios quando viu Tayma vindo em sua direção. Conforme ela se aproximava com sua roupa colorida e esvoaçante, Gufus pensava em como nunca imaginara que uma pessoa pudesse ser como ela.

Tayma tinha grandes e expressivos olhos negros que destacavam seu rosto com feições ao mesmo tempo familiares e distintas. Ela, inegavelmente, havia herdado traços de sua avó paterna, Atsala, com seu nariz mais largo e lábios espessos e seu cabelo negro penteado em longas tranças. Ao contrário de Odnan, sua esposa Malaika tinha ascendência de diferentes etnias, dando a ela e à sua filha uma beleza distinta. Seus olhos eram ao mesmo tempo amendoados e levemente puxados bem parecidos com os de sua mãe; já o largo sorriso era inconfundível como o da família paterna. Os longos cabelos de Tayma eram mantidos geralmente em tranças e ela usava uma espécie de faixa de tecido bem fina acima da testa, rente ao cabelo. Tinha um corpo esbelto, não tão esguio a ponto de ser muito magra, mas com músculos definidos que combinavam com suas pernas longas. Gufus ficou pensando que seria quase impossível vencê-la em uma corrida.

— Preciso selar dois cavalos, você me ajuda?

— Claro — respondeu Gufus surpreso, uma vez que esperava palavras de consolo e tapinhas nas costas.

Ele gostou disso, assim poderia se afastar um pouco sem que ninguém sentisse pena dele, apenas compartilhar uma tarefa e um momento trivial. Como se lesse seus pensamentos, Tayma disse:

— Ainda bem que eu te encontrei aqui fora, detesto selar cavalos e com a sua ajuda reduzo essa tarefa pela metade.

No fundo, Gufus sabia que ela veio em sua direção como reação ao ataque verbal infundado que recebera há pouco, mas não se importava. Tayma ofereceu duas coisas que ele precisava naquele momento: companhia que não fosse das suas amigas e uma atividade para distrair sua cabeça.

Caminharam até o estábulo em silêncio sem se preocupar em falar amenidades. Ele já visualizara aquela construção, mas nunca havia entrado lá. O odor era típico de qualquer estábulo, que não se poderia dizer agradável tampouco insuportável, eram cavalos cheirando como cavalos. O que espantou Gufus quando entrou foram o tamanho e a pelagem dos cavalos. Seu espanto acabou quebrando o silêncio entre eles de forma divertida:

— Mas que cavalão!

Ambos riram alto pela forma espontânea com que Gufus descreveu o cavalo que estava na primeira baia do estábulo. Era um animal grande com uma constituição robusta, e muito peludo. Seu pelo fazia um efeito inusitado na fronte como se um pequeno Sol tivesse sido tatuado no focinho do cavalo. Sua pelagem era marrom com algumas manchas claras, sua crina era farta, ele tinha pelos nas patas, dando ao animal uma aparência ao mesmo tempo elegante e rústica. Era um cavalo muito diferente daqueles que eram criados em Terraclara, que em sua maioria eram menores, muito rápidos e ágeis. Gufus, que montava regularmente junto com seus pais, ficou encantado com um animal tão diferente.

— Esse é o... — pronunciou alguma coisa na língua local, que Gufus não entendeu.

E notando a expressão de dúvida do companheiro, Tayma tratou de completar:

— No idioma comum, quer dizer "Companheiro do Amanhecer".

Gufus ficou fazendo um afago no pescoço do animal enquanto Tayma abriu uma outra baia e ficou por lá cuidando de outro cavalo.

— E esse aí, quem é? — Gufus perguntou de longe.

— Essa aqui é... — e já antecipando o que Gufus iria perguntar, completou: — Que na língua comum quer dizer "Primeira Estrela".

Era um animal de grande porte tanto quanto o primeiro, mas era uma égua de pelagem totalmente branca. Parecia mais agitada que o Companheiro do Amanhecer, o que fez com que Gufus mantivesse uma certa distância.

— Não precisa ter medo, ela é um pouco desconfiada na presença de estranhos.

Tayma escovava os longos pelos brancos da égua enquanto falava com Gufus, que ainda mantinha distância preventiva. Ela saiu da baia animada, saltitante, parecendo uma criança e perguntou com olhar travesso:

— Você quer dar uma volta? Assim fugimos dos assuntos chatos e do trabalho no vinhedo.

— Você não teria um cavalo um pouco menor para mim? — ele respondeu com outra pergunta.

Ela saiu do estábulo e andaram por alguns minutos até uma grande área cercada onde havia alguns cavalos. Esses, sim, pareciam cavalos de tamanho normal, como aqueles que existiam em Terraclara.

— Esses aí são cavalos selvagens que meu pai encontrou perdidos há alguns meses, eram ainda potrinhos e estavam separados do grupo, quase mortos de fome.

Odnan havia trazido os dois potrinhos para casa e cuidou deles para que não morressem de fome. Havia levado os dois para a companhia das éguas da propriedade, mas foram rejeitados. Ele então improvisou um cercado para mantê-los seguros enquanto decidia o que fazer com eles.

Um desses cavalos era malhado de caramelo e branco com a crina também branca e o outro era marrom com a crina mais escura e tinha pequenas manchas brancas na fronte e nas patas dianteiras. Gufus logo se interessou pelo marrom porque lembrava muito os cavalos que sua família criava.

— E qual é o nome desse aqui? — ele perguntou, enquanto acariciava o pescoço do animal.

— Nenhum dos dois tem nome.

Gufus então pediu licença para dar ao cavalo marrom o mesmo nome de um outro cavalo que havia servido à sua família por muitos anos e morrera há pouco tempo: Bronze.

— Então — Tayma respondeu — precisamos dar um nome para a outra também.

— Cristal — ele disse, lembrando de uma história muito popular entre as crianças de Terraclara.

— Resolvido, eu lhes apresento Bronze e Cristal — completou, enquanto fazia uma espécie de gesto teatral estendendo a mão como se mostrasse os dois cavalos para uma plateia imaginária.

* * *

Passaram pela frente da casa com Tayma montada em Primeira Estrela e Gufus em Bronze, bem a tempo de acenar para os demais e avisar aos gritos que iriam dar uma volta para treinar o cavalo selvagem recém-nomeado.

Contaram com a ajuda dos cavalos em um rápido galope que os afastou dos demais bem a tempo de não escutarem os protestos por estarem fugindo das suas tarefas diárias.

Capítulo LIV

Astorio Laesa sempre fora uma pessoa sem grande destaque na sociedade e escolheu a carreira na Brigada porque isso lhe daria algum poder e ascendência sobre os demais. Era um homem ambicioso, mas inseguro e considerado pelos demais apenas um guarda medíocre. Ainda assim, seu tempo de experiência lhe possibilitou liderar um pequeno grupo de guardas na distante Vila do Monte e ter acesso aos postos de observação para o outro lado do Abismo. Quando foi abordado pela primeira vez, aproveitou aquela presença ilustre para mostrar lealdade e eficiência, causando uma impressão adequada. A sua ambição em deixar de ser um anônimo vivendo nos confins de Terraclara foi logo notada e isso selou a futura parceria que iria influenciar nos rumos de muitas pessoas. Essa parceria já havia gerado frutos e agora Laesa tinha uma posição próxima ao Zelador.

Tempos depois, já em uma reunião a portas fechadas na Zeladoria, Astorio foi encarregado de montar um grupo de pessoas leais e dedicadas que deveriam identificar traidores e levá-los para interrogatório.

— O senhor Zelador já submeteu meu nome ao Chefe da Brigada?

— Não, isso não será necessário. Você vai responder diretamente a mim.

— Mas e os demais membros desse grupo?

— Deixo a seu critério recrutar essas pessoas dentro ou fora da Brigada.

— Então vamos formar uma espécie de milícia?

— Não gosto desse nome, pense em alguma coisa menos assustadora que incorpore aquelas palavras que o povo gosta de ouvir: segurança, patriotas etc.

— Considere feito.

— Faça isso rapidamente, Laesa — disse o Zelador, com um tom de urgência na voz, e acrescentou: — E tão logo tenha montado esse grupo sua primeira missão já está definida: encontrar e escoltar de volta alguns traidores que estão escondidos perto de sua cidade.

Astorio saiu rapidamente do escritório do Zelador já com alguns nomes em mente, afinal, precisava ser rápido e fazer o que lhe fora ordenado e, em breve, já se via como Chefe da Brigada.

Capítulo LV

Os dias para os três visitantes passaram de forma rápida e muito intensa. Cada momento era compartilhado em aprender e ensinar aspectos da vida cotidiana dos dois lados do Abismo. Os anfitriões tiveram especial interesse em saber sobre o Orfanato e como aquela instituição havia se tornado a base de um progresso cultural e científico. Marro e Tayma ficaram muito curiosos com o Decatlo e ainda estavam tentando entender a dinâmica do jogo chamado Quatro Cantos. Para os visitantes, o grande mistério era o Consenso. A ideia de que um grupo de cidadãos possuía direitos sobre tudo e todos era muito abstrata e quase impossível de absorver. Mia travou alguns debates ideológicos interessantes com Odnan a esse respeito tentando entender as bases desse domínio, mas não havia nada além de uma ideia distorcida apoiada por um controle rígido e uma força até então invencível.

— Quer dizer que se um cidadão do Consenso chegar aqui e quiser morar nessa casa vocês terão que sair imediatamente?

— Sim, é isso mesmo.

— Mas e se houver resistência?

— Não é saudável resistir.

— Mas vocês não podem lutar?

— Se isso ocorrer, a Magna Guarda imediatamente vai intervir e dependendo da complexidade dessa resistência eles podem impor a paz.

O conceito da paz do Consenso era tão simples quanto inacreditável e chocante para um estrangeiro. Se qualquer outro habitante desobedecer ou questionar um cidadão será punido fisicamente da forma mais dolorosa que não o incapacite para o trabalho. Se algum habitante ferir um cidadão do Consenso, esse habitante, toda a sua família ou grupo de pertencimento serão executados e se isso ocasionar a morte de um cidadão toda a comunidade ou etnia será eliminada sumariamente.

— Mas e se eu, acidentalmente, trombar com um cidadão na rua e esse acidente causar um ferimento leve, sem qualquer consequência?

— Procure se despedir da sua família e implorar pelo direito do rito funerário que sua comunidade pratica.

Esses diálogos eram tão absurdos que chegavam a causar dor de cabeça em Mia. Ela tentava contrapor essas práticas insanas com os ensinamentos de Almar Bariopta, inclusive a filosofia de que um arteniano não deve ferir um outro.

— Isso ocorre dessa forma dentro do Consenso — ele disse, e continuou: — Um cidadão não deve ferir algum outro e é completamente impensável matar um conterrâneo.

— Mas e como torturar e matar é aceito com tanta naturalidade para as outras pessoas?

— Porque, minha adorável menina, para eles, nós não somos sequer pessoas.

* * *

Um tempo considerável dessas semanas de espera foi dedicado à preparação para as atividades do Festival da Oitava Lua e na elaboração de estratégias para usar esse momento para obter as informações de que tanto necessitavam. A tradição desse festival foi trazida pelos Freijar de sua terra natal antes de serem realocados pelo Consenso. O objetivo é reunir jovens e seus pais em um momento de confraternização em que moças e rapazes vão participar de diversos jogos e assim mostrar suas qualidades. Os pais, por sua vez, enquanto comem e bebem de forma exagerada, conversam sobre eventuais uniões entre filhas e filhos solteiros. Com a sua mudança forçada e com a chegada de novos vizinhos de outros povos, os Freijar passaram a incorporar em seu festival todos aqueles que viviam na mesma região. Nos dias atuais era apenas uma festividade, uma celebração simbólica, ainda que alguns matrimônios ainda fossem alinhavados nessas ocasiões.

— Mas que jogos são esses? — perguntou Teka, desconfiada.

— São coisas que aqueles bêbados e brutos fazem há séculos para se exibir — respondeu Atsala, de forma rabugenta.

— Na verdade, são competições onde os jovens mostram suas habilidades, ainda que a maioria delas não seja capaz de impressionar um pretendente hoje em dia — respondeu Malaika, de forma bem mais comedida.

Os jogos eram heranças culturais dos Freijar, como tiro com arco, corrida com obstáculos, arremesso de lança, remo, equitação, arremesso de troncos e diversas disputas de espadas e outras lutas. Os vencedores não recebiam nenhum prêmio, apenas a glória da vitória e os olhares admirados das moças e dos rapazes pretendentes.

— E eu pensando que havia me livrado do decatlo lá do Orfanato e fui cair em uma coisa muito pior — comentou Gufus, desanimado.

— Não se preocupe, vamos treinar juntos e eu te ajudo — disse Tayma, como forma de encorajar o novo amigo.

Aqueles dois estavam passando muito tempo juntos, o que não passou despercebido pelas primas. Desde o incidente no qual Teka foi quase violentamente rude para com o amigo, ele havia se aproximado bastante da nova amiga. O treinamento dos cavalos selvagens impressionou a todos, e em pouco tempo Bronze e Cristal estavam sendo cavalgados com rapidez e agilidade que os demais animais não apresentavam.

Tayma revezava entre sua preferida Primeira Estrela e Cristal, que havia se revelado uma corredora incrível. Gufus treinava Bronze com facilidade e ajudava com a preparação de Cristal. Haviam tomado a arriscada decisão de usar os dois pequenos cavalos selvagens nos jogos ao invés dos enormes cavalos que predominavam naquela região. Já Teka ficou bastante amiga de Marro, que tinha um temperamento diferente, mas ambos gostavam das mesmas coisas. Nadar era uma delas. Teka e Marro passavam muito tempo livre disputando corridas no rio e no lago próximos. Já Mia havia gradualmente se afastado dos outros jovens enquanto se dedicava junto com Odnan e Malaika a traçar as estratégias para utilizar aquela ocasião como a melhor fonte de informações. Naturalmente, iria participar de alguma competição, provavelmente de tiro com arco, o que estava se tornando um desafio adicional, porque seu arco havia se perdido quando caíram no rio.

Odnan levou Mia até a oficina de um artesão muito conhecido e amigo de longa data de seus pais. Depois de muitas negociações, ele aceitou confeccionar em prazo tão curto um novo arco e algumas flechas com as especificações por ela fornecidas. Toda aquela urgência custou caro: dez garrafas do vinho especial que Odnan e seu pai escondiam apenas para consumo da família. Esses vinhos eram feitos de forma quase secreta e guardados em barris escondidos debaixo do celeiro, bem longe dos grandes barris que ficam envelhecendo os vinhos de pior qualidade nas cavernas próximas. Se algum representante do Governador Geral fosse até lá, poderia provar vinhos de todos aqueles barris, mas nunca saberia que existe um pequeno tesouro líquido debaixo do celeiro.

— Afinal — Odnan confidenciou para Mia —, se algum dia um dos meus vinhos especiais for enviado para o Governador Geral, não vou fazer mais nada na vida a não ser encher as barrigas dos cidadãos do Consenso, porque se eles provarem o vinho que nós fazemos escondidos, vão ver que aquilo que bebem em Capitólio é uma água suja.

Mia desenhou cuidadosa e detalhadamente como o novo arco deveria ser feito e fez o mesmo com o conjunto de flechas. O resultado não poderia ter ficado melhor; parecia até que o novo arco era ainda mais preciso e potente que o original. Com a promessa de que o artesão somente poderia consumir aquele vinho sozinho, Odnan e Mia voltaram para casa munidos de arco e flechas que causariam inveja a qualquer outro arqueiro.

E assim os dias foram se sucedendo e antes que todos se dessem conta desse rápido passar do Sol e da Lua, já estavam às vésperas do festival.

Capítulo LVI

O comandante da guarnição local da Magna Guarda, Aulo Galeaso, era um oficial já com uma certa idade, que nunca desenvolveu uma carreira de destaque e era um dos poucos que não tinham o menor interesse em voltar para Capitólio com pompa ou alguma promoção de posto. Para ele, a tranquilidade daquele fim de mundo era a recompensa adequada e não queria nada além daquilo. Por isso, quando recebeu do Governador Cario a incumbência de investigar as fogueiras nas terras dos Freijar, ficou apreensivo.

— O que poderia estar acontecendo? — ele se perguntava, enquanto pensava em formas de não ocasionar nenhum atrito. Lembrou-se do ritual anual que os habitantes daquela região promoviam com festas, bebedeiras e disputas e imediatamente pensou que naturalmente as fogueiras deveriam estar associadas às festividades. Levou essa opinião para a análise do Governador Geral que simplesmente respondeu:

— Se essas fogueiras são apenas mais um ritual daqueles seres inferiores é o que você tem que descobrir.

Galeaso saiu do escritório do Governador bastante frustrado porque queria simplesmente ignorar aquele relatório sobre fogueiras, mas uma ordem precisava ser cumprida.

— E, Aulo — completou o Governador Cario, usando o primeiro nome do comandante para reforçar sua predominância de posto —, faça isso imediatamente.

O comandante Galeaso respondeu apenas com um aceno de cabeça e retomou o seu caminho. Sabia que se fosse até os Freijar agora iria interferir na tal festividade e era tudo que ele não queria para perturbar sua tranquilidade. Mas uma ordem precisava ser cumprida.

Capítulo LVII

O Festival da Oitava Lua começaria junto com a lua cheia e no dia reservado para a chegada dos convidados não haveria jogos, apenas um banquete ao cair da noite com as boas-vindas do seu anfitrião, Arne. A família de Odnan havia se preparado desde a noite anterior e a ideia era sair muito cedo, assim que o sol nascesse e transformasse o planalto em um mar alaranjado com os seus primeiros raios. Dessa vez, estavam indo com duas carroças, uma para acomodar as pessoas e uma outra com barris de vinho que seriam presenteados para Arne e repartidos entre todos os participantes do festival. Levavam também queijos, azeitonas e alguns vasos com azeite.

A segunda carroça seria imediatamente esvaziada quando lá chegassem e assim teriam dois locais para se acomodar e dormir. Além das carroças, Gufus e Tayma seguiriam montados em Bronze e Cristal enquanto Teka e Marro montariam em Primeira Estrela e Companheiro do Amanhecer. Mia seguiria na carroça maior com Malaika e Atsala enquanto Odnan e seu pai iriam na carroça de carga.

— Ainda acho que vocês não deveriam nos acompanhar nesta aventura — avaliou Odnan para o pai, enquanto fazia a última verificação na carroça de carga.

— Sim, é claro — disse Tarkoma, com total ironia e imitando a voz do filho. — Deixem os velhos em casa esperando a morte chegar, eles não precisam de festas.

Atsala chamou pelo último membro daquela expedição com assobio alto que assustou os cavalos. Rapidamente, Pequeno Urso veio sabe-se lá de onde e, alegremente, juntou-se ao grupo.

— Até o cachorro, mamãe... — disse Odnan, com um misto de espanto com resignação.

E partiram rumo a uma animada aventura.

* * *

Como não havia chovido nos últimos dias, as estradas estavam secas e muito bem transitáveis. Não eram nem de longe como as estradas pavimentadas e bem conservadas de Terraclara e as carroças sacudiam o tempo todo. Marro e Teka iam à frente porque ele conhecia bem o caminho, as carroças vinham em seguida e, por fim, Gufus e Tayma fechavam a fila. Os dois conversavam animadamente sobre tudo que lhes vinha à cabeça e riam muito todas as vezes que um ou outro tropeçava nas palavras ou nos diferentes sotaques. "Ah, os grandes olhos negros de Tayma e seus longos cabelos com as tranças enfeitando seu rosto... Como ela é linda." Era esse o pensamento que povoava a cabeça de Gufus naquele momento. Tayma era tão diferente e ao mesmo tempo tão igual a ele que isso confundia ainda mais a sua mente, mas de uma forma positiva. Criados em ambientes diferentes, com heranças culturais diferentes, mas com tantas coisas em comum, que era até difícil de acreditar. Ou seja, quando estavam juntos ele se sentia muito bem.

* * *

De dentro da carroça maior, Mia assistia àquele espetáculo ridículo entre seu melhor amigo e aquela espevitada com suas roupas coloridas e tranças chacoalhando com o movimento do cavalo. Parecia que Gufus e Teka estavam ali fazendo turismo enquanto ela carregava o peso de toda a responsabilidade pela importante missão em seus ombros. Como se lesse seus pensamentos, Atsala comentou baixinho:

— Você precisa aprender a relaxar e aproveitar mais a vida.

Mia se assustou com ela porque estava tão absorta em seus pensamentos, que praticamente havia se desligado do que se passava à sua volta. Olhou para Atsala, mas decidiu não responder, apenas devolveu um sorriso cordial e voltou-se para os pensamentos e as maquinações sobre o que iriam fazer mais tarde.

* * *

Odnan e seu pai, Tarkoma, também estavam sérios enquanto levavam a carroça de carga. É claro que eles queriam ajudar os três visitantes, afinal, naquele pouco tempo, desenvolveram um genuíno afeto por aqueles três corajosos viajantes do outro lado do Abismo. O principal desafio seria chegar ao festival sem despertar suspeitas e principalmente contar uma história convincente sobre os três acompanhantes. Haviam ensaiado uma elaborada história na qual Gufus, Teka e Mia eram irmãos cujos pais haviam morrido em um acidente há cerca de um ano e eles resolveram migrar para perto de Odnan que havia conhecido seus pais muitos anos antes.

Nessa história de vida imaginária, o pai dos três jovens havia salvado a vida de Odnan em uma de suas viagens para vender vinho e azeite e assim, além da amizade, uma dívida de honra foi criada entre os dois. Quando os jovens se viram órfãos e sozinhos no mundo, correram para cobrar aquela dívida e obter abrigo e proteção como membros da família de Odnan. Essa história só precisava sobreviver às primeiras horas da noite de chegada, porque depois disso todos estariam bêbados ou entretidos com os jogos e não iriam se preocupar com aqueles três jovens com sotaque estranho.

* * *

Malaika e Atsala tinham talvez a tarefa mais desagradável daquela viagem, que era simplesmente misturar-se com as mulheres Freijar. Naquela sociedade de mulheres altas, de pele muito clara e longos cabelos louros e avermelhados, basicamente encontrariam duas categorias: guerreiras rudes e barulhentas ou esposas fúteis.

— A senhora minha sogra está sendo, como sempre, preconceituosa com aquelas pessoas — disse Malaika.

— Então espere só para ver os tipos exóticos que vamos encontrar por lá.

Malaika era uma mulher forte e atlética, nesse aspecto muito parecida fisicamente com a sua filha, e chegou a receber treinamento com espadas e escudos na melhor tradição da sua família, por isso sabia muito bem com qual grupo poderia tentar se integrar. Já Atsala iria fazer o que costumava fazer de melhor: observar e entender o que aconteceria ao seu redor, e, se conseguisse aproveitar um pouco as festividades, esse seria um bônus muito bem-vindo.

* * *

— Você vai mesmo disputar alguma luta de espadas? — perguntou Teka, enquanto seguia montada em Primeira Estrela, com Marro ao seu lado.

— Se eu não entrar em nenhuma disputa, isso pode gerar desconfiança, mas pode ficar tranquila porque minha mãe e meu falecido avô me treinaram bem.

A preocupação de Teka não era de todo infundada. Os torneios de lutas entre os Freijar eram bem vigorosos para dizer o mínimo. Cortes e hematomas eram triviais nessas disputas e havia histórias de membros amputados e até mortes. Por mais bem-treinado que fosse, Marro estaria correndo riscos, porém Teka sentia que para ele isso era parte de uma espécie de estranho ritual masculino de aceitação. "Quem sabe até ele não estivesse fazendo isso para impressionar alguma jovem daquela região", ela pensou, com uma pontada de ciúmes.

* * *

Na última parada antes da parte final do trajeto, além de comerem alguma coisa, o foco foi ensaiar bem a história fictícia dos três "irmãos estrangeiros". Todos tiveram que decorar o nome da cidade natal dos três, os nomes de seus pais e as circunstâncias de sua chegada à casa de Odnan e Malaika. Atsala era quem mais parecia relaxada com toda aquela encenação:

— Se eu esquecer alguma coisa, finjo que sou uma velha senil. — E todos caíram na gargalhada.

Foi Mia quem perguntou sobre o idioma comum e como ter certeza de que todos iriam conseguir se comunicar, sendo respondida por Malaika em um tom de voz resignado.

— Não se preocupe, mesmo com uma dificuldade de sotaque aqui ou ali, todos falam e sabem ler o idioma comum. É a lei do Consenso.

Se uma criança pequena fosse flagrada sem conhecer o idioma comum, sua família seria severamente punida, podendo ser morta se fosse constatado algum tipo de intenção revoltosa nesse ato. Adolescentes e adultos que não conheciam o idioma eram considerados incapazes e inúteis ao Consenso, sendo imediatamente mortos. Por isso, ninguém tinha dificuldade em se comunicar em qualquer canto daquele vasto domínio.

* * *

Depois da breve parada, seguiram o restante do caminho até o local das celebrações do Festival da Oitava Lua. Na reta final do trajeto, sua pequena caravana encontrou com outros grupos que se dirigiam para o mesmo local e trocaram cumprimentos rápidos. A alegria e descontração regiam o clima daqueles visitantes, mas o que eles não sabiam é que um outro grupo também estava se dirigindo para o mesmo local com objetivos bem diferentes.

Capítulo LVIII

Mia, Gufus e Teka já haviam participado de muitas festividades em Terraclara, e grandes aglomerações não eram, de forma alguma, estranhas para eles que acompanhavam as votações no Monte da Lua, então, apesar de estranharem um pouco o ambiente, não ficaram particularmente espantados. Por outro lado, Tayma e Marro estavam tendo o primeiro contato com uma aglomeração barulhenta como aquela e se viram ao mesmo tempo encantados e um pouco assustados.

Barracas e carroças estavam sendo organizadas como uma espiral a partir da clareira central, que era aberta e concentrava bebida, comida, música e dança. Chegaram ainda antes do pôr do sol, mas já havia muitos outros grupos no local e foram alojados um pouco distantes da clareira central. Isso foi bem-vindo porque queriam se misturar sem chamar muita atenção para si. Seguiram o protocolo do Festival e depois de se lavar e trocar de roupa, foram até a clareira central se apresentar formalmente ao anfitrião.

Sabiam que os Freijar tinham um certo respeito pelos anciões e por isso Tarkoma foi encarregado da saudação. Ele começou falando em sua língua natal apresentando-se como Tarkoma Sikanderef e fez o tradicional gesto de saudação do seu povo. Depois, ele disse algumas palavras na língua dos Freijar, que pareceram um misto de saudação e demonstração de respeito, o que arrancou um sorriso do rosto até então sério de Arne. Depois, Tarkoma continuou falando no idioma comum.

— Em nome de minha família, agradeço o gentil convite e sinto-me honrado em estar em sua presença junto com minha esposa, filhos, netos e... — Teka, Mia e Gufus não entenderam aquela última palavra, mas sabiam que estava referindo-se a eles porque ele fez um gesto sutil com a mão em sua direção.

Eles haviam combinado em repetir o gesto da saudação tradicional levando a mão no peito e depois a estendendo para frente. Se Arne estranhou aqueles três jovens de pele clara junto à família de Tarkoma, não demonstrou por palavras ou gestos. Tarkoma continuou sem perder a oportunidade de desviar a atenção para o que sabia que iria interessar mais aos anfitriões.

— Para honrar o Festival e nosso anfitrião, trouxemos barris de nosso melhor vinho, além de azeite e queijos.

A menção a barris de vinho foi como um estopim para que todos os presentes gritassem e aplaudissem, criando o clima que eles estavam esperando. Arne se levantou e disse alguma coisa breve em sua língua natal da qual só entenderam o nome Tarkoma. Depois, mudou para o idioma comum com um forte sotaque que causou estranheza aos visitantes de Terraclara.

— Sois bem-vindos ao nosso festival! Aceitamos de bom grado vossos presentes. Que vossa família seja tratada como Freijar nos próximos dias.

E gritou alguma coisa em sua língua que parecia ser um brinde, pois, na sequência, todos ergueram suas canecas e repetiram as mesmas palavras antes de continuar com a bebedeira.

— Até que fui bem convincente — disse Tarkoma, baixinho, para os demais enquanto se afastavam do centro da clareira.

— Barris do nosso melhor vinho? Precisava mentir tão descaradamente, meu pai? — perguntou Odnan, de forma irônica.

— Até parece que eles vão saber distinguir aquele líquido aguado com vinho de qualidade, já estão bêbados e a noite ainda nem começou.

Seguiram sua estratégia e se prepararam para se misturar aos demais convidados daquele banquete, que ora se iniciava e não tinha horário para acabar.

* * *

Se os visitantes de Terraclara estranharam quando conheceram seus anfitriões de pele escura, agora estavam sendo expostos a uma grande variedade de etnias que nunca haviam imaginado, a começar pelos próprios Freijar. Alguns deles tinham a pele tão clara e os olhos tão azuis que era difícil não olhar de forma quase inconveniente. Seus cabelos eram claros ou avermelhados, incluindo barbas e até seus cílios. Alguns tinham sardas no rosto e nos braços. As mulheres eram, de forma geral, altas e apresentavam traços finos e cabelos longos, loiros ou ruivos.

Enquanto estavam servindo-se de comida, foram saudados por outro grupo de visitantes, dessa vez pessoas de pele um pouco mais escura, olhos e cabelos negros que eram da mesma região que Malaika. Usavam ornamentos de metal e pedra presos às orelhas e às vezes ao nariz e, passado o estranhamento inicial, Mia e Teka ficaram conversando com as jovens daquele grupo sobre essas joias. Enquanto isso, Gufus e Tayma foram apresentados a um outro grupo de jovens, dessa vez de pele clara, cabelos negros muito lisos e olhos repuxados. Usavam roupas muito bonitas com longas camisas e calças largas de um tecido que brilhava frente aos reflexos da fogueira. Em suas roupas havia representações de plantas e de animais estilizados, uma verdadeira obra de arte. Os rapazes desse grupo logo ficaram encantados com a beleza de Tayma e a trataram com especial atenção e cortesia. Gufus então se juntou a Marro, que estava um pouco afastado, bebendo alguma coisa em uma enorme caneca de metal.

— É impressão minha ou isso aqui é um caldeirão de jovens querendo arranjar noivas e noivos? — perguntou Gufus, enquanto se aproximava de Marro para sentar-se ao seu lado em um tronco improvisado como banco.

— Sua impressão está correta, os adultos estão aqui para comer, beber e assistir aos jogos, e os jovens buscam conhecer e impressionar algum ou alguma pretendente.

O Festival da Oitava Lua tinha sua origem na terra natal dos Freijar e em sua versão original era um ritual bem diferente da festa que é hoje. Jovens solteiros exibiam suas habilidades e saíam do Festival prometidos ou até mesmo casados, enquanto outros casamentos eram arranjados à força pelas famílias, desagradando um ou ambos os noivos, que eram obrigados a aceitar a união. Atualmente, eram raros os casos de casamentos forçados e o festival era na verdade uma oportunidade muito aguardada para jovens se conhecerem e quem sabe encontrar um par.

Marro estava visivelmente aborrecido com o fato daqueles rapazes estarem cortejando sua irmã de forma tão aberta logo nas primeiras horas do Festival. Ele desceu do pequeno banco improvisado de forma abrupta em um salto e se encaminhou na direção de Tayma, deixando Gufus sozinho novamente. Foi quando uma voz suave e com sotaque muito carregado o surpreendeu vindo de trás de onde estava sentado.

— É uma grata surpresa conhecer alguém vindo de uma terra tão distante.

Gufus gelou por dentro. "Será que alguém descobriu de onde eu vim?", pensou, enquanto se virava para dar de cara com uma jovem Freijar que estava parada colocando flores em uma espécie de guirlanda. Ela o olhou de forma doce com seus grandes olhos azuis e continuou:

— Odnan nos contou a tragédia que se abateu sobre sua família e a longa viagem que fizeram até aqui. Nem sei o que faria se perdesse meus pais assim.

Gufus demorou um pouco a reagir, primeiro porque ainda tinha que se acostumar com a história de vida fictícia que criaram e segundo porque ficou fascinado com a beleza e com a doçura daquela menina. Quando finalmente conseguiu coordenar pensamentos e palavras, respondeu: — É verdade, mas estamos em família junto a Odnan e Malaika, eles nos acolheram como seus filhos.

Ela se aproximou, sentou-se no tronco junto com ele e se apresentou:

— Eu sou Liv — apresentou-se, com uma voz suave e, na sequência, beijou as duas bochechas de Gufus de forma vigorosa.

— E eu sou Gufus — devolveu ele, repetindo o gesto arrancando gargalhadas de Liv.

— Você não precisa me beijar toda vez que falar comigo — disse Liv. Ainda rindo bastante, acrescentou: — Se fizer isso, vai ter que se explicar para o meu pai, ele é muito grande e mal-humorado.

Gufus tentou se desculpar, arrancando novas risadas de Liv.

— Estou brincando com você, não precisa se preocupar com o meu pai, se você me desrespeitar, eu mesma resolvo.

E afastando algumas dobras do vestido deixou à mostra uma faca de cabo de madeira escura. Gufus dessa vez já mais relaxado resolveu entrar na brincadeira e repetiu o gesto afastando a túnica colorida mostrando o espadim dos Patafofa que pendia em sua cintura.

— Se você quiser brigar comigo, tudo bem, mas eu prefiro as flores às lâminas — disse ele, enquanto acrescentava mais uma flor à guirlanda de Liv, que logo a colocou na cabeça, ficando ainda mais encantadora.

— Liv! — chamou uma voz profunda e grave ao longe.

— É o meu pai. Tenho que ir embora.

Deu um salto para descer do tronco e antes de caminhar em direção onde estava seu pai, ainda teve tempo de se esticar e dar mais um beijo na bochecha de Gufus, dessa vez, suave e delicado. Gufus se virou e ficou observando Liv afastar-se dele na direção do pai e foi quando ele notou a enrascada onde havia se metido quando a viu pular e abraçar Arne.

Capítulo LIX

— É sério?! — disse Mia com espanto e raiva. — E como fica a nossa estratégia de se misturar sem chamar muita atenção?

— A filha de Arne... Não acredito que você se expôs assim logo na primeira noite — completou Teka, com o ar cansado e decepcionado.

— Calma, meninas, eu não sabia! Foi ela quem chegou perto de mim e puxou conversa.

Tayma entrou naquele debate de forma irônica e aproveitou para cutucar Gufus com uma ponta de ciúmes.

— Conversa e muitos beijos, pelo que pude observar.

Os olhares de Mia e Teka brilharam de raiva e, se pudessem, raios sairiam de seus olhos para acabar com ele na hora. Foi Atsala quem recolocou o assunto no rumo e pediu a todos que resumissem tudo o que descobriram naquela primeira noite.

* * *

Não foi difícil notar que Arne estava desfrutando de uma prosperidade acima do normal e isso estava refletido em todos os aspectos do festival. Os comentários mostravam que essa riqueza era recente e que Arne fazia questão de dividi-la com os demais para evitar o risco de alguém levar o assunto ao Governador Geral. Outra coisa que descobriram é que Arne estava mantendo um contingente de guerreiros de sua confiança bem próximos ao Abismo, e de tempos em tempos eles recebiam instruções sobre a organização de acampamentos regulares marcados por fogueiras visíveis a muita distância. Uma suspeita de que esses dois fatos estavam conectados era compartilhada por todos, mas qual seria essa conexão?

— Gufus, sem querer você se tornou aquele que tem maior chance de se aproximar de Arne e obter alguma informação através da sua filha.

O comentário tão direto de Odnan foi surpreendente, mas de uma forma estranha traduziu um sentimento que já tomava conta das mentes de todos os presentes. Gufus não queria fazer aquilo. Liv havia sido gentil e agradável com ele e sua recompensa seria mentira e dissimulação.

— Eu não acho certo fazer isso... — ele começou a falar, mas foi bruscamente interrompido por Teka.

— Como assim?! Você mal conheceu essa menina e não acha certo fazer o que viemos fazer aqui que é descobrir a verdade para libertar nossos pais?

O clima ficou pesado e mais uma vez foi Odnan quem falou, mas agora de forma apaziguadora:

— Eu acho que o dia hoje foi muito longo e cansativo, precisamos dormir porque amanhã o festival começa de verdade e vamos ter muitas oportunidades de obter mais informações.

Todos se acomodaram nas carroças e nas barracas que haviam levado e logo o cansaço cobrou seu preço e dormiram rápida e pesadamente.

Capítulo LX

As diversas atividades e competições do festival começavam no final da manhã, afinal, todas as longas noites de bebedeira e comilança cobravam seu preço e ninguém tinha disposição para fazer nada muito cedo. Antes das competições havia atividades, como cabo de guerra, em que grupos de desconhecidos se juntavam com o objetivo de jogar os adversários na lama, além de haver muita cantoria já regada a vinho e cerveja.

Arne ficou muito agradecido pelos barris de vinho e convidou Tarkoma para a disputa de arremesso de troncos, que era reservada aos mais velhos. Apesar dos protestos de Atsala, seu marido se juntou a Arne e muitos outros em uma espécie de corrida onde cada um carregava um tronco de tamanho e peso equivalentes e ao final do percurso tinham que arremessá-lo o mais longe possível. Na verdade, era uma disputa sem muita competitividade, porque a cada sequência de arremessos todos riam juntos e celebravam com canecas e mais canecas de cerveja. No final, o mais velho dentre os participantes, um dos anciões dos Freijar, foi declarado simbolicamente como vencedor e carregado em triunfo pelos demais até caírem uns por cima dos outros entre gargalhadas e mais canecas de cerveja.

Tarkoma retornou para perto de sua família todo sujo e cheirando a suor e cerveja e disse: — Até que eu estou gostando desse festival.

Os olhares de espanto trocados entre mãe e filho foram eloquentes o suficiente, mas Atsala fez questão de provocar:

— Para quem dizia que os Freijar eram um bando de brutos e porcos que cheiravam mal, até que você está bem integrado. — E continuou: — Enquanto alguns estavam se divertindo e se embebedando, eu descobri que um comerciante de joias e ouro tem vindo até aqui com frequência e isso coincide com o enriquecimento inesperado de Arne.

Malaika pulou na conversa:

— Então se ele está vendendo ouro e pedras preciosas deve ter encontrado uma mina.

— Ou encontrou algum tesouro escondido — disse Odnan, com o olhar perdido na direção da cordilheira ao norte.

— Será que o seu povo não escondeu algum tesouro na cordilheira e Arne o encontrou? — perguntou Marro, olhando para os três visitantes de Terraclara.

Os três se entreolharam sem saber o que dizer, afinal, vieram até essa terra estranha sem saber exatamente o que procurar. Pode ser que os Freijar tivessem cruzado o Abismo e chegado à alguma câmara oculta nas montanhas e levado um tesouro escondido de todos. Mas não sabiam e não tinham como saber. Aqueles seis pares de olhos cravados no trio de visitantes traziam um ar acusador injusto e inusitado.

— Como é que nós vamos saber? — perguntou Teka, com o seu habitual jeitinho atrevido, quase rude, e completou: — Nós viemos para cá justamente para descobrir o que estava acontecendo.

— Calma, menina — disse Atsala com tom conciliador. — Ninguém aqui está acusando ninguém, mas entenda que estamos colocando nossa segurança em risco para ajudar vocês e isso requer um pouco de cuidado.

A resposta veio em forma de um longo e apertado abraço que Mia deu em Atsala.

Odnan se aproximou novamente do grupo e encerrou aquela especulação que não levava a nada: — Vamos voltar para a clareira central e nos juntar aos convidados, os jogos já vão recomeçar. Todos já sabem o que fazer: obter o máximo de informações que puderem.

* * *

O torneio de luta de espadas foi o primeiro a começar porque se estendia até o último dia em várias etapas; o vencedor de cada luta avançava para a etapa seguinte até a grande final entre os dois participantes. Era a prova mais prestigiosa do torneio e trazia um majestoso destaque a quem vencesse.

Marro foi preparado pela mãe e orientado pelo pai a manter um certo cuidado para não perder e principalmente não se ferir. Eles não queriam chamar muita atenção para o grupo logo no início das competições. No primeiro dia, Marro lutou duas vezes: a primeira com um rapaz Freijar que não ofereceu muita resistência e foi derrotado sem maiores dificuldades — e ninguém saiu gravemente ferido, apenas um corte superficial no braço do adversário —, enquanto a segunda luta foi contra um dos rapazes de olhos repuxados que na noite anterior estava cortejando Tayma. Marro aproveitou a oportunidade para dar uma lição naquele olho puxado, mas foi surpreendido com uma técnica apurada de defesa que aparava todos os golpes de Marro com precisão.

Foi uma luta demorada que arrancava aplausos e gritos em cada ataque e defesa, chamando toda a atenção que eles definitivamente não queriam. Por fim, Marro venceu a luta com um golpe criativo e inesperado que cortou a túnica branca do adversário na altura do peito revelando um fino fio de sangue. Os dois foram demoradamente aplaudidos pelos presentes e Marro ganhou a simpatia de todos quando buscou o adversário e levantaram juntos os braços em agradecimento.

— Menino — disse Teka, quando Marro chegou junto à família —, da próxima vez que eu precisar de conselhos sobre discrição, pedirei a você.

* * *

Do outro lado da clareira foi montada uma arena para as provas de tiro com arco e arremesso de lanças. No caso das lanças, o domínio dos jovens Freijar foi total tanto nas provas de distância quanto nas de precisão no alvo. Já nas provas de tiro com arco uma jovem forasteira de baixa estatura e cabelos castanhos claros estava cometendo o mesmo erro de Marro e chamando a atenção de todos.

Munida de seu novo arco feito pelo artesão, amigo de Odnan, Mia estava especialmente inspirada naquele dia, acertando o centro dos alvos fixos e derrubando todos os alvos móveis. Para completar a total falta de discrição, sua principal adversária naquela prova era uma Freijar que arrebatava a torcida de quase todos os presentes: Liv, filha de Arne. A cada etapa das provas, as duas igualavam os resultados, arrancando aplausos da plateia. No final, os juízes resolveram apresentar um novo desafio apenas para as duas de forma a desempatar a disputa. Cada uma deveria correr uma distância de cinquenta metros até um local onde estariam seus respectivos arcos e apenas uma flecha para cada. De lá deveriam, antes da adversária, atirar uma única flecha certeira no alvo localizado no ponto de partida. Era um desafio maior do que simplesmente precisão, porque venceria quem acertasse primeiro. Mia olhava para frente em pânico porque no seu caminho havia um riacho, já estava a ponto de desistir e entregar a vitória à Liv quando Teka chegou perto dela e disse:

— Fica tranquila, eu já cruzei aquele riacho hoje cedo a cavalo e a água não bate nem nas canelas, o único cuidado é não escorregar nas pedras cheias de limo.

Já com o medo controlado, Mia se concentrou no local onde seu arco estava depositado, tentava excluir dos seus pensamentos tudo e todos à volta. Só havia ela, aquele caminho e, lá na frente, o arco e uma flecha. Essa era a totalidade do seu mundo naquele momento. Foi quando uma voz suave e amigável tocou seus ouvidos:

— Eu ia te desejar boa sorte, mas você não precisa — disse Liv de forma brincalhona e acrescentou: — E cá entre nós: seria mentira, afinal, eu quero mesmo é que você esteja com azar e acerte uma flechada no pé do meu pai.

E saiu de perto de Mia rindo da própria piada. Mia ficou sorrindo do gracejo de Liv e logo depois notou que estava chamando toda a atenção que haviam combinado não atrair. Pensando nisso, ela se colocou ao lado de Liv e esperou o sinal de partida. Quando uma espécie de gongo foi soado, as duas saíram correndo em direção ao riacho e o cruzaram com facilidade, mais alguns metros e ambas chegaram praticamente juntas ao local onde seus arcos estavam depositados. Preparar, esticar a corda, mirar e as duas flechas voaram quase que simultaneamente. Não demorou para que uma flecha acertasse o alvo quase que no centro, arrancando aplausos da multidão que gritava o nome de Liv e logo a carregaram em seus ombros em direção ao seu pai, que a esperava com uma flecha cravada no chão bem próximo aos seus pés.

* * *

— Eu entendo que você tenha perdido de propósito — disse Teka, com um ar ao mesmo tempo sério e brincalhão, e completou: —, mas precisava errar o alvo e quase acertar o líder dos Freijar?

A resposta de Mia foi um sorriso tímido enquanto olhava Liv sendo carregada nos ombros dos compatriotas.

* * *

A noite foi animada com muita comilança e, é claro, tonéis de vinho e cerveja sendo consumidos pelos convidados. As provas esportivas daquele dia serviram para integrar as pessoas, e os estranhos da noite anterior agora confraternizavam alegremente. Gufus, Tayma e Teka iriam competir pela manhã e já haviam retornado às carroças para descansar. Mia, Marro e os adultos ficaram até mais tarde com o intuito de se misturar e, quem sabe, obter informações. Mia havia se tornado muito popular entre os Freijar devido ao seu desempenho e ao final espetacular da competição de arco e flecha. Ela imaginava o quanto esse resultado seria diferente se tivesse vencido, mas como Liv venceu, todos ficaram felizes e a cumprimentavam de forma efusiva. Em um certo momento, Liv se aproximou de Mia trazendo um prato de comida e comeram juntas dividindo não só a refeição, mas também palavras de amizade.

— Não adianta negar — disse Liv, enquanto mastigava ruidosamente uma espiga de milho. — Eu sei que você me deixou vencer.

Mia quase se engasgou com o comentário repentino da sua até há pouco adversária na competição. Liv continuou comendo e falando, lembrando um pouco os hábitos de Gufus e Teka à mesa.

— Também não vou mentir dizendo que não gostei do que você fez, afinal, essa vitória deixou meu pai muito feliz e se ele fica feliz é bom para todo mundo.

Liv arremessou a espiga de milho roída para longe antes de pegar um pedaço de carne, que comeu enquanto continuava seu monólogo:

— Eu só queria entender o porquê.

— Você mesma já respondeu a essa pergunta — disse Mia, que teve tempo de articular uma resposta rapidamente na sua cabeça. — Você é filha do grande Arne e estava disputando uma única prova, eu não poderia trazer esse desgosto ao nosso anfitrião.

Liv mantinha o olhar para frente enquanto comia e escutava sem olhar diretamente para Mia, que completou seu comentário após também arremessar uma espiga de milho para longe.

— E eu tenho senso de autopreservação, a última coisa que eu queria era deixar o líder dos Freijar de mau humor.

Liv riu e olhou para Mia nos olhos pela primeira vez.

— Agora eu acredito em você, meu pai inspira medo nas pessoas mesmo.

Como se a menção do seu nome o tivesse materializado, as duas jovens ouviram a voz grave de Arne falando no idioma dos Freijar.

Logo depois, ele mesmo se corrigiu e continuou falando no idioma comum.

— Há muito tempo nós não víamos uma disputa tão acirrada no tiro com arco, aliás, geralmente as disputas são muito sem-graça.

Sentou-se entre as duas empurrando-as para os lados de forma grosseira, porém em tom de brincadeira. Abraçou a filha e a beijou nas duas bochechas — um gesto que Mia logo entendeu que era uma demonstração comum de amizade e afeto entre os Freijar. Depois, virou-se para Mia e disse:

— Por pouco eu não tive uma flecha cravada no meu pé... Posso ter certeza de que foi um acidente?

Mia ficou sem graça e sentiu-se acuada com aquela pergunta inesperada, e foi Liv quem ajudou quebrando o gelo.

— Calma, ele está brincando, é que seu senso de humor é um pouco distorcido.

Mia deu um sorriso amarelo e respondeu de forma diplomática, algo do tipo "não, senhor, eu jamais faria algo assim."

Arne continuou sentado entre as duas conversando amenidades e servindo-se da comida que Liv havia trazido. Mia foi se sentindo mais à vontade e a conversa fluiu de um tema para outro até que Arne a convidou para visitar sua tenda e fazer uma refeição noturna com ele, sua esposa Thyra e Liv. Ele e a filha saíram juntos, deixando Mia perdida em pensamentos sobre os riscos e as oportunidades daquele convite.

Capítulo LXI

A preparação de Mia teve que ser rápida. Ela ensaiou uma série de perguntas que os Freijar poderiam lhe dirigir e Odnan foi especialmente duro e criativo em lhe surpreender com questões complicadas ligadas à sua terra natal, sua família e sua cultura. Tayma e Malaika a ajudaram a encontrar um traje adequado e quando estava prestes a sair todos concordaram que ela estava ainda mais bonita do que de costume. O vestido colorido de Atsala foi o que precisou de menos ajustes porque nenhuma das duas era muito alta.

— Mas por que nenhum de vocês pode ir comigo?

— Os Freijar são muito literais, se o convite fosse extensivo à sua família ou pelo menos a algum acompanhante isso teria sido dito, você foi convidada e mais ninguém.

Gufus e Teka caminharam com ela até bem próximo da tenda de Arne e garantiram que ficariam por ali esperando-a.

Foi Thyra quem a recebeu na entrada da grande tenda montada especialmente para o líder dos Freijar e sua família. Lá dentro havia tapetes, almofadas e até uma pequena lareira, causando espanto por essa sofisticação em meio a um festival bastante rústico.

— Ah, a menina que por pouco não envergonhou minha filha e quase me deixou viúva, seja bem-vinda!

Mia ficou ao mesmo tempo sem graça e impressionada com a figura de Thyra, alta, cujos cabelos eram longos, loiros e estavam presos em uma comprida trança enfeitada com ornamentos dourados. Seus profundos olhos azuis pareciam atravessar Mia com o olhar. Tudo isso ocorreu em poucos segundos, mas para Mia pareceu uma eternidade. Ela seguiu à risca o que haviam ensaiado e a cumprimentou com a mesma saudação que seus anfitriões sempre faziam, levando a mão no peito e depois levemente estendida para frente.

— O que representa essa saudação? — ela perguntou, enquanto olhava para Mia como se a estivesse avaliando.

Essa resposta, felizmente, também estava bem ensaiada.

— É uma tradição que a família de Tarkoma segue até hoje como forma de desejar coisas positivas para os outros, quer dizer algo como "viva muito", quando você toca o coração, e "faça o bem ou coisas boas", quando você estende a mão para frente.

— Eu não sabia disso, aliás nunca conversei com os nossos vizinhos — disse Arne, que chegou já participando da conversa.

— Mia, que bom que você veio! — Liv chegou abraçando e beijando as suas bochechas com vigor.

Sentaram-se para comer e nenhum assunto sensível foi abordado, apenas amenidades; a maioria relacionada ao festival. Se por um lado essa conversa não expunha Mia a nenhum risco de revelar seus segredos, também não lhe dava a oportunidade de descobrir nada que pudesse dar uma pista sobre o que queriam descobrir. Já no final da refeição, quando Mia educadamente agradeceu e disse que iria se recolher, Arne tirou alguma coisa do bolso e começou a falar de uma maneira um pouco mais formal.

— Minha filha tem muitas qualidades e a principal delas é a honestidade.

Ele continuou falando enquanto caminhava de um lado para outro dando um certo ar de formalidade àquele discurso.

— Conversamos muito sobre a sua disputa acirrada no tiro com arco e ela me disse que tinha absoluta certeza de que você a deixou vencer por respeito aos anfitriões do festival.

Mia tentou falar alguma coisa, mas foi logo interrompida por Arne, que continuou:

— Seu gesto demonstrou muita consideração e nós, Freijar, valorizamos muito esse tipo de atitude — Arne aproximou-se de Mia e estendeu a mão portando um pequeno saquinho de tecido verde e entregou a ela. — Receba este presente como forma de agradecimento pela sua gentileza e seu respeito para comigo e minha família.

Mia olhava para o saquinho com os olhos arregalados sem acreditar no que estava vendo.

— Não vai abrir? — perguntou Liv, com doçura enquanto se sentava-se ao lado de Mia.

Ao abrir o saquinho, Mia se viu com uma linda turmalina azul lapidada com perfeição em sua mão.

— Essa pedra tem a mesma cor dos olhos da minha filha e quero que você a receba porque suas ações hoje trouxeram alegrias a esses olhos.

Mia inicialmente ficou sem palavras e em seguida agradeceu muito a todos enquanto se despedia e saía da grande tenda em direção aonde Teka e Gufus a esperavam.

— Demorou, hein?! — disse Teka, enquanto se levantava em um pulo da grama onde estava sentada.

— Eu estava morrendo de fome — acrescentou Gufus, como se isso fosse realmente uma grande novidade.

Mia mostrou aos amigos o presente que recebera. Ambos ficaram espantados com a generosidade de Arne, mas não entendiam o estado de quase pânico de Mia. Foi quando ela aproximou o saquinho de uma fogueira e a luz do fogo iluminou um pequeno símbolo bordado no tecido verde.

Capítulo LXII

De volta à carroça, toda a família estava espremida lá dentro falando sobre as novidades. Odnan havia compartilhado muitas canecas de vinho com um dos homens próximos à Arne, chamado Osmond. O desempenho de Marro nas espadas e a espetacular disputa de arco e flecha entre Mia e Liv aproximaram Odnan dos Freijar e as conversas regadas a cerveja foram até tarde. Osmond, cujo filho também disputava o torneio de espadas, revelou-se bastante fiel e dedicado a seu líder mas, ao mesmo tempo, muito suscetível aos efeitos do álcool.

No meio de muitos assuntos triviais, em um certo momento Osmond comentou sobre as fogueiras que Arne mantinha acesas há meses e seu receio de que isso atraísse a atenção da Magna Guarda. Odnan aproveitou e encheu generosamente a caneca do homem várias vezes, esperando o momento certo de perguntar sobre o motivo daquelas fogueiras. Osmond chegou a dizer uma coisa muito enigmática antes de agradecer a bebida e se retirar: — Essas fogueiras ainda vão nos trazer problemas, mas as flechas trazem pedidos e recompensas que Arne não consegue resistir.

Em meio a esse relato, os três visitantes de Terraclara chegaram trazendo o presente que Mia acabara de receber. Ao ouvir o que Odnan contara, Mia explicou o seu espanto: — O saquinho de tecido verde tem um emblema bordado e esse emblema é o símbolo da Zeladoria. Esse saquinho foi enviado por alguém muito próximo ao Zelador ou por ele mesmo.

Os minutos seguintes foram de muito falatório e ninguém conseguia se entender, até que Malaika colocou ordem naquela bagunça.

— Todo mundo calado e indo dormir, amanhã é o último dia e precisamos usar bem o pouco tempo que nos resta para juntar todas as pistas e resolver esse enigma.

E como ninguém se mexeu, ela levantou-se bruscamente dessa vez, elevando a voz:

— Vocês ficaram surdos, todos indo dormir. Agora!

Dessa vez todos se recolheram e tentaram pegar no sono, mesmo que isso fosse muito difícil.

Capítulo LXIII

O dia seguinte começou cedo com a tradicional corrida de obstáculos com a participação de Teka. Os participantes tinham que percorrer um trajeto que incluía uma trilha no bosque próximo, atravessar o pântano e cruzar o riacho antes de entrar novamente na grande clareira para cruzar a linha de chegada.

— É só isso? — perguntou Teka, achando que seria um verdadeiro passeio no parque.

— Não, antes fosse só isso — respondeu Odnan, e completou: — Há obstáculos e armadilhas em todo o trajeto e os participantes podem atrapalhar os demais da maneira que quiserem.

— Como assim, "da maneira que quiserem"? — perguntou Teka, agora bem mais séria e compenetrada.

— Foi o que você ouviu, podem fazer qualquer coisa para atrasar ou impedir os demais competidores.

Teka estava realmente assustada agora e definitivamente sem a menor disposição para piadinhas sem graça.

— Fica tranquila, eu ouvi dizer que no ano passado ninguém morreu... Ai!!

Um tapa na orelha foi a recompensa de Gufus pela piadinha errada na hora errada.

— Bem — ele disse, ainda massageando o local onde recebera um tabefe —, pelo menos agora ela entrou no clima da competição.

A largada da corrida foi o primeiro evento da manhã e parecia não ter despertado a atenção de muita gente, considerando que a maioria ainda se recuperava da comilança da noite anterior. Teka deixou alguns competidores mais afoitos tomarem a dianteira enquanto ficava em um pelotão intermediário. Assim, ela achava que poderia ver o que a esperava nas diversas etapas da corrida. Os obstáculos dentro do bosque eram coisa de criança, como arbustos cheios de espinhos e buracos cobertos de folhas. Teka vivia embrenhada nos bosques perto da Cidade Capital e alternava entre as trilhas e os galhos das árvores. Aquela corrida que parecia assustadora estava sendo um tédio. Quando saíram do bosque, Teka viu dois competidores caídos no chão e um deles sangrava muito na testa. Como não havia nada visível que pudesse explicar o acontecido, só podia lembrar da frase de Odnan que "os participantes podem atrapalhar os demais da maneira que quiserem". Como nenhum dos dois parecia gravemente ferido, Teka seguiu em frente, dessa vez mais atenta ao que pudesse estar acontecendo à sua volta.

A entrada na parte pantanosa do percurso foi nojenta. Teka viu-se coberta de lama e a dificuldade em caminhar reduziu o ritmo da progressão de todos os competidores. Ela olhou em volta e decidiu fazer um desvio que aumentaria o trajeto total, mas certamente a faria ganhar tempo. Em vez de atravessar a área pantanosa, ela foi até a sua margem e se agarrou nos galhos da primeira árvore. Havia árvores em todo o perímetro do pântano e balançar entre os galhos não era novidade para ela. Enquanto os demais competidores seguiam uma linha reta através do pântano, ela foi ganhando tempo enquanto seguia pelo perímetro arremessando-se de galho em galho. Sua estratégia deu tão certo que quando chegou à saída do pântano, já era uma das primeiras colocadas. Agora era só correr – como ela sabia fazer tão bem – até o riacho e de lá de volta para a clareira e, quem sabe, para a vitória. Ainda visualizava a sua vitória quando sentiu uma forte dor na canela e perdeu o equilíbrio caindo de cara na lama. Um dos outros concorrentes havia construído uma boleadeira rudimentar com cipós e pedras, mas, rudimentar ou não, havia sido suficiente para enroscar-se em suas pernas e derrubá-la. Enquanto outros competidores passavam correndo por ela, ouviu uma voz perguntando:

— Está muito machucada?

— Acho que não, só preciso me livrar disso.

Mas nem conseguiu identificar quem tinha sido a única pessoa a ter alguma solidariedade com ela porque todos iam passando rápido. Quando finalmente conseguiu se levantar, muitos competidores já haviam passado por ela e quando recomeçou a correr a dor se fez presente a cada passo. Ainda assim, chegou ao riacho à frente de muitos outros competidores e a corrida final até a clareira foi emocionante. Teka não ficou nem perto de vencer essa prova, mas seu desempenho foi muito bom, especialmente frente ao que passara. Depois da chegada foi amparada por Marro, que a ajudou a voltar mancando até a companhia dos demais.

Gufus e Tayma já não estavam juntos aos demais porque se encaminhavam para a corrida de cavalos que iria começar em breve.

* * *

Já no meio da manhã, a maioria das pessoas havia se recuperado da festa da noite anterior e se reunia para um dos eventos mais populares: a corrida de cavalos. Os cavaleiros e as amazonas iam se apresentando conforme entravam na grande clareira. Os cavalos eram quase todos grandes e peludos como Primeira Estrela e Companheiro do Amanhecer. Havia alguns animais impressionantes conduzidos pelos cavaleiros Freijar: altos, com crinas muito densas enfeitadas com ornamentos de metal. Sua compleição era robusta e seu tamanho era impressionante. Quando Tayma e Gufus entraram na clareira, ouviram risadas e muitos comentários depreciativos.

— Tayma Odnanref conduzindo Cristal.

Mas antes que Gufus pudesse apresentar-se, a multidão começou a insultar Tayma e sua montaria.

— Essa é uma corrida de cavalos, não de cachorros!
— Deixaram os cavalos em casa e trouxeram ovelhas?
— Vou dar esse potrinho para o meu cavalo comer!
— Calem-se! — gritou Gufus, empinando Bronze enquanto entrava na clareira. — Eu sou Gufus, filho de Alartel e Silba, e esse é Bronze, o cavalo que vai ganhar essa corrida e calar suas bocas!

A multidão não gostou nada do que ouvira, mas a aparente fúria de Gufus ganhou alguns segundos de silêncio, o suficiente para que ele e Tayma pudessem cruzar a clareira e se postar junto aos demais concorrentes na largada.

A largada foi confusa com quase todos os cavalos esbarrando uns nos outros e os cavaleiros e as amazonas se empurrando ou chicoteando seus adversários. Os grandes cavalos peludos eram fortes e rápidos, mas os cavalos selvagens eram muito velozes e para um percurso curto era isso que faria a diferença. Gufus estava acostumado a cavalgar e havia aproveitado todos os momentos disponíveis para treinar Bronze. Ele conduzia o pequeno cavalo marrom com muita técnica e desviava dos obstáculos da pista e dos ataques dos adversários com rapidez e precisão.

Em pouco tempo, Gufus liderava aquela corrida e a única que poderia tirar sua vitória era Tayma. Ele viu a égua Cristal se aproximando enquanto reparava nos longos cabelos da amazona esvoaçando em sua direção. Estavam na última fase do percurso, mas agora tinham que cruzar o riacho, onde os grandes cavalos dos Freijar tinham alguma vantagem. Decidiram atravessar o riacho em um ponto mais raso, o que os desviou um pouco do caminho mais direto. Quando voltaram à trilha, estavam emparelhados com outros dois competidores e arrancaram rumo à vitória lado a lado. Na última etapa do percurso, os dois cavalos selvagens já haviam novamente obtido vantagem sobre os demais e Gufus segurou a mão de Tayma e gritou: — Juntos!

Ele havia prometido calar as bocas daqueles brutos na plateia e merecia fazer isso. Ao final, Bronze parecia empurrado por um furacão e quase puxava Cristal, abrindo enorme vantagem sobre todos os demais. Quando cruzaram a linha de chegada, pararam, deram meia volta e fizeram questão de empinar seus cavalos junto à plateia que ainda estava calada. Foi o próprio Arne quem puxou os aplausos para os vencedores daquela competição, seguido por todos os demais.

— É... — disse Tayma baixinho no ouvido de Gufus — para quem planejou ser discreto e passar desapercebido, nós estamos fazendo um péssimo trabalho.

* * *

A última competição do Festival era a parte final da luta de espadas, para a qual Marro havia se classificado. Se ele vencesse mais dois adversários chegaria até a luta final. O primeiro foi um jovem que conhecera há duas noites na festa de abertura do festival. Ele era da mesma região que Malaika e usava seu longo cabelo negro preso a uma trança que ao final trazia uma bola de metal.

A luta foi, de certa forma, entediante para quem a assistiu porque os adversários se estudaram muito e defenderam com precisão. Malaika havia prevenido Marro sobre o artifício da peça de metal presa ao cabelo e isso foi de grande valia quando o adversário rodopiou e desferiu um golpe usando os longos cabelos e a bola de metal como arma auxiliar. Marro não só desviou do golpe como agarrou a longa trança e puxou o adversário para o chão, imobilizando-o. Ele cortou a bola de metal e isso valeu como golpe final.

Enquanto descansava, Marro assistiu às demais lutas e viu seu próximo adversário, um enorme Freijar de cabelos vermelhos, derrotar facilmente seu oponente. Malaika instruiu Marro a se defender e cansar o adversário até o limite porque o gigante de cabelos vermelhos, apesar de jovem, não parecia estar na sua melhor forma.

Bastaria vencer mais uma luta para chegar à disputa final e Marro sabia que isso não seria fácil. Ele seguiu os conselhos da mãe e fez de tudo para cansar o seu adversário desviando dos seguidos golpes de espada desferidos pelo grandalhão. A cada golpe do seu conterrâneo, a plateia, majoritariamente Freijar, gritava e aplaudia enquanto vaiavam as constantes evasivas de Marro.

A estratégia de Malaika estava funcionando e Marro já sentia os movimentos do seu adversário mais lentos e imprecisos. Em um movimento final, Marro pulou sobre o Freijar e, jogando todo o seu peso para o lado, desequilibrou o gigante, jogando-o no chão enquanto posicionava sua lâmina em seu pescoço. Para caracterizar a vitória, ele fez um pequeno corte no ombro do adversário, suficiente para um fino filete de sangue. Porém o custo daquele golpe fora alto demais. Na queda, junto com o agora vencido Freijar de cabelos vermelhos, o peso do adversário havia deslocado seu ombro, o que causava uma dor lancinante.

Depois de saudar rapidamente a plateia, Marro se afastou junto com a mãe em direção à tenda dos médicos.

* * *

O grito de dor deve ter sido ouvido do outro lado do Abismo quando os médicos colocaram o ombro de Marro de volta à posição original. Ele ficaria bom logo, mas não teria condições de disputar a luta final.

Capítulo LXIV

Com os dois adversários da luta final definidos, a multidão urrava enquanto esperava o embate. Enquanto isso, na tenda médica, Arne foi chamado junto com Odnan e sua família para decidir o que fazer. Foi Arne quem deu a primeira opinião.

— Se ele não tem condição de lutar, então acabou. Osgald filho de Osmond, será declarado o vencedor do torneio.

— Mas e o direito de sangue? — perguntou o médico, um Freijar já com idade avançada que deve ter participado de muitos festivais ao longo da vida.

— O que é direito de sangue? — perguntou Odnan.

— Se um participante do torneio conquistar seu lugar em qualquer disputa e não puder fazê-lo, ele pode ser substituído por alguém de seu próprio sangue — respondeu o médico.

— Mas isso não ocorre há décadas — respondeu Arne já mostrando impaciência, e completou: — E quem iria substitui-lo? Sua irmã?

— Não, eu vou — a voz de Gufus se fez ouvir da porta da tenda.

— Mas vocês não têm o mesmo sangue.

— Odnan e Malaika nos acolheram em sua casa, nós agora somos parte da família, isso é mais forte do que o sangue — respondeu Gufus.

— Não, isso é muito irregular — contestou Arne.

— Deixe o povo decidir — disse Gufus, influenciado pela filosofia predominante em Terraclara, e continuou: — Leve a questão à plateia e se eles concordarem com o direito de sangue, eu luto, caso contrário, Osgald será declarado vencedor.

Arne estranhou aquela proposta porque daquele lado do Abismo não havia participação popular nas decisões, aliás nem havia muitas oportunidades de decidir nada já que tudo era definido pelo Consenso. Mas ele pensou que as pessoas estavam ali para assistir uma luta e se quisessem que aquele forasteiro lutasse, tanto melhor.

— De acordo, mas lembrem-se: vós sois responsáveis por esse rapaz — disse Arne, dirigindo-se a Odnan e à sua família. — Estejais prontos para encarar as consequências.

Enquanto Arne saía da tenda, uma forte insegurança se instalou por ali. Gufus aparentemente havia se voluntariado em um ato intempestivo, mas na verdade estava tranquilo com sua decisão. Por outro lado, os demais ainda não tinham compreendido totalmente as consequências daquele ato e foi Teka quem quebrou o silêncio.

— Você perdeu o pouco juízo que tinha?

— Pelo contrário, eu sei exatamente o que estou fazendo.

Essa declaração de Gufus pegou a todos de surpresa e um novo silêncio se abateu dentro da tenda, mas dessa vez todos os demais estavam simplesmente esperando para saber o que ele tinha na cabeça. Depois de mais alguns instantes de silêncio angustiante ele finalmente se explicou.

— Ganhando ou perdendo eu estarei mais próximo de Arne e, assim como Mia, quem sabe não seja convidado para uma ceia, tendo mais uma oportunidade de coletar informações.

No fundo, isso não era verdade e Gufus sabia muito bem disso. Ele nem sabia o porquê de ter tido aquele arrobo de coragem, provavelmente influenciado por aquele clima geral de disputa e honra das famílias. É claro que ele poderia muito bem utilizar aquela oportunidade para conseguir mais informações, porém só havia pensado nisso depois de se voluntariar para a luta.

— Mas você nem sabe lutar e nem tem uma espada — disse Marro ainda cheio de dores e com o ombro transformado em um grande hematoma.

— Quem disse que não? — Gufus respondeu com um sorriso enigmático no rosto.

* * *

Arne foi até o centro da grande clareira e pediu a palavra. Explicou a situação e perguntou à plateia se eles queriam uma luta final contra aquele substituto ou declarar Osgald como vencedor do torneio. Se Gufus não tivesse fornecido aquele espetáculo com os cavalos é provável que a plateia simplesmente escolhesse o seu conterrâneo como vencedor e partisse para o banquete de encerramento. Mas ele havia deixado uma impressão muito forte quando cruzou a linha de chegada junto com Tayma empinando aqueles cavalos selvagens. Muitos dos presentes o admiraram por aquele gesto e muitos outros queriam mesmo é que ele perdesse pela impertinência com a qual respondeu à reação do público. Por um motivo ou por outro a maioria dos presentes queria ver Gufus mais uma vez no centro da clareira e a reação foi ruidosa e quase unânime quando a multidão começou a gritar: Direito de sangue!

Sem alternativas Arne virou-se para os finalistas da luta e gritou:
— Preparem-se e lutem até o primeiro sangue!

A multidão quase enlouqueceu e a gritaria podia ser ouvida a grandes distâncias.

Durante todo esse tempo, Gufus estava aparentemente tranquilo, na verdade ele estava observando Osgald e pensando no que iria fazer. Seu adversário não era um gigante como aquele que havia machucado Marro, mas era um pouco mais alto e musculoso do que ele. Do outro lado da clareira, seu adversário estava com os olhos fixos, enquanto escutava alguma coisa que seu pai sussurrava em seu ouvido.

Marro e Malaika haviam feito o melhor que puderam orientando Gufus para a luta, mas ninguém sabia como ele iria reagir.

— Como é que eu nunca fiquei sabendo que você lutava com espadas? — perguntou Mia, enquanto ajudava Gufus a ajustar a túnica listrada que pegara emprestada com Marro.

— Gosto de manter um certo mistério — ele respondeu, com um gracejo nervoso.

Na verdade, Gufus treinava luta corporal e espadas com o irmão da sua mãe há muito tempo. Seu tio era o típico solteirão que via Gufus como um filho que ele nunca tivera e passava um pouco do seu tempo livre com o sobrinho. Uma das atividades preferidas dos dois sempre foi o treino de lutas, coisa que até então ninguém sabia. Seu tio, que era bem mais alto e forte do que o garoto, sempre dizia: "Use seu tamanho e agilidade a seu favor e a força do adversário contra ele." Era nisso que pensava quando seus planos mentais foram interrompidos pelo chamado de Arne.

Os dois competidores se aproximaram do centro da grande clareira e gritaram para a plateia: — Eu sou Osgald, filho de Osmond, sangue dos Freijar!

A plateia foi ao delírio com a apresentação do seu campeão e demorou a silenciar para a apresentação do adversário: — Eu sou Gufus, filho de Alartel e Silba, com a honra de representar o sangue de Tarkoma!

A reação foi fria com alguns aplausos e algumas vaias. Mas a principal reação Gufus não viu: o velho Tarkoma segurou forte a mão de sua amada esposa e do seu filho, emocionado com a homenagem que ele havia feito à família.

Ambos levantaram suas espadas e as exibiram para o público, arrancando novas reações de incentivo para um deles e de indiferença para o outro. Enquanto Osgald empunhava uma espada grande e pesada, bem característica dos Freijar, Gufus usava o espadim dos Patafofa que haviam trazido desde a biblioteca do Solar das Varandas. Aquele espadim tão antigo, que ninguém fazia ideia de quando havia sido forjado, foi limpo e polido por Gufus desde o início daquela jornada e reluzia em homenagem aos mestres ferreiros que a fizeram há tanto tempo. Apesar de ser uma arma belíssima, seu pequeno tamanho causou mais uma vez reações de gracejo e ironia do público, mas Gufus já estava acostumado e não se deixou abater.

Os dois combatentes se aproximaram e Arne anunciou: — Após o soar do gongo a luta termina com o primeiro sangue.

— Não, isso é muito tedioso, quero uma luta até a morte.

A voz que disse aquela frase veio do outro lado da clareira e sua chegada havia passado desapercebida de todos devido à atenção aos lutadores na área central. Montado em um grande e garboso cavalo negro estava Aulo Galeaso, comandante da guarnição local da Magna Guarda. Atrás dele, um pequeno contingente da Guarda, alguns montados em cavalos também – todos usando trajes pretos – e outros a pé. Todos usavam trajes totalmente negros com peças de couro envolvendo tiras metálicas em suas armaduras e, com exceção de seu comandante, todos tinham seus rostos cobertos por lenços escuros mostrando apenas os olhos. Era uma visão impressionante e Mia, Teka e Gufus pensaram a mesma coisa: o Povo Sombrio. O silêncio tomara conta da clareira e só foi quebrado com as palavras de Arne:

— Meu senhor comandante, sua presença nos honra e sois muito bem-vindo em nosso festival.

Em vez de responder, o Comandante Galeaso simplesmente ficou ali parado como se esperasse o início da luta. Frente à falta de reação, Arne tentou argumentar:

— Meu senhor comandante, na nossa tradição esses jovens só lutam até o primeiro sangue e não até a morte, isso não...

E foi interrompido pelo grito de Galeaso:

— Cale-se!

O silêncio e a tensão eram tão densos que parecia que podiam ser cortados com uma faca. Galeaso continuou agora direcionando suas palavras para os dois lutadores parados no meio da clareira.

— Vocês, lutem com bravura até a morte e eu deixarei o vencedor viver. — E frente à hesitação dos competidores acrescentou um grito: — Agora!

Gufus e Osgald tomados por uma reação instintiva empunharam suas espadas e partiram para o embate. Ficaram um tempo se estudando até que Osgald tomou a iniciativa e desferiu os primeiros golpes enquanto Gufus se defendia e desviava. O antigo espadim dos Patafofa fazia um ruído impressionante, quase musical, quando aparava os golpes da grande espada Freijar. A técnica de Gufus era refinada e espantou as amigas, que não faziam ideia da sua habilidade. Tayma gritava e incentivava o amigo sendo logo seguida pelos demais membros do grupo. Uma sequência de golpes de ambos os competidores atacando e se defendendo por toda a extensão da clareira em uma situação normal teria feito a plateia explodir em gritos e aplausos, mas dentre o público reinava um silêncio tenso. Osgald não chegou à final do torneio de espadas sem mérito, muito pelo contrário, sua técnica era impecável e ele errava apenas pelo excesso de agressividade. Enquanto isso, Gufus era um intruso sem mérito na final daquele torneio, mas mostrava que poderia vencer. Os dois lutadores já mostravam um pouco de cansaço, especialmente Osgald pela sua estratégia mais agressiva, e Gufus utilizou essa perda de rendimento do seu adversário para revidar em uma manobra espetacular e golpear suas pernas como uma tesoura, desequilibrando e derrubando o adversário.

Gufus chutou a espada do oponente para longe e fez um pequeno corte em seu braço esquerdo, causando um quase imperceptível filete de sangue. A luta estava ganha.

Ao invés da habitual gritaria, o silêncio reinou naquela clareira enquanto os olhares alternavam entre os lutadores e o Comandante da Magna Guarda. Foi este último quem quebrou o silêncio: — O que está esperando? Mate-o.

Gufus olhou em volta e seu olhar encontrou o de Osmond e, mais além, os olhares das amigas. Ele segurava a cabeça de Osgald com uma das mãos e o espadim dos Patafofa com a outra e olhando aquela antiga arma leu novamente a inscrição gravada: *A espata non sangrare*. Ele pensou que era a mais pura verdade, a espada não sangra, a espada não mata, ele a empunhava e somente ele seria responsável pelo que acontecesse. O que aconteceu na sequência não foi planejado, mas seria lembrado por muito tempo por todos os que ali estavam. Gufus ajudou Osgald a se levantar e gritou:

— Eu sou Gufus Pongolino, filho de Alartel e Silba, seguidor dos ensinamentos de Almar Bariopta, e nunca vou tirar a vida de um inocente.

Mia e Teka correram até onde estava o amigo e também gritaram:

— Eu sou Mia Patafofa, filha de Madis e Amelia, e nunca vou tirar a vida de um inocente.

— Eu sou Temitilia Katherina Ossosduros, seguidora dos ensinamentos de Almar Bariopta, e nunca vou tirar a vida de um inocente.

— Eu sou Marro Odnanref e nunca vou tirar a vida de um inocente.

— Eu sou Tayma, filha de Odnan e Malaika, e nunca vou tirar a vida de um inocente.

Os cinco fizeram uma espécie de barreira humana protegendo Osgald e por um instante a multidão esboçou uma reação, mas um gesto sutil do Comandante fez com que a Magna Guarda assumisse a tradicional posição de combate soltando o urro que era sua marca registrada e assustava quem quer que ousasse ficar em seu caminho. Essa reação fez com que a multidão se retraísse imediatamente enquanto o Comandante deu uma ordem para os soldados mais próximos.

— Tragam aquele inseto insolente até aqui, se ele não quer finalizar seu adversário eu mesmo vou cortar sua cabeça.

Os guardas, alguns a cavalo e outros a pé, correram rapidamente até o centro da clareira e em movimentos rápidos e brutais derrubaram todos os que ali estavam e levaram Gufus arrastado até seu comandante.

— Passem a espada desse moleque para cá, não vou sujar minha arma com o seu sangue.

Os guardas arrancaram o espadim dos Patafofa das mãos de Gufus e o seguraram para que o golpe fatal fosse desferido. Mas quando o Comandante Galeaso segurou aquela arma, ele parou e ficou olhando e manipulando o espadim por algum tempo.

— De onde você roubou essa espada?

— Eu não roubei, ela é minha — respondeu Gufus com dificuldade, tendo o pescoço segurado pelos guardas.

— Levem e arranquem a verdade deste verme, depois podem matá-lo — comandou enquanto se virava e apontava para Arne, que a esta altura estava próximo à sua esposa e filha.

— Você, acompanhe-me até um local com sombra.

Enquanto falava, cavalgou até a tenda de Arne e entrou com seu cavalo pisoteando os tapetes que lá estavam. Ficaram lá por um bom tempo.

* * *

— Precisamos fazer alguma coisa, vamos resgatá-lo — disse Mia, desesperada.

— Você precisa aceitar... Ele já está morto.

As palavras de Odnan foram duras e causaram um sentimento de desamparo nas meninas. A descrença na morte do melhor amigo era nítida, mas ao mesmo tempo um peso enorme apertava seus corações. Gufus havia sido levado pelos membros da Guarda e sumira de vista enquanto o Comandante entrava na tenda de Arne. As pessoas que participavam do festival deixavam o local o mais rapidamente possível, abandonando roupas e objetos, o importante era colocar o máximo de distância entre eles e o contingente de soldados. Em pouco tempo, a clareira estava quase deserta e ao longe o que se escutava eram carroças e cavalos se afastando.

Mia sacudiu os braços, livrando-se da mão forte de Odnan, que a segurava, e tentou correr na direção para onde os guardas haviam levado Gufus, mas foi novamente contida.

— Mia, entenda uma coisa... — disse Odnan, com a voz carregada de tristeza. — Se alguém encontra um inseto pode espantá-lo ou esmagá-lo. Para aqueles soldados não existe diferença entre você e uma vespa. Se você for até lá clamando por Gufus, eles podem te escorraçar de lá ou cortar seu pescoço sem sentir nenhuma raiva ou remorso.

Mia não acreditava no que estava acontecendo e cruzou o seu olhar com Teka enquanto ambas tentavam vislumbrar alguma coisa por entre o grupo de soldados.

Enquanto seu comandante conversava com Arne, os demais soldados ficaram de prontidão, parados com uma disciplina incrível mantendo a formação desde o momento em que chegaram. Suas roupas escuras eram feitas de um tecido leve com pequenas aberturas que permitiam movimentos livres. No peito, longas peças de metal revestidas em couro negro protegiam os soldados enquanto um capacete leve de couro também negro protegia suas cabeças, além dos lenços enrolados em seu rosto. Carregavam sempre duas espadas: uma longa e um espadim e, dependendo da sua posição na tropa, poderiam carregar lanças, escudos ou arcos.

Aquela tropa era de ação rápida, então não contava com arqueiros, apenas os cavaleiros com escudos e lanças e as tropas de chão com espadas. Era uma visão impressionante, especialmente para Mia e Teka, que não estavam acostumadas a questões militares, afinal, em Terraclara a Brigada era a única forma de força armada e mesmo assim utilizada de forma bem comedida para resolver pequenas questões de segurança. Foi Tarkoma quem disse o que ninguém gostaria de escutar, mas suas palavras tinham urgência e bom-senso.

— Nossa missão aqui acabou e seu amigo já está morto, precisamos ir agora.

Teka e Mia simplesmente não conseguiam acreditar no que estava acontecendo e as palavras não saíam de suas bocas, apenas os soluços do choro contido.

Apesar da relutância das duas primas, o grupo acabou se dirigindo até as carroças e reunindo os cavalos e o cachorro para uma partida rápida. Quando já se afastavam na estrada rumo às suas terras, viram Osmond e seu filho parados à sua frente barrando o caminho com suas espadas em punho.

— É, estava fácil demais — comentou Tarkoma enquanto discretamente pegava uma espada.

Capítulo LXV

Todos, com exceção de Atsala, saltaram das carroças e apearam dos cavalos, até Pequeno Urso postou-se à frente do grupo rosnando para os dois Freijar que barravam seu caminho. Foi Tarkoma quem tomou a palavra usando sua voz profunda para tentar dissuadir os dois de algum combate desnecessário.

— Nós só queremos passar em paz, mas vamos passar de qualquer maneira. Saiam do caminho ou mais sangue será derramado.

Pai e filho entreolharam-se e caminharam na direção do grupo em silêncio, ainda com suas espadas em riste. Todos se prepararam para mais uma luta, inesperada e indesejada.

Foi quando Osmond e Osgald pararam, se ajoelharam no chão empoeirado e depositaram suas espadas no solo.

— Vós sois guerreiros honrados e defenderam a vida de meu filho — disse Osmond, com a cabeça encostada no chão. — Não podemos fazer nada por Gufus Pongolino além de honrar seu nome, mas vossa família agora é minha família, nossas espadas e nossas vidas agora estão juntas às suas.

Um silêncio constrangedor tomou conta do ambiente e aquela situação inusitada pegou todos de surpresa. Parecia que ninguém sabia bem o que fazer até que Atsala tomou a palavra e acabou com aquela pasmaceira.

— Levantem seus traseiros do chão e cavalguem conosco, precisamos colocar distância entre nós e a Guarda.

Como se as palavras de Atsala fossem um comando militar, todos retornaram às carroças e montarias e seguiram juntos pela estreita estrada empoeirada. Seguiram em silêncio por algumas horas e montaram acampamento em uma pequena clareira próxima a um fino riacho que serviria pelo menos para fornecer água aos cavalos. Acenderam uma fogueira para ferver água e cozinhar alguma coisa e somente mais tarde enquanto comiam falaram sobre o ocorrido. Osmond foi o primeiro a tocar no assunto que todos evitavam ao levantar sua caneca e propor um brinde.

— Em honra de Gufus Pongolino, guerreiro caído que trouxe honra à sua família e deu sua vida para salvar a do meu filho.

— Quem disse que ele morreu? — disse Teka, com os olhos cheios d'água e revolta no tom de voz. Ela disse isso quase gritando, como se estivesse em uma discussão.

— Não adianta ter esperanças — disse Osgald, olhando para a fogueira como se estivesse falando com as chamas. — O Comandante o entregou aos soldados, foi morto naquele momento.

As lágrimas de Teka escorriam silenciosas enquanto Mia parecia anestesiada pela situação, sem esboçar nenhuma reação emocional. Odnan dirigiu-se a Osmond e tentou de alguma forma tranquilizar os dois e livrar-se daquela companhia que poderia chamar ainda mais atenção.

— Vocês não nos devem nada, estão livres para seguir seu caminho e voltar para casa.

— Mas isso seria uma desonra — respondeu Osgald. — Vós salvais minha vida e eu só estou aqui devido à vossa coragem.

Depois de um longo período de silêncio, Mia finalmente falou dirigindo-se a Osmond e segurando o saquinho de tecido verde bem em frente aos olhos dele. Ela apertava aquele pequeno objeto com tanta força que feria sua mão e tremia enquanto olhava com os olhos vermelhos para os dois Freijar.

— Se vocês querem retribuir, então, falem tudo o que sabem sobre as fogueiras acesas à beira do Abismo.

Aquilo foi inesperado para todos, especialmente para Osmond. Ele nem sabia que aqueles visitantes tinham conhecimento das fogueiras e por um momento ficou dividido entre revelar os segredos do seu líder e atender ao pedido de uma das salvadoras do seu filho. Honra e lealdade são os aspectos mais fortes da cultura Freijar e trair Arne contando seus segredos seria imperdoável. Por outro lado, esses estrangeiros aparentemente já sabiam das fogueiras e das joias, então não estaria traindo seu líder. Era um dilema sem solução. Osmond olhou fundo nos olhos ainda assustados de seu único filho e resolveu contar tudo o que sabia.

* * *

Há alguns meses, uma flecha carregando um saquinho de tecido verde recheado de joias foi encontrada por um Freijar que caçava próximo à beira do Abismo. Junto à flecha havia um bilhete que começava com uma instrução simples: "Acenda uma fogueira bem grande junto ao abismo e leve esse bilhete ao seu líder. Você será bem recompensado."

Com medo de omitir alguma coisa e depois arcar com a fúria de Arne, o caçador foi até seu líder e mostrou a flecha, as joias e o bilhete. Arne ficou ao mesmo tempo curioso e desconfiado, mas decidiu seguir o caçador até o local onde encontrara a flecha. Lá, montaram acampamento e acenderam uma grande fogueira. Não precisaram esperar muito e em poucos dias uma nova flecha foi encontrada com mais joias e novas instruções sobre a manutenção de fogueiras acesas. Arne sabia que aquelas flechas só poderiam estar vindo do outro lado do Abismo e ficou dividido entre o medo e a ganância, mas a última foi a vencedora no seu dilema mental.

Ao longo de semanas e meses, novas flechas contendo instruções e pagamentos foram chegando, sempre bastante específicas sobre quantidade e localização das fogueiras, o que indicava claramente que estavam sendo observados. Osmond era um dos homens de confiança de Arne e acompanhou todo esse processo, recrutando outros Freijar discretos e leais para cuidarem das fogueiras. Enquanto isso, Arne conseguia trocar as joias por ouro, prata e mercadorias aumentando rapidamente sua riqueza. Ele sabia que havia um risco enorme de alguma informação chegar aos ouvidos do Governador Geral e toda aquela riqueza seria engolida pelo Consenso. Osmond desconfiava que a repentina chegada da Magna Guarda tinha relação direta com as fogueiras e não tinha tido notícias de Arne desde que se reunira com o Comandante Galeaso.

Mia mostrou novamente o saquinho de tecido verde com um pequeno emblema bordado e perguntou se todos os que haviam sido enviados eram iguais.

— Sim, todos tinham esse mesmo emblema e os bilhetes também.

Osmond pegou um pequeno pedaço de papel e o entregou para Mia. Era uma espécie de pergaminho amarelado originalmente fechado com lacre vermelho. A marca do lacre era a mesma do bordado: o emblema da Zeladoria de Terraclara. O bilhete escrito em uma caligrafia impecável dizia apenas: "Mantenha as fogueiras acesas até a mudança da próxima lua e será amplamente recompensado."

— O Zelador... — disse Mia incrédula. — É ele quem está por trás de toda essa trama.

— Mas o Zelador não é o seu honrado e dedicado líder? — perguntou Atsala, com ironia.

Mia olhava para Teka sem saber o que pensar nem o que dizer. Salingueta era amigo dos seus pais e um homem correto e confiável.

— Só pode ser ela, só pode ser coisa da Madame Cebola — disse Teka, quase derrubando os potes de comida levantando-se em um salto enquanto falava descontroladamente. — Aquela monstra e traidora, ela colocou nossos pais na cadeia, o que ela quer fazer...

— Calma, menina! — falou Tarkoma, tentando colocar um pouco de ordem naquele caos.

Atsala mais uma vez entrou naquela argumentação, mas agora com mais objetividade, trazendo um pouco da sua experiência de vida para a conversa.

— Não deixem de considerar nenhuma possibilidade, o seu Zelador pode parecer honesto e confiável, mas a vida me ensinou que existem muitos lobos em pele de cordeiro.

Os pensamentos de Mia borbulhavam como o caldeirão à sua frente. Se todas as suas suposições fossem verdadeiras, uma trama do Zelador havia jogado seus pais na cadeia, levando a culpa seja lá do que for que ele e Madame Cebola estavam tramando com o povo do outro lado do Abismo. E lembrou-se do que havia visto no Orfanato no dia do decatlo: Handusha Salingueta havia sido campeã de tiro com arco três anos seguidos, era uma arqueira ainda melhor do que Mia. Agora tudo fazia sentido, estava claro que era ela quem disparava as flechas com instruções.

— Osmond — disse Mia com tom de voz baixo, calmo, quase suplicante —, você me daria essa carta para que eu leve como prova para inocentar meus pais?

O homem não disse nada, apenas dobrou o papel e o depositou nas mãos entendidas da menina com os olhos cheios d'água à sua frente.

— Nós precisamos voltar para casa e confrontar aqueles dois — argumentou Teka, agora com tom de voz mais baixo, mas com fúria no olhar. — Eles vão ter o que merecem ou eu não me chamo Teka Ossosduros.

— É a segunda vez que você usa esse nome e agora eu me lembrei onde eu o escutei antes — disse Osmond.

Capítulo LXVI

Os Freijar tinham má-fama entre os outros povos por algumas razões bem concretas. Algumas eram apenas hábitos, como as bebedeiras e uma certa aversão à higiene pessoal, mas a principal razão era a sua forma de lidar com qualquer pessoa de outra origem ou etnia. Eles se consideravam donos de toda aquela região fronteiriça ao Abismo e qualquer outro grupo que lá quisesse se instalar tinha que ser aprovado pela sua liderança. Considerando que tudo e todos entre o céu e a terra pertencia ao Consenso essa noção distorcida dos Freijar era imposta apenas pela intimidação.

De todas as práticas desprezíveis daquele povo, a utilização de servos oriundos de outras raças em trabalhos forçados era a pior. Pessoas que tiveram o azar de serem punidas ou precisaram pedir ajuda e ficaram dependentes dos seus senhores nunca mais conseguiam se livrar daquele regime de servidão e passavam suas vidas em uma situação similar à de escravidão. Muitas vezes, esses servos eram repassados entre senhores ou enviados para atender aos grupos nômades ou ainda trocados por dívidas ou mercadorias. A designação para essas pessoas no idioma dos Freijar era simplesmente *Tral*.

* * *

As palavras de Osmond foram ao mesmo tempo inesperadas e assustadoras, especialmente para Teka. Como ele poderia conhecer o nome Ossosduros? Será que havia antepassados comuns vivendo naquelas terras?

A cabeça de Teka começou a transbordar de tantos pensamentos, levando a menina a sentar-se à frente de Osmond, quase como se ajoelhasse, e seus olhos verdes bem abertos praticamente suplicavam que ele contasse o que sabia. E ele contou.

* * *

Há muitos anos, pouco tempo depois da ascensão de Arne à liderança, sua posição ainda era frágil com disputas entre os mais influentes dentre os Freijar. Arne tinha junto a si alguns homens e mulheres de confiança que o ajudaram a se firmar como líder daquele povo por meio da negociação ou da intimidação. Com o tempo, a resistência e a oposição foram deixando de existir principalmente por dois fatores. O primeiro foi a capacidade extraordinária de Arne manter aquela comunidade a mais discreta e invisível possível para o Consenso. Todas as ordens de fornecimento de materiais e produtos eram atendidas no prazo (nunca antes, nunca depois) mantendo os olhos do Governador Geral longe dos Freijar. Isso lhes permitiu uma certa liberdade e Arne tornou-se informalmente uma espécie de governante local coordenando todas as atividades, inclusive daqueles que não eram originalmente do seu povo, como a família de Odnan.

O outro motivo pela forte popularidade da sua liderança foi a intensificação da utilização de servos para trabalhar em tudo aquilo que os Freijar não sabiam ou não queriam fazer. Sem jamais utilizar a palavra "escravo", pessoas de outras origens eram utilizadas para trabalhos braçais sem remuneração. Seu pagamento era apenas o abrigo longe dos olhos do Consenso, tornando aquelas terras junto ao Abismo ao mesmo tempo um refúgio e uma prisão para muitos estrangeiros. Um tral na sociedade Freijar era tratado de forma rigorosa, mas ainda mantendo um certo cuidado porque ninguém queria que algum indivíduo insatisfeito trocasse sua servidão pelo risco de fugir e assim levasse uma inquietude ao Consenso. Enquanto os Freijar mantivessem sua condição quase invisível, suas vidas continuariam boas.

Todos os auxiliares de confiança de Arne recebiam regalias ao longo do tempo, o que incluía trals para trabalhar em suas casas e realizar as tarefas mais duras. Em um dos banquetes festivos que promoviam, Osmond foi recebido na casa de um dos outros auxiliares de Arne. Como em todas as ocasiões como aquela havia abundância de comida e, principalmente, de cerveja. Em meio ao banquete, uma confusão envolvendo os anfitriões e servos foi notada entre os convidados.

— Como uma mulher que se chama Ossosduros pode ser tão frágil e deixar os pratos caírem todas as vezes?!

A discussão foi se alternando entre vários interlocutores até que mais um grito foi ouvido pelos convidados.

— Inútil, fraca, és a pior serva que já pisou nesta casa. Maldito dia que te acolhemos e cuidamos de seus ferimentos!

Osmond não viu nada, apenas ouviu e mais tarde perguntou ao seu anfitrião o que havia acontecido. Entre pedidos de desculpas pelo tumulto foi dito que aquela serva mancava de uma perna e tinha ossos fracos apesar de se chamar Ossosduros. Ela foi então oferecida a Osmond em troca de dois barris de cerveja.

— E você ficou com ela? — Teka perguntou cheia de ansiedade.

— Não — ele respondeu acabando com as esperanças da menina, e continuou contando a história.

Na mesma noite ficou sabendo que um comerciante que vinha do nordeste daquela região e era convidado do jantar fez uma troca por mercadorias e levou consigo aquela serva. Não lembrava do seu nome, mas sabia que ele comercializava peles de animais que eram caçados próximos ao norte do Abismo. Isso ocorreu há vários anos, não se lembrava com exatidão, mas aquele nome incomum chamou a sua atenção e agora aquela menina que o observava com olhar tenso parecia estar em transe, perdida em pensamentos, até que balbuciou uma única palavra:

— Mamãe.

* * *

— Isso é impossível! — disse Mia, tentando argumentar frente ao estado de quase euforia da prima.

— É ela, só pode ser ela.

— Sua mãe morreu em uma explosão e caiu no Abismo.

— Mas seu corpo nunca foi encontrado... E se ela não morreu?

Com pequenas variações dos argumentos de cada lado essa conversa entre as duas foi se arrastando até o amanhecer, quando foi interrompida por Odnan, que tinha preocupações mais imediatas.

— Vamos seguir caminho e então vocês poderão conversar enquanto cavalgam, não quero ficar aqui contando com a sorte.

— Eu não vou — disse Teka, surpreendendo a todos e dando início a mais um diálogo com a sua prima.

— Como assim, simplesmente não vai? Vai abandonar seu pai e ficar morando aqui?

— Não, Mia, vou procurar minha mãe.

— Isso é loucura, você não sabe nada, não conhece ninguém, vai morrer ou virar escrava em uma semana.

— Não vou não, e eu vou encontrar minha mãe.

— Você não pode ficar aqui sozinha e eu tenho que voltar para livrar nossos pais.

Nesse momento Osgald, que até então assistia calado o desenrolar daquele drama, interveio e disse olhando para Osmond:

— Se meu pai assim o permitir, eu vou com você.

Aquela oferta de ajuda surpreendeu a todos e por um instante de silêncio as pessoas daquele pequeno grupo ficaram esperando a reação do pai do rapaz. Osgald então acrescentou:

— Meu pai, não podemos deixar essa menina sozinha perdida em uma terra estranha, eu serei seu guia e protetor.

Teka, lembrando muito suas discussões com Gufus, rebateu com um comentário bem direto: — Não preciso de protetor, sei me cuidar muito bem sozinha — depois mudando o tom de voz acrescentou: —, mas aceitaria um guia de muito bom grado.

Osmond entrou na discussão trazendo um pouco de equilíbrio aos argumentos ainda muito emocionais.

— Meu filho, és jovem, forte e sabes se cuidar, mas as terras para onde essa busca vai levá-lo são estranhas e podem ser hostis, por isso eu vou junto com vocês.

Osmond explicou que conhecia muito bem aquela região e por ser um Freijar de uma das principais famílias teria mais fácil acesso a comunidades não muito hospitaleiras. E por fim, acrescentou:

— Eu poderia ajudar a... Nos defender — disse, evitando a palavra "proteger" enquanto sorria para Teka.

Mia, que escutava aquela conversa com um misto de incredulidade e temor, pegou nas mãos da prima e ficou assim por alguns instantes até que disse as palavras mais lindas que jamais havia dito para ela.

— Eu vou voltar, vou libertar nossos pais e vou contar a todos sobre a coragem de um jovem arteniano que morreu defendendo os ensinamentos de Bariopta e sobre o amor de uma filha que a levou aos confins do mundo em busca de sua mãe.

— E não vai voltar sozinha — expressou Tayma, segurando as mãos de Malaika e de Odnan. — Nós vamos com você.

— Não posso pedir isso a vocês — Mia respondeu ainda surpreendida pela oferta. — Vocês já fizeram muito por nós.

— Mas você não pediu nada — disse Marro, abraçando a amiga e depois estendendo o abraço para Teka.

— Eu não conheço esse tal Bariopta, mas ele fala umas coisas bem acertadas — Tayma falou, juntando-se ao abraço coletivo.

Mais uma vez foi Odnan quem trouxe ordem e razão àquela discussão.

— Estamos bem próximos à nossa casa, vamos para lá montar essas expedições e saímos em dois dias depois de descansar e organizar os suprimentos.

— Dois dias... — Teka tentou contra-argumentar, mas foi logo interrompida por Atsala.

— Para quem já esperou tantos anos, esses dias serão como duas gotinhas no meio da correnteza do rio.

E finalmente levantaram acampamento rumo à casa avarandada cercada pelo vinhedo.

Capítulo LXVII

Os dois dias de preparação passaram rápido até demais na opinião de Tarkoma e Atsala. De uma hora para outra sua família resolveu tomar rumos desconhecidos e potencialmente perigosos. A sensação de inutilidade tomara conta dos dois membros mais velhos da família, que temiam terminar suas vidas sozinhos, chorando pela perda de seus entes queridos. O mesmo não ocorria com Osmond, que via na viagem que iria empreender com seu filho uma questão de honra e amadurecimento para Osgald.

Os planos envolviam duas expedições e uma base de apoio, um porto seguro para o retorno. Odnan, Malaika e seus filhos acompanhariam Mia até o outro lado do Abismo enquanto Osmond e Osgald iriam com Teka em busca de sua mãe. Tarkoma e Atsala ficariam na casa da família, que seria o ponto de encontro para todos quando retornassem.

Os suprimentos para a viagem foram preparados com base nas informações de que dispunham. O grupo que voltaria para Terraclara precisava preservar a qualquer custo as poucas evidências que tinham, como o saquinho de tecido, a turmalina e a carta. Mia sabia muito bem que precisariam cruzar o rio para voltar por onde vieram e por isso envolveram essas provas em couro e derramaram cera em toda a sua extensão tentando proteger esses frágeis tesouros da água.

O diário de Aldus Patafofa havia resistido bem ao castigo da água com seu encadernamento de couro, mesmo assim também derreteram várias velas para selar suas páginas. Estavam levando um pouco de comida e quase todas as moedas que haviam trazido, porque praticamente não gastaram nenhum dinheiro de Terraclara na viagem de ida. Todos estavam armados com facas ou espadas e Mia levava seu novo arco e um estoque de flechas. Levavam ainda lamparinas e pederneiras.

O outro grupo tinha um destino bem diferente e incerto, seguiriam até as terras onde esperavam encontrar o antigo senhor que supostamente comprara a servidão de Flora e de lá não faziam ideia do destino seguinte. Além de comida e armas, levavam peças de ouro usadas pelos Freijar como moeda e pedras preciosas para comprar a liberdade de Flora, se necessário. Escolheram os cavalos mais robustos, deixando Bronze e Cristal em casa. Teka montava Companheiro do Amanhecer enquanto Osmond viajaria com Primeira Estrela e Osgald em seu próprio cavalo, chamado simplesmente de Veloz. Osmond usou seu conhecimento das terras ao nordeste para acrescentar várias anotações no mapa que estavam levando, especialmente os locais onde seria mais provável encontrar os negociantes de peles. E assim, em meio aos frenéticos preparativos, dois dias se passaram rápido demais.

* * *

O primeiro grupo a sair foi o que se dirigia ao Abismo. Os velhos Tarkoma e Atsala dedicaram preciosos momentos aos abraços apertados naqueles que estavam partindo. Muitas lágrimas pingavam no chão à beira da estrada e provavelmente iriam imprimir na próxima safra de uvas um sabor profundo e denso. Depois de uma última verificação nos itens que estavam carregando, partiram a pé na direção indicada por Mia, próximo de onde Odnan e Tarkoma haviam encontrado a jovem afogada. A despedida mais emocionada foi das duas primas. Pouco falaram, afinal, tudo que havia a ser dito o fora nos últimos dias. Caminharam um pouco e todos viraram para trás tendo a visão de Tarkoma e Atsala às portas da casa. Marro despediu-se dos avós de forma carinhosa e dedicou um bom tempo acariciando Pequeno Urso, que pressentia que algo incomum estava acontecendo. O enorme cachorro branco veio correndo em sua direção e após alguns afagos foi chamado de volta por Tarkoma. Todos fizeram o tradicional gesto com a mão no peito e a estenderam, recebendo o mesmo gesto daqueles que ficavam. Não se veriam novamente por um bom tempo e, quem sabe, alguns nunca mais se encontrariam.

* * *

Osmond estava orgulhoso pelo filho e ao mesmo tempo temia pela sua segurança. Para um Freijar não havia nada mais importante do que a honra e aquilo que seu único filho estava fazendo era honrado. Ainda que não pudesse ter salvado a vida de Gufus, ajudar a resgatar a mãe de Teka seria uma forma de restaurar outra vida, a vida de toda uma família e assim honrar aqueles que haviam salvado a sua própria.

Tarkoma e Osmond se aproximaram nesses poucos dias e ele o respeitava profundamente. Os dois se abraçaram ruidosamente e se beijaram nas bochechas, na tradição Freijar. As palavras já não precisavam ser ditas e quando pai e filho montaram em seus cavalos esperando por Teka, não olharam para trás. Não veriam novamente suas terras por um bom tempo e, quem sabe, talvez nunca mais regressassem.

* * *

Teka passou um bom tempo abraçada em Atsala e Tarkoma. Aquelas pessoas tão diferentes eram agora parte da sua família para sempre. Ainda queria ter o privilégio de voltar àquela casa acompanhada de Uwe e Flora para que sua família pudesse estar reunida e completa.

Por ora era apenas um sonho, mas naquele momento era só o que lhe restava. Foi difícil para Teka largar o abraço com seus recém-adotados avós e os poucos passos que deu até montar em Companheiro do Amanhecer pareceram longos e pesados. Tomou a estrada e virou-se para saudar os dois levando a mão ao peito e à frente, foi uma visão de despedida muito marcante. Tarkoma gritou alguma coisa no idioma nativo que queria dizer simplesmente: "Volte para nós!" Não se veriam novamente por um bom tempo e, quem sabe, talvez nunca mais se encontrassem.

Capítulo LXVIII

Tinham uma boa noção do que procurar e não demoraram muito para avistar a flecha que Mia havia deixado cravada na parede bem na entrada da passagem que os levaria ao outro lado do Abismo. Subiram o rio um pouco até encontrar um ponto ideal para cruzar até o paredão do outro lado. Malaika era a melhor nadadora e, amarrada à uma corda presa a ponta de uma rocha, chegou até a outra margem sem muita dificuldade.

Usando a corda como guia, todos cruzaram o rio e mesmo Mia teve certa facilidade em chegar ao paredão. Apesar da pouca altura, a maior dificuldade foi mesmo subir até onde estava a entrada da passagem, tentando se agarrar às pedras molhadas e escorregadias. Esse caminho de poucos metros deixou alguns arranhões e hematomas em todos os membros da expedição. Quando finalmente chegaram à entrada da passagem, Mia se certificou de que a flecha com o lenço amarelo estava bem firme e avançaram um pouco pelo túnel.

— Se avançarmos por cerca de uma hora, vamos chegar a uma caverna ampla onde poderemos descansar e comer — disse Mia, a única que conhecia o caminho.

— Acho que todos aguentamos caminhar mais um pouco — avaliou Marro, já tomando a frente da fila. — O problema é essa roupa molhada.

E caminharam com muito frio devido às roupas ensopadas e uma corrente de ar que teimava em lhes esfriar o esqueleto até chegarem à caverna que Mia havia comentado. Lá puderam finalmente tirar as roupas ensopadas e acender uma fogueira. A preocupação era para onde aquela fumaça iria subir podendo revelar sua presença, mas não tinham como prescindir do calor do fogo e deixaram essa preocupação para depois.

Avistaram os vestígios do acampamento que os três haviam feito semanas atrás e isso trouxe lembranças tristes para Mia. Os pais de Gufus não estavam presos e ele veio com as amigas assim mesmo. Ele nunca tinha visto Osgald antes e mesmo assim protegeu a vida dele com o sacrifício da sua própria. Agora Mia estava voltando pelo mesmo caminho onde antes caminharam, riram e cantaram, com a triste missão de contar aos Pongolino sobre a sua perda. Era uma mudança muito radical em muito pouco tempo.

— Gufus me contou sobre a amizade de vocês — disse Tayma, como se lesse os pensamentos de Mia. — Ele amava você e Teka profundamente e não se arrependia nem um pouco por ter acompanhado vocês nessa aventura.

As palavras de Tayma tiveram um efeito devastador sobre Mia, que começou a chorar como ainda não tinha chorado desde a morte de Gufus. Parecia que só agora ela se dava o direito de lamentar a perda do melhor amigo. Ela se virou para a parede para que ninguém viesse tentar consolá-la, aquele era um momento muito pessoal e ela queria chorar a morte de Gufus sozinha.

* * *

Depois de descansarem e secarem as roupas junto ao fogo, retomaram à caminhada seguindo as orientações de Mia, primeiro se esgueirando pelo túnel e depois descendo uma escadaria bastante precária até chegarem a uma espécie de ponte que ligava os dois lados do Abismo. Assim como o trio original que cruzara aquela passagem semanas atrás, a visão do Abismo e a possibilidade de cruzar para o outro lado causava um impacto fortíssimo especialmente em Odnan e Malaika. Os adultos, mesmo que corajosos, têm preocupações com filhos e às vezes com outras pessoas que deles dependem e isso faz com que encarem riscos de uma forma bem diferente de jovens que ainda carregam uma certa sensação de imortalidade. Mia foi na frente e repetiu a mesma orientação que tinha dado aos amigos no caminho de vinda.

— Deitem-se no chão e venham se arrastando atrás de mim.

O vento que subia e rodopiava pela garganta do Abismo era assustador e parecia capaz de arrancá-los da relativa segurança de arrastar-se por aquela ponte de pedra. Com o coração batendo forte e acelerado e suando frio, todos chegaram em segurança até o outro lado. Nesse momento, tiveram a mesma sensação estranha dos seus predecessores de algumas semanas: haviam cruzado o Abismo Dejan.

— Vocês têm algum nome para esse abismo? — perguntou Mia, tentando relaxar os ânimos do grupo.

— Não sei bem a origem do nome, mas os locais sempre o chamaram de Del Arjan — respondeu Odnan.

Mia achou curioso como grupos separados por uma barreira quase intransponível por tanto tempo davam nomes tão parecido a esse acidente geográfico.

— E a montanha mais alta? — Mia insistiu no assunto.

— Nós a chamamos de Monte Aldum.

Dessa vez foi Malaika quem respondeu:

— Al Azdum, que acho que quer dizer Montanha Alta, mas também não sei em qual idioma.

Mia se lembrou dos muitos livros e estudos sobre a geografia de Terraclara que havia lido e pensou na monumental falta de imaginação dos artenianos para nomear lugares e acidentes geográficos. A cidade principal era simplesmente chamada de Cidade Capital, o lago próximo com suas águas profundas e escuras era simplesmente o Lago Negro; já a grande massa de água que tinham atravessado para chegar lá era chamado de Grande Lago e a lista seguia grande e monótona. Por que então os dois acidentes geográficos mais importantes tinham nomes aparentemente sem significado e coincidentes com as nomenclaturas adotadas por outros povos? Esse era o tipo de investigação que Mia faria quando tudo voltasse ao normal, se tudo voltasse ao normal. Lembrando-se dos momentos alegres que compartilhara com Gufus e Teka, ela repetiu a brincadeira da prima:

— Pessoal, tenho boas e más notícias. A boa é que chegamos ao outro lado.

— Tenho até medo de perguntar qual é a má — disse Marro, desanimado.

Mia não disse nada, apenas apontou para cima para a enorme e precária escadaria que os esperava.

Capítulo LXIX

Este sim era um local adequado para quem toma as decisões em Terraclara e carrega o peso de tanta responsabilidade. A desapropriação da casa dos Patafofa na Cidade Capital fora uma das primeiras ações amparadas pela recente mudança nas leis que temporariamente permitiria ao Zelador tomar decisões sem consultar a Assembleia. A antiga residência não passava de um anexo à Zeladoria e de forma alguma era compatível com a função mais importante de Terraclara. Com os inimigos do Estado condenados não seria muito complicado se apropriar de seus bens e muitos recursos, incorporando-os ao patrimônio do Estado e, naturalmente, ao seu.

O teste inicial de desapropriar e logo mudar a residência oficial do Zelador para a antiga casa dos Patafofa foi muito mais tranquilo do que poderia imaginar, causando poucas e insignificantes reações. Ainda havia uma certa intranquilidade e forte confiança que as novas medidas instituídas pelo Zelador e pelo Chefe da Brigada trariam segurança e ordem. Sentado na poltrona que há bem pouco tempo acomodava seu antigo proprietário, o Zelador degustava uma taça de vinho enquanto planejava o dia seguinte.

Capítulo LXX

Quando finalmente estavam ao ar livre, a sensação era de puro alívio e Odnan ainda reclamava que estava cansado, que estava sujo, que precisava de um banho, que queria comer e resmungava sem parar.

— E agora? — ele perguntou mal-humorado. — Vamos cruzar uma floresta de espinheiros?

Já Malaika estava impressionada e encantada em estar ali. Tinha plena consciência de que provavelmente era a primeira mulher em séculos a cruzar para o outro lado do Abismo, e respirava aquele ar como se fosse diferente do outro lado.

— Meu amado — ela disse enquanto beijava carinhosamente o marido —, aproveite esse momento único.

Tayma estava tão impressionada quanto a mãe e olhava para a cordilheira por um ângulo até então nunca visto. Daquele lado, o clima parecia mais quente e mais húmido e a natureza era bem verdejante. Marro parecia um pouco indiferente, direcionando sua atenção a coisas mais objetivas, como a quantidade de água e comida que ainda restava.

Mia estava tão focada na sua missão que nem se permitiu apreciar o momento. Ela era uma exploradora que cruzou o Abismo, desvendou o mistério do Povo Sombrio e agora voltava para contar aos concidadãos que não estavam sozinhos. Mas a única coisa que passava em sua cabeça era confrontar o Zelador e a Madame Cebola.

— E agora, vamos para onde? — é claro que a pergunta impaciente viera de Odnan.

Mia os levou por uma caminhada de quase duas horas até a margem do Grande Lago onde o pequeno veleiro cedido por Battu e Teittu ainda estava amarrado.

— Alguém sabe navegar? — ela perguntou, com um sorriso amarelo.

Mia pensava em como se surpreendera com os talentos de navegação de Gufus e seu treinamento em luta com espadas. Pensou em como sua prima era ágil, rápida e, ao contrário dela mesma, era uma ótima nadadora. Pensava como eles se completavam e que nunca mais aquele trio de tantas lembranças iria voltar a se reunir. Esses pensamentos iam e vinham em sua cabeça sempre que a lembrança do amigo morto ou a apreensão com a prima encontravam uma brecha entre suas preocupações atuais.

Os demais se entreolharam simplesmente incrédulos que Mia havia omitido esse "pequeno detalhe".

— Mas é claro que não sabemos navegar, aliás, ninguém aqui nunca nem entrou em um barco — respondeu Odnan, já migrando da incredulidade para a total impaciência.

— Então vamos precisar seguir pela margem do lago até encontrar o embarcadouro das balsas — respondeu Mia, sem se abalar com a reação negativa de Odnan. — Lá vamos encontrar ajuda.

— E onde fica esse embarcadouro?

— Para lá — respondeu Mia enquanto apontava para um ponto não identificado na beira do Lago. — Algumas poucas horas de caminhada.

A reação de Odnan foi até mais calma do que se poderia imaginar, mas ainda assim o clima da expedição ficou tenso pelo resto do dia.

* * *

Mia tinha plena consciência de que a presença daquelas pessoas de veste escura poderia causar reações imprevisíveis nos artenianos, que nunca tinham visto ninguém diferente em toda a sua vida, por isso foi na frente tomando muito cuidado para que não fossem avistados. O trecho do lago onde agora caminhavam era afastado das concentrações de pessoas, então na maior parte da caminhada não houve nenhum incidente. Aquele grupo improvável de pessoas aproveitou o tempo de formas bem distintas.

Tayma e Malaika estavam completamente encantadas de estar em um local tão distante e até bem pouco tempo inexistente em suas mentes. Parecia que elas olhavam, tocavam e cheiravam tudo o que podiam como se estivessem fazendo um registro em suas memórias. Seus olhares atentos e sorrisos nos rostos mostravam bem a sua empolgação em estar onde estavam. Odnan inicialmente emanava mal humor devido ao imprevisto do pequeno veleiro e agora pela caminhada inesperada, mas depois seu estado de espírito foi mudando para um misto de atento e tenso. Assim como Mia semanas antes, Odnan tinha total consciência de que era um estranho em uma terra estranha e tinha medo da reação dos habitantes locais. Ele seguiu alerta às movimentações à sua volta por todo o percurso, buscando antecipar algum contato.

Conforme se aproximavam do local do ancoradouro, consequentemente se aproximavam da Vila do Monte e com o cair da noite precisavam buscar abrigo. Se corressem um pouco chegariam à cidade no início da noite e poderiam dormir confortavelmente em uma hospedaria, mas seria no mínimo complicado explicar os quatro estrangeiros escoltando a filha de dois prisioneiros do Estado. Mia riu sozinha pensando nos apuros que iriam se meter e nas desculpas esfarrapadas que daria.

"*Não sou Mia Patafofa, as pessoas vivem me confundindo com ela, não sei por quê.*"

"*Meus amigos não são estrangeiros, são eremitas que viviam isolados da sociedade, por isso não conhecem nada por aqui.*"

"*Nunca nem cheguei perto da cordilheira, quanto mais do Abismo Dejan.*"

— O que é tão engraçado? — perguntou Tayma, abraçando a amiga enquanto caminhavam.

— Pensamentos bobos — ela respondeu, já voltando à seriedade que havia se tornado o tom daquela viagem.

A visão de uma casa de barcos aparentemente vazia pareceu a solução ideal para passarem a noite sem despertar suspeitas. Seguiram até a pequena construção de madeira e entraram com facilidade. Lá dentro um pequeno barco estava suspenso em cordas aparentemente precisando de manutenção e sobrava pouco espaço para os quatro viajantes se acomodarem. Como a noite não estava fria, decidiram não acender fogo para evitar chamar a atenção e com isso tiveram que comer um pouco de pão velho e algumas frutas.

— Sinto falta de uma refeição — reclamou Odnan pela milionésima vez, pelo menos nas contas de Malaika, que em seguida comentou imitando a voz de uma criança.

— Ah, o bebê quer comidinha quentinha, depois eu faço um mingauzinho para você.

E todos riram juntos, descontraindo um pouco antes de dormir.

* * *

Assim que o sol espalhou seus primeiros raios na superfície do lago, Mia saiu sozinha deixando os amigos estrangeiros na segurança daquela casa de barcos. Ela prendeu o cabelo com um dos lenços de Tayma escondendo um pouco seu rosto de olhares curiosos, o que se mostrou completamente desnecessário. Entrou na Vila do Monte logo cedo e algumas poucas pessoas estavam circulando pelas ruas e ninguém reparou naquela menina com o lenço na cabeça. O dia amanhecia ensolarado e logo o movimento nas ruas começou a aumentar, levando Mia a se esconder nas sombras sempre que possível no seu caminho até o ancoradouro. Lá chegando, perguntou sobre a próxima balsa e teve a ótima notícia de que já deveria ter partido do outro lado ao amanhecer e não demoraria muito a chegar por lá. Mia ficou então pensando em como passar com os quatro estrangeiros em meio às pessoas que agora já circulavam, vendiam e compravam coisas e alguns já esperavam a chegada da balsa que apontava no horizonte se aproximando do embarcadouro. Mia ainda teve que esperar quase meia hora até a embarcação chegar e ser atada aos postes de amarração.

De onde estava avistou seu amigo Teittu e a simples visão de um rosto tão familiar a amigável trouxe uma esperança compatível com aquela manhã que ora se iniciava. Sem querer chamar a atenção das outras pessoas, ela foi se aproximando do barqueiro olhando para baixo, esgueirando-se, até que chegou perto o bastante para cutucar o barqueiro na altura das costelas.

— Ei, mas o que foi isso? — E Teittu viu a amiga quando se virou, abrindo um largo sorriso e preparando-se para saudá-la com animação.

Mia fez o clássico sinal de silêncio com o dedo próximo à boca e caminhou para longe do embarcadouro se escondendo atrás de uma cerca de madeira. Teittu a seguiu e quando finalmente estavam longe de olhares curiosos, ele a abraçou, levantou e a rodopiou no ar como uma boneca.

— Minha amiga, que bom ver você de volta! Estávamos tão preocupados...

Mia abraçava o amigo como se aquilo lhe recarregasse as forças; estava em sua terra natal e encontrara uma pessoa querida, finalmente sentia-se mais tranquila. Ela contou bem resumidamente que estava acompanhada de estrangeiros e que preferia que eles ainda não fossem vistos. A balsa que sairia em breve já estava cheia de passageiros e o risco seria enorme. Teittu então teve a ideia de colocá-los em uma carroça que também seria transportada naquela manhã. Eles iriam junto com a carga e poderiam passar despercebidos.

— Mas qual é a carga da carroça? — ela perguntou.

* * *

Pouco tempo depois, o grupo cruzava o Grande Lago em uma viagem tranquila, com vento fraco e quase sem ondas para sacudir a embarcação. Seria uma viagem perfeita se não estivessem dividindo o pequeno espaço da carroça com cabras. Tayma aproveitava uma pequena abertura na lateral da carroça para apreciar a paisagem. Nenhum deles jamais havia cruzado uma extensão de água tão grande e os reflexos do sol criavam efeitos de brilho na superfície da água. Malaika estava sentada no chão junto ao marido tentando acalmar seus ânimos enquanto Mia sentou-se no fundo da carroça junto a Marro, longe dos olhares furiosos de Odnan.

O tempo realmente depende muito da percepção de cada um. Para Tayma a viagem foi muito curta. Ela apreciou cada momento, cada paisagem, cada respingo de água quando passavam por alguma pequena onda. Já para Odnan, aquela verdadeira tortura durou uma eternidade, até que sentiu os movimentos da carroça sendo puxada para fora da balsa. Enquanto o dono das cabras acertava o pagamento com Teittu, os clandestinos trataram de sair discretamente e se esconderam próximos ao embarcadouro.

Depois que todos já haviam ido embora, o barqueiro se aproximou para finalmente conhecer seus passageiros misteriosos. Quando avistou os estrangeiros, sua reação foi de dar alguns passos para trás. Nunca havia visto pessoas como aquelas, aliás nunca tinha visto ninguém muito diferente dele mesmo, como todos os artenianos, e sua reação foi bem típica, antecipando o que deveriam esperar dos demais habitantes. Mia então fez as apresentações.

— Esse é Odnan, sua esposa Malaika e seus filhos Tayma e Marro, minha outra família.

Aquele comentário final foi ao mesmo tempo emotivo para os visitantes e de alguma forma tranquilizador para Teittu. Os quatro então fizeram o tradicional gesto de saudação e Malaika disse enquanto estendia sua mão: — Viva muito e faça o bem.

De forma engraçada, Teittu tentou repetir o gesto e disse:

— O mesmo para vocês.

Ainda de forma tímida, ele se aproximou do grupo e ficou olhando para cada um deles. Não era uma reação agradável, mas definitivamente não era inesperada para os visitantes estrangeiros que vinham de uma sociedade onde havia muitas etnias diferentes. Eles sabiam pelas reações iniciais de Mia, Teka e Gufus, que as pessoas do outro lado do Abismo nunca viram alguém muito diferente e que eles iriam atrair muitas atenções.

— Vamos até a sua casa porque se eu não providenciar um banho e uma refeição quente para Odnan é capaz dele fazer de mim o seu almoço. — E riram muito, menos Teittu.

Mia, então, acrescentou:

— Não, eles não são canibais, foi só uma brincadeira, seu tonto.

E depois de um momento de silêncio riram todos juntos novamente.

Do embarcadouro até a casa de Battu e Teittu era uma caminhada bem curta e em poucos minutos já estavam próximos à entrada daquela casa onde há poucas semanas haviam ficado do lado de fora com frio e famintos até serem acolhidos por pai e filho. Battu estava, como sempre, na porta da casa esperando a chegada do filho e Mia foi recebida com um abraço. Ele olhou para os estranhos que estavam junto com ela e logo disse:

— Vocês vão ficar aí parados ou vão entrar para comer alguma coisa?

Odnan tomou a frente do grupo e fazendo o tradicional gesto de saudação, se apresentou à sua família.

— Perdoe-me por chegar à sua casa em estado tão lamentável.

— É, vocês estão precisando de um banho mesmo — disse, mudando de rumo em direção a uma estrutura de madeira do lado de fora da casa. — Quem não se importar com banho frio pode usar esse chuveiro aqui, quem quiser uma água quentinha vai ter que esperar esquentar a água para a banheira.

Não pensaram duas vezes e rapidamente se revezaram no chuveiro alimentado pela água do riacho próximo. A água batia gelada na pele e mesmo naquele dia ensolarado fazia frio ao sair debaixo do chuveiro, mas a sensação de limpeza compensava todo esse sacrifício. Um a um, os visitantes saíram limpos e renovados com um gostoso cheiro de ervas do sabão artesanal que usaram. Colocaram as mudas de roupa que levaram nas pequenas bagagens e logo aquele grupo estava apresentável usando suas típicas roupas coloridas.

— Senhor Battu, agora posso adentrar sua casa de forma mais adequada — disse Odnan, ainda bastante formal com o seu anfitrião.

— Entrem logo porque a comida está esfriando.

Sentaram-se em volta da pequena mesa e não havia espaço para todos, o que não foi problema quando Mia, Marro e Tayma sentaram-se no chão próximos à lareira. Comeram, beberam e só então Battu perguntou: — Alguém vai contar o que está acontecendo?

— Sim, eu também adoraria saber — disse uma voz conhecida vinda da porta da casa.

— Nina! — exclamou Mia enquanto corria para abraçar a velha amiga e assim ficar calada por muito tempo.

Capítulo LXXI

Quando Nina apareceu na casa de Battu e Teittu, os momentos iniciais de alegria foram logo sucedidos por tristeza quando Mia contou a ela sobre o destino de Gufus. A comoção foi generalizada porque o barqueiro e seu pai também não sabiam de sua morte e ficaram consternados. Battu lembrou-se do jeito amistoso do menino que queria de todo jeito levar a sua receita de pão, enquanto Nina lembrava de todas as vezes que ele aparecia na casa dos Patafofa. Uma vida assim tão curta era uma injustiça do destino. Nina explicou que sabia que mais cedo ou mais tarde Mia, Teka e Gufus iriam aparecer na casa dos barqueiros ou pelo menos era isso que ela ansiava. Por isso, ela e alguns outros se esconderam em um barco que estava abandonado na margem do lago, não muito longe dali. A vigilância constante funcionou e lá estavam eles reunidos, pelo menos aqueles que tinham voltado. A sua reação aos visitantes do outro lado foi nada menos do que o esperado, muito similar ao que ocorrera com Teittu.

— Eu tenho muitas coisas para lhe perguntar e muitas outras para lhe contar, mas acho melhor que possamos conversar juntos — disse Nina ainda agarrada à Mia como se pudesse finalmente proteger a menina.

— Estamos esperando o quê? — perguntou Battu, com seu jeito sempre direto.

E saíram todos juntos de casa para uma caminhada nas sombras da beira do lago até o barco abandonado ancorado a menos de meia hora dali.

* * *

O grupo que se encontrava naquela casa foi uma surpresa tão grande que demorou um pouco para que Mia conseguisse colocar seus pensamentos em ordem. No mesmo ambiente em volta de uma grande mesa quadrada estavam pessoas com origens e interesses tão distintos que até bem pouco tempo seria impossível imaginá-los juntos; Alartel e Silba Pongolino, Omzo Rigabel, Alfer Muroforte e, juntando-se a eles agora, havia os dois barqueiros. Disseram que ainda estavam esperando outras pessoas juntarem-se ao grupo, mas como quase todos estavam presentes não seria necessário esperar para começar a trocar informações.

Agora que estavam ali juntos parecia que aquelas poucas semanas tinham sido na verdade anos e tantas coisas haviam mudado que era difícil de acreditar. Primeiro foi a vez de Mia contar sobre a sua aventura. Ela passou um bom tempo detalhando tudo o que ocorrera e de uma forma quase teatral esperou até chegar na parte da narrativa onde conhecera a família de Odnan e Malaika para chamá-los e apresentá-los ao eclético grupo.

A entrada dos habitantes do outro lado do Abismo causou reações tão diferentes quanto às pessoas que lá estavam. Enquanto Omzo Rigabel não dizia nada, apenas olhava para aquelas pessoas com sua habitual expressão de nojo, Alfer Muroforte deu um salto para trás segurando o cabo de sua espada, sendo rapidamente contido por Alartel Pongolino. Mia deu continuidade em sua história, temendo chegar ao momento em que teria que contar o que aconteceu com Gufus, mas isso foi inevitável. Quando Mia contou sobre a Magna Guarda – o verdadeiro Povo Sombrio – e o fim trágico da vida de Gufus, os olhares se voltaram para o casal Pongolino. A notícia parecia que não tinha sido devidamente absorvida pelos cérebros de ambos e foi Mia quem se aproximou e segurou nas mãos de cada um deles e como se estivesse repetindo a última parte da história disse:

— Ele morreu como um herói.

A reação de ambos foi diferente, mas igualmente dramática para quem estivesse assistindo. Alartel irrompeu em lágrimas silenciosas, enquanto cobria o rosto com as duas mãos e ficou assim por um tempo que pareceu interminável para os demais. A reação de Silba foi primeiro de negação, simplesmente dizendo uma série de coisas sem sentido como *"Onde está meu filho?"*, *"Por que vocês estão escondendo meu filho?"*. E depois sua reação mudou para fúria, acusando Mia de ter sido a responsável pela perda do seu único e amado filho.

— Você e sua prima causaram isso, vocês o arrastaram para a morte, nunca vou perdoar vocês por isso, nunca, nunca, nunca!

A reação de Mia a essas acusações feitas aos gritos foi a de correr para os braços de Nina, sem dizer nada, apenas abraçando-a muito assustada.

Foi preciso a intervenção de uma desconhecida para trazer um pouco de tranquilidade àquela situação. Tayma pegou nas mãos de Silba e contou sobre a forte amizade que surgiu entre eles no pouco tempo em que conviveram e que Gufus fez o que fez pelas duas amigas porque ele era assim, e teria feito o mesmo por ela ou outro amigo.

— Seu filho foi uma das melhores pessoas que já conheci e só lamento ter tido pouco tempo para conviver com ele, honre sua memória ajudando as meninas.

Silba pareceu acalmar-se, mas ainda assim aquela reunião não tinha qualquer condição de continuar. Resolveram repousar um pouco e retomar a conversa ao anoitecer.

Mia nem se lembrava direito de ter adormecido, mas foi despertada com a chegada de Battu e Teittu, que tinham ido até sua casa improvisar alguma comida para o jantar. Voltaram a reunir-se em volta da mesa no navio abandonado, dessa vez para ouvir sobre a situação em Terraclara. Até então, a única notícia que Mia havia recebido dos seus pais e tio era de que estavam vivos e ainda presos. A narrativa foi conduzida por Omzo Rigabel, o que para Mia era uma verdadeira tortura, parecia que estava de volta às aulas de História no Orfanato. Depois da notícia da prisão de Madis, Amelia e Uwe, o Zelador resolveu convocar uma Assembleia para expor a situação aos cidadãos e decidir o que fazer.

* * *

A fatídica Assembleia ocorreu dois dias após a fuga dos três jovens do Solar das Varandas e houve um comparecimento recorde de pessoas naquela votação. Aquela Assembleia começou com o detalhamento da prisão dos três réus, feito pelo Chefe da Brigada, Ormo Klezula e o líder dos guardas que haviam efetuado a prisão, Astorio Laesa. Depois, foram levantadas hipóteses de cumplicidade de outros cidadãos, incluindo, nessa suspeita, o casal Pongolino. Em um certo ponto da Assembleia, uma voz até então comedida e discreta tomou a palavra e tornou-se o grande protagonista daquele momento. O Secretário de Obras Roflo Marrasga começou a apresentar uma série de evidências intercaladas com insinuações e hipóteses.

— A desobediência à decisão soberana desta Assembleia já não está mais em dúvida, os fatos falam por si — ele disse, mostrando um até então desconhecido talento para a oratória, e continuou: —, mas tenho conhecimento de uma ampla rede de conspiração que inclui ninguém menos do que o Zelador Parju Salingueta.

As reações do público foram da incredulidade à revolta com Marrasga. "Como ele podia fazer acusações tão levianas?" — era o que as pessoas se perguntavam.

Mas ele foi citando eventos que nenhum dos acusados podia rebater, especialmente uma reunião secreta na casa dos Patafofa. Sua forma acalorada de narrar os eventos e alguns fatos irrefutáveis estavam contaminando aos poucos a crença das pessoas.

Enquanto Mia escutava aquela narrativa, uma versão da conspiração tomava forma em sua cabeça. O Zelador e sua irmã deviam ter conspirado e foram flagrados pelo Secretário Marrasga, que deve ter tido o mesmo fim dos seus pais: a prisão. Foi quando ela disse, depois de chegar a uma clara conclusão em sua cabeça:

— Então os irmãos Salingueta finalmente deram um golpe e agora têm o poder total sobre Terraclara! Mas que monstros hipócritas!

— Alto lá! Veja como fala de mim e do meu irmão — disse uma voz bastante conhecida.

Quando viu a Venerável irmã do Zelador, Mia não conseguiu esconder seus sentimentos e perguntou de forma rude: — O que essa mulher está fazendo aqui?

— Menina insolente, tenha mais respeito para comigo!

— Já sei, já sei, a irmã do Zelador, blá-blá-blá — Mia respondeu com impaciência e ironia, mais parecendo sua prima do que ela mesma.

— Irmã do ex-Zelador — ela respondeu de forma surpreendente.

Se os pensamentos de Mia já estavam confusos, agora tudo havia se complicado de vez.

Capítulo LXXII

A chegada da Venerável Madame Handusha Salingueta foi um choque tão grande que mais uma vez a reunião foi interrompida para que os ânimos se acalmassem. Mia continuava incrédula, mas o Professor Rigabel usou sua típica voz de comando para que ela se controlasse e ouvisse o que tinham a dizer. Como se estivessem no corredor do Orfanato, aquela reprimenda funcionou e Mia calou-se ainda que seus olhos demonstrassem claramente o que se passava em sua cabeça.

— E esses aí, quem são? — perguntou Madame Cebola apontando displicentemente com o leque para os visitantes do outro lado do Abismo.

Depois das apresentações, sua reação foi bem típica ao dizer com um certo ar de desdém:

— Se isso é o Povo Sombrio, então não temos com o que nos preocupar. — E cobriu o rosto com o leque como se o estivesse protegendo de alguma coisa.

Rigabel continuou sua narrativa, explicando que naquela mesma noite Marrasga havia proposto a deposição do Zelador por traição e, apesar das evidências trazidas por ele, a votação foi apertada a favor da remoção de Salingueta da função. Na mesma Assembleia, um dos guardas que havia feito a prisão dos agora acusados, soldado Astorio Laesa, surpreendentemente tomou a palavra e conclamou os cidadãos a elegerem Marrasga como o novo Zelador. Este, de uma forma fingida, mas bastante convincente, agradeceu a confiança, entretanto declinou da indicação por não se sentir a altura daquele desafio. Mais uma vez o guarda Laesa, até então apenas uma testemunha e parte coadjuvante daquele drama, tomou a palavra e aclamou Marrasga incitando que aqueles que estivessem de acordo tomassem o lado esquerdo do anfiteatro. Dessa vez não houve votação apertada e a maioria esmagadora dos cidadãos elegeu Roflo Marrasga como o novo Zelador.

— Juro servir ao povo de Terraclara enquanto os cidadãos assim o quiserem — ele repetiu as palavras tradicionalmente proferidas por um novo Zelador, e acrescentou uma nova promessa, dessa vez inédita. — Juro restaurar a ordem e a normalidade através de minuciosa vigilância.

Os cidadãos presentes irromperam em aplausos. Era tudo que as pessoas queriam de volta: ordem e normalidade e quando escutaram essas palavras, uma sensação de alívio tomou conta da multidão. Sentindo o clima favorável, o novo Zelador fez sua primeira proposta:

— Sabendo das inquietações que os fatos recentes trouxeram a essa comunidade e ciente da pressa em retornar nossas vidas cotidianas à normalidade, proponho que os cidadãos aqui presentes concedam a esse Zelador e ao Chefe da Brigada autoridade para tomar decisões relacionadas aos casos de traição sem ter que consultar essa soberana Assembleia. Assim tudo será resolvido de forma rápida e em breve nossa amada Terraclara voltará a ser como era antes.

E assim, com a decisão soberana da maioria das pessoas explicitada em um dos lados do anfiteatro, a liberdade foi perdida em meio a uma reação entusiástica.

Capítulo LXXIII

— E foi assim que chegamos aqui — disse Rigabel, como se esse comentário encerrasse e explicasse a presença de um grupo tão inusitado em um barco abandonado às margens do Grande Lago.

Mia estava tão confusa que seus pensamentos apenas lhe diziam que Rigabel continuava um péssimo Professor, incapaz de explicar uma situação como aquela. Virou-se então para Nina e perguntou:

— Mas e os meus pais?

Nina tomou a palavra de Rigabel e acrescentou os detalhes que finalmente explicaram a situação para Mia e para os visitantes que ainda estavam tentando entender a complexidade daquela tomada de poder, sem saber muita coisa da história pregressa.

No mesmo dia em que foi deposto, Parju Salingueta foi preso e levado junto com Madis, Amelia e Uwe. O casal Pongolino e Madame Cebola foram levados para interrogatório nos dias que se seguiram, mas como realmente não sabiam de nada relacionado à suposta conspiração, foram liberados sob vigilância.

Usando os poderes excepcionais que lhe foram outorgados, o novo Zelador cercou-se de pessoas como o chefe da Brigada, Ormo Klezula, para sustentar suas práticas inquisitórias. Os interrogatórios eram cansativos e a sua meta era entender a extensão da conspiração e seus objetivos. Os dias iam se sucedendo e nenhuma nova informação fora coletada, por isso Marrasga expandiu sua influência para grupos e atividades como o Orfanato, usando a desculpa de buscar informações para controlar o que se fazia ou falava. Encontrou novos aliados como Aristo e Uly Aguazul, colocando-os em posições de destaque como consultores junto às guildas de comércio e ao Orfanato. Malia Muroforte colocou-se em posição de intensa oposição ao Zelador, colhendo reações como a prisão de seu filho e sua nora para interrogatório.

— Minha mãe não se recuperou dos dias trancada naquela masmorra sendo interrogada pelo Klezula — disse Alfer Muroforte, neto de Malia, com uma atitude raivosa.

Foi Malia quem tomou a iniciativa de juntar algumas pessoas para formar aquela pequena conspiração. Os primeiros encontros ocorreram na própria Cidade Capital, mas a forte vigilância sobre qualquer um potencialmente suspeito fez com que decidissem fugir para algum lugar mais neutro. Nina sugeriu aquele local, sabendo que os fugitivos acabariam por retornar por ali depois de tomar a barca. A ausência da líder do Clã Muroforte seria facilmente notada, então Alfer se voluntariou para tomar o lugar da avó naquela tarefa. Já Letla Cominato, uma das líderes do movimento, decidiu por continuar à frente do Orfanato e deixar Omzo Rigabel tomar seu lugar.

— Isso foi muito fácil, porque depois de alguns dias da nossa nova consultora metendo o dedo em todos os assuntos, eu dei um jeito de mostrar minha impaciência e ela exigiu minha expulsão — disse Rigabel no seu tom de voz calmo e sem variações.

— Pelo que eu soube você carregou Oliri pela orelha e o jogou na sala da Diretora como medida disciplinar — disse Alfer, rindo pela primeira vez.

— Eu exagerei um pouco para forçar aquela situação.

— Um pouco? — Alfer retrucou, agora sorrindo de forma irônica.

Só faltava entender o que Madame Cebola fazia no meio daquelas pessoas. Respondendo ao olhar inquisidor de Mia, ela mesma acrescentou, tomando a palavra de Nina.

— Meu irmão está preso e é inocente, eu fui presa e interrogada, minha família desonrada e eu exijo reparação.

Seu discurso como sempre foi superficial e sua atitude antipática não ajudava em nada, mas na verdade Madame Cebola tinha sido uma das principais articuladoras daquele movimento de reação, trazendo informações preciosas e mantendo contato com muitas pessoas que também estavam inconformadas com os novos rumos que Marrasga estava apontando para Terraclara. A última e mais preocupante informação era que o Zelador havia formado uma equipe de caça aos traidores. Esse grupo de caçadores era liderado por Astorio Laesa, que recrutou outros dentre os membros da Brigada e entre entusiastas da nova ordem que estava sendo promovida. Foi com essa informação que Madame Cebola havia chegado à margem do Grande Lago pouco antes daquela reunião. Malaika, que assim como o restante da sua família escutava tudo atentamente, quebrou o silêncio dizendo aquilo que parecia óbvio e ninguém se dava conta:

— Se eu entendi bem, essa senhora é uma pessoa bastante conhecida que está na mira desse Marrasga e veio até aqui para contar que um grupo de caçadores procura conspiradores como vocês — e antes que alguém pudesse comentar alguma coisa, ela mesma acrescentou: — Sou só eu que acha que a qualquer momento esses caçadores vão subir neste barco e levar todos nós para a masmorra?

Um certo pânico tomou conta dos presentes e Odnan tentou trazer um pouco de ordem à atrapalhada conspiração.

— Vocês têm um plano ou vão ficar simplesmente conversando em barcos abandonados?

— Depois de ouvir o que essa menina disse, acho que agora sei o que devemos fazer — respondeu Madame Cebola, assumindo um inesperado papel de liderança.

Capítulo LXXIV

Um totalmente exausto Teittu chegou à Cidade Capital depois de trocar de cavalos várias vezes com a desculpa de buscar remédio para o seu velho pai. Chegando à cidade, foi direto até o farmacêutico comprar medicamentos para os males da respiração. Enquanto esperava a manipulação dos remédios cruzou a rua e entrou na padaria da família Pongolino. Encontrou um dos entregadores que havia sido indicado por Alartel e lhe entregou discretamente dois bilhetes.

No mesmo dia, Letla Cominato e Malia Muroforte receberam encomendas de pães e doces que não haviam pedido.

Capítulo LXXV

Mais uma vez, Mia teve a sensação de que havia trilhado aquele caminho até a cordilheira e o Abismo Dejan havia anos. Lembrava-se de cantar para animar os dois companheiros de viagem e das aventuras no fundo da ravina. Tudo parecia tão distante que se sentiu como uma velha recordando-se das façanhas da juventude. A urgência em sair foi devido à insistência de Odnan e Malaika. Parecia que viver sob o domínio do Consenso os fez mais atentos e mais práticos com decisões de sobrevivência.

A capacidade de organização e liderança de Odnan era clara e, assim como fizera do outro lado do Abismo, ele organizou as expedições que agora deixavam à beira do Grande Lago rumo à Cidade Capital. Munido dos mapas que Battu providenciara, Odnan despachou Teittu em sua cavalgada solitária levando instruções enquanto direcionava os demais grupos em caminhos diferentes.

Mia seguiria junto aos visitantes do outro lado do Abismo pelas trilhas que havia utilizado no caminho de ida até a cordilheira semanas atrás, Rigabel, Alfer Muroforte e o casal Pongolino seguiriam pela estrada e caso encontrassem algum caçador não deveriam opor resistência, apenas retardar o seu ritmo de retorno à capital.

— Por acaso o senhor está nos usando como iscas? — perguntou Omzo Rigabel para o seu novo e inesperado líder. Ele esperava uma resposta evasiva para dar continuidade ao debate, mas em vez disso ouviu de Odnan como resposta apenas:

— Sim, isso mesmo.

Nina e Battu ficariam em casa, repetindo a mesma estratégia que usaram quando saíram do outro lado do Abismo, de manter uma base de retorno, se necessário. Battu não ficou nem um pouco incomodado, pelo contrário, estava achando ótimo ter a companhia de Nina por alguns dias. Ela era uma pessoa adorável e havia deixado uma forte impressão em Battu pelo seu amor incondicional em relação à Mia e pela sua coragem.

— Vou ensinar-lhe algumas receitas enquanto estiver aqui — ela disse de forma carinhosa para o velho barqueiro, que logo respondeu:
— Eu lavo a louça.

* * *

Tão logo amanheceu, uma pequena carruagem e dois cavalos deixaram a casa à beira do lago rumo à capital. O caminho seria longo e propositalmente adotaram um ritmo moderado para não esgotar os cavalos, tampouco se distanciar muito do outro grupo que seguia para o mesmo destino. Alartel e Silba inicialmente seguiram na carruagem e Omzo e Alfer seguiram a cavalo, mas já na primeira parada o Professor, desacostumado ao desconforto de um cavalo, implorou para seguir na carruagem. Assim, Silba tomou as rédeas do meio de transporte levando-o ao seu lado, enquanto Alartel seguia junto a Alfer a cavalo.

Dosaram o ritmo da viagem para chegar a uma estalagem ao final do dia, onde repousaram seus cavalos, fizeram uma refeição e se prepararam para uma noite de descanso. Já bem tarde, quando estavam nos dois quartos que alugaram para o pernoite, ouviram um movimento incomum de cavalos e depois muito falatório na entrada da hospedaria. Todo esse movimento incomum foi seguido por móveis sendo derrubados e passos apressados subindo as escadas. As insistentes batidas nas portas foram acompanhadas de uma grande gritaria.

— Abram a porta, abram em nome do Zelador!

Depois de muita insistência, os homens e as mulheres que estavam do lado de fora conseguiram derrubar as portas dos quartos e os encontraram vazios. Saíram da mesma forma barulhenta como entraram e quando desceram as escadas um dos homens ameaçou o estalajadeiro com sua espada exigindo informações sobre os hóspedes. Um ruído do lado de fora chamou a sua atenção e quando saíram ainda conseguiram ver ao longe seus próprios cavalos correndo como loucos, soltos de suas amarras.

* * *

A emoção e o medo daquela perseguição e a alegria da fuga haviam por um tempo afastado das cabeças de Silba e Alartel a profunda tristeza que neles havia se abatido desde a notícia da morte de Gufus. Sua única motivação agora era reverter aquele quadro ditatorial que se abatera sobre Terraclara, e, assim, dar algum sentido ao sacrifício de seu único filho.

Para Omzo Rigabel, toda aquela correria era um incômodo desconfortável que deveria acabar logo, permitindo que tudo voltasse à normalidade. Já para Alfer Muroforte, aquela pequena rebelião era ao mesmo tempo uma vingança contra os maus-tratos sofridos por seus pais e uma forma de mostrar que ele seria um herdeiro digno para o Clã. E assim cavalgaram por algumas horas até que os primeiros raios de sol permitissem uma visão da estrada e das sombras alongadas de cavalos e seus cavaleiros inimigos que agora se projetavam sobre eles e logo os alcançaram.

* * *

— Tivemos informações seguras de que um grupo muito maior estava reunido à beira do lago. Onde estão os demais? — a voz de

Astorio Laesa era levemente anasalada e seu gestual parecia forçado demais.

— O senhor está enganado, estou acompanhando esses conselheiros do Instituto de Ensinos Clássicos e Modernos para verificar a possibilidade de instalação de uma nova unidade de ensino para os lados de Vila do Monte — respondeu Rigabel, com o seu habitual e irritante tom de voz calmo e pausado. A resposta inesperada veio na forma de um tapa com as costas das mãos que acertou precisamente o rosto do Professor. Os demais reagiram e Alfer chegou a sacar sua espada, mas foram contidos pela ameaça de vários homens e mulheres armados.

— O senhor Muroforte pode pensar que seu sobrenome o protegerá, mas saque essa espada novamente e sua avó vai receber seu corpo em um caixão.

Um cavaleiro chegou em alta velocidade e contou para Laesa sobre o ocorrido na estalagem.

— Ah, então vocês só podem ser a isca, mas onde estaria nosso alvo principal — ele disse enquanto olhava para um mapa que havia desenrolado. Ficou um tempo com o mapa aberto, calado e sem mostrar nenhuma expressão até que sorriu discretamente enquanto enrolava com calma aquele mapa.

— Vocês três levem esses prisioneiros para a capital, os outros venham comigo.

Sabia que havia mais alguém e sabia que estavam tramando alguma coisa, mas não sabia quem estava procurando. Depois de olhar no mapa os possíveis caminhos até a Cidade Capital viu que havia uma rota alternativa, sabia que havia mais traidores envolvidos naquela conspiração e agora sabia onde procurar. Se estavam indo para a capital e não estavam naquela estrada só havia um caminho a seguir.

Capítulo LXXVI

Apesar de Mia ser a única a já ter trilhado aquele caminho, Odnan ia na frente seguido dos demais e Malaika fechava a fila. Era uma preocupação paterna bem típica e o fato de ter uma guerreira como a esposa na retaguarda dava a ele uma relativa tranquilidade. Mesmo sabendo dos riscos, seguiram pela ravina e ficaram especialmente atentos a qualquer mudança nos ventos ou ruídos de trovões, mas naquele dia estavam com sorte e o céu azul era uma certeza dali até onde os olhos alcançavam.

A caminhada era vigorosa porque não podiam perder tempo e se desencontrar do grupo que estava seguindo pela estrada, com poucas e rápidas paradas para comer alguma coisa e descansar o mínimo necessário para que suas pernas pudessem seguir em passos largos. Foi uma decisão acertada pegar aquele atalho que havia sido originalmente descoberto por Gufus na viagem de ida, o solo estava seco e não havia nem mesmo um filete de água para molhar as solas dos pés, permitindo que seguissem em um ritmo acelerado.

O dia já estava terminando e os viajantes se encontravam no local ideal para sair da ravina e retomar o caminho, tudo estava correndo conforme o planejado. Marro foi o primeiro a avistar um pequeno movimento do lado de cima a tempo de gritar alguma coisa em seu idioma nativo antes da primeira flecha rasgar o ar à sua volta e atingir o ombro de Odnan. Várias outras flechas seguiram a primeira, mas agora eles estavam prevenidos e conseguiram se esconder. Marro arrastou o pai até a proteção de um tronco caído no fundo da ravina enquanto novas flechas zuniam por cima de suas cabeças.

— Isso vai doer muito — ele disse para o pai pouco antes de pressionar a flecha até que a ponta saísse pelas suas costas. Depois de quebrar a ponta da flecha, puxou a outra parte e liberou um fluxo de sangue que tingiu a túnica de Odnan. Ele deu um grito contido, quase um grunhido de dor, e em seguida Marro pegou uma muda de roupa na sacola e fez um curativo improvisado pressionando o ferimento para estancar o sangue. Ali perto, Mia já havia revidado com algumas flechadas certeiras e chegou a ouvir um grito de dor mostrando que pelo menos um dos agressores havia sido ferido.

— Vocês estão em uma situação bem difícil! — disse Astorio Laesa, com a sua voz anasalada, claramente querendo levar o grupo no fundo da ravina a uma rendição rápida, e continuou: — Não podem sair de onde estão sem se expor aos meus arqueiros e não podem ficar aí em baixo indefinidamente.

Laesa fez uma pausa no que estava falando enquanto bebia água do seu cantil. Era um soldado experiente e sabia que tinha todos os elementos a seu favor, por isso preferia evitar um confronto forçando a rendição.

— Joguem seus arcos, suas flechas e espadas no chão bem longe de onde estão e eu garanto passagem segura até aqui em cima.

— E depois disso? — gritou Odnan reunindo todas as forças que lhe restavam.

— Vamos levá-los até a capital para que a justiça seja feita.

Mia pensou em tudo o que havia aprendido sobre justiça e aquilo não se parecia em nada com o que ela reconhecia como justo. Malaika tomou a iniciativa e foi a primeira a jogar sua espada no chão, seguida pelos demais. Mia hesitou um pouco antes de se desfazer do novo arco que trouxera do outro lado do Abismo, mas o fez assim mesmo.

— Vamos sair agora — disse Odnan, tentando garantir um pouco de segurança àquela rendição, e foi saindo aos poucos de trás do tronco de árvore amparado por Marro.

A visão daquelas pessoas de pele escura causou espanto em todos os homens e mulheres que os cercavam no alto da ravina. Alguns chegaram a retesar novamente os arcos, mas foram contidos por Laesa. A subida foi especialmente difícil para Odnan, constantemente amparado por Marro e Malaika. Quando chegaram ao topo, foram imobilizados e amarrados enquanto os feridos eram tratados. Mia acertou flechas em um homem e uma mulher; nele apenas de raspão e nela na perna direita. Tanto ela quanto Odnan estavam perdendo muito sangue e as feridas precisavam ser cauterizadas.

Malaika convenceu Laesa a esperar e como uma de suas guardas também precisava de tratamento, ele concordou. Ela acendeu uma pequena fogueira e pediu que colocassem duas facas nas chamas até que as pontas de metal adquirissem um tom avermelhado. Em seguida, Malaika cauterizou as feridas de ambos extinguindo o sangramento que poderia matá-los no caminho de volta. Parecia que a dor da remoção da flecha do seu ombro não poderia ser superada, mas Odnan quase desmaiou quando as duas feridas foram cauterizadas.

A noite já havia caído sobre eles, mas a lua cheia iluminava os caminhos a seguir e Laesa revolveu não esperar o amanhecer. Antes de iniciar aquela jornada noturna, ele fez várias perguntas à Mia.

— Diga onde estão sua prima e o filho do padeiro, eu sei que vocês estavam juntos.

— Teka ficou do outro lado do Abismo e Gufus... Morreu.

— Como assim, ela ficou do outro lado? Ela é refém?

— Não, ela está procurando a mãe.

Laesa não se convenceu muito da veracidade de nenhuma daquelas respostas, mas continuou:

— E esses aí, quem são?

— São moradores do outro lado do Abismo que nos acolheram quando lá chegamos.

— Todos lá são... Assim? — ele perguntou apontando para os visitantes.

— Se você está se referindo à pele escura, não. Há muitas pessoas diferentes.

— E são só vocês?

— Não, há um outro grupo que seguiu a cavalo pela estrada.

Por ora Laesa ficou satisfeito com as respostas, tinha capturado todos os conspiradores e agora poderia retornar à capital e receber o reconhecimento pelo trabalho bem-feito.

Capítulo LXXVII

A viagem alternava entre momentos em que a carroça parecia estar quase parada, quando estava próxima a outros viajantes ou pequenos vilarejos, e momentos em que corriam tanto que pareciam que iriam se soltar do assento e voar até cair na estrada. Tayma era, na família, a especialista em cavalos, e além de cavalgar, ela também conduzia carroças e carruagens com maestria. A sua missão era a mais importante de todas e não podia falhar.

— Cuidado, menina, você é louca, desvairada! Maldita hora em que aceitei vir nessa viagem.

Madame Cebola reclamava o tempo todo: o assento era muito desconfortável, a carroça sacudia muito, ela corria demais e mais um monte de outras variações das mesmas reclamações. Tayma fora prevenida por todos os outros sobre sua passageira e estava ciente de que o maior risco daquela viagem não eram os caçadores e sim ela jogar Madame Cebola para fora. Ficou rindo sozinha dos próprios pensamentos enquanto se preparavam para mais uma parada e troca de cavalos.

Em cada uma das paradas repetiam o disfarce, Madame Cebola tomava as rédeas da carroça enquanto Tayma ficava deitada na parte de trás fingindo-se muito doente. Seu rosto e seus braços estavam cobertos com ataduras e sujos com molho de tomate, o que dava uma aparência de sangue ressecado. Para cada pessoa que perguntava, Madame Cebola dava a mesma resposta.

— Essa pobre menina foi acometida de uma doença horrível, feridas abertas em seu corpo, febre... Preciso levá-la até a capital para tratamento.

Além de ser uma ótima desculpa para sua pressa, a perspectiva de alguma doença contagiosa mantinha olhares curiosos longe de Tayma. Depois de trocar os cavalos e pagar generosamente por isso, Madame Cebola conduziu a carroça por alguns minutos até se afastarem daquela estalagem. Tayma livrou-se das ataduras e retomou a condução da carroça deixando sua infeliz passageira novamente irritada e rabugenta. Não se importava com isso; ela deveria levar sua preciosa carga até o ponto de encontro e a sincronia tinha que ser perfeita.

Capítulo LXXVIII

Malia Muroforte conhecia bem como as coisas funcionavam na administração de Terraclara, afinal, no alto de sua idade avançada já convivera com oito zeladores diferentes e perdera a conta de quantas reuniões e Assembleias havia participado.

   Mesmo com a recente tomada de poder por parte de Roflo Marrasga, as coisas ainda funcionavam como sempre funcionaram. Seus informantes estavam posicionados nas estradas de acesso à capital e ela foi imediatamente avisada quando o primeiro grupo foi avistado nas cercanias da cidade. Ela respirou aliviada quando soube que todos estavam vivos, porque seu neto estava entre eles.

   Conforme antecipado, os caçadores retardaram o passo esperando pela chegada de seu líder, Astorio Laesa. Isso foi crucial para a coordenação do que seria feito a seguir. Não demorou muito para que o segundo grupo, dessa vez trazendo os visitantes do outro lado do Abismo, fosse avistado. Até agora tudo estava acontecendo conforme o planejado.

* * *

— Mas, Senhora Diretora, isso é altamente irregular — disse Uly Aguazul enquanto confrontava Letla Cominato em seu escritório.

— Na verdade, não, a Diretora tem autoridade para suspender as aulas em qualquer momento que considerar necessário aos melhores interesses dos alunos.

— E que interesses são esses, afinal?

A Diretora Cominato serviu um chá para ambas e convidou Uly a se sentar. Enquanto bebiam o chá, ela explicou os seus motivos.

— A senhora precisa entender que os acontecimentos recentes contrariam tudo o que construímos para essa sociedade, então é do melhor interesse dos alunos acabar com o domínio de Marrasga e seus capangas. — Deu mais um gole no chá e continuou: — E isso inclui a senhora.

— Isso é um absurdo! Vou imediatamente levar essa atitude ao conhecimento do Zelador e em breve a senhora vai se ver dando explicações ao chefe da Brigada.

Uly levantou-se bruscamente, mas tão logo ficou de pé começou a ficar tonta e as paredes do escritório pareceram rodopiar à sua volta. Ela desabou de volta na cadeira e tentou articular algumas palavras sem sucesso.

— Calma, Uly, você vai dormir algumas horas e vou deixá-la confortavelmente instalada aqui no meu escritório. O farmacêutico me garantiu que quando acordar você vai sentir no máximo uma dor de cabeça.

Letla conduziu a cambaleante Uly Aguazul até um pequeno sofá que mantinha no escritório e a acomodou de forma delicada. Teve o cuidado de se livrar da xícara de chá e do pequeno vidro com a droga sonífera antes de sair.

— Bons sonhos — ela disse enquanto trancava a porta.

* * *

— Todos os alunos devem se dirigir ao anfiteatro do Monte da Lua para uma declaração especial do Zelador.

O anúncio estava sendo repetido pelos monitores e professores depois da ordem vinda diretamente da Diretora. Um misto de surpresa e satisfação tomara conta dos alunos que, em sua maioria, estavam adorando o cancelamento das aulas da tarde.

A Diretora Cominato estava no portão externo recomendando aos alunos para seguirem direto para o Monte da Lua acompanhando os professores e monitores.

— E chamem todas as pessoas que encontrarem para a reunião, é muito importante! — ela repetia para todos os que passavam.

* * *

Dentro do prédio da Zeladoria, Roflo Marrasga estava reunido com alguns colaboradores de confiança quando um dos guardas pediu licença para entrar e disse:

— Senhor Zelador, as pessoas já estão chegando para a reunião.

— Mas que reunião?

A resposta veio em forma do ruído alto e contínuo das trompas do anfiteatro sendo soadas. Marrasga ainda sem entender o que se passava, saiu rapidamente do escritório em busca do chefe da Brigada.

* * *

Malia Muroforte estava na entrada do anfiteatro recebendo as pessoas e pedindo um pouco de paciência enquanto aquela reunião de emergência estava sendo organizada. A chegada em massa dos alunos do Orfanato surpreendeu a todos, mas foi explicado que era um pedido do Zelador para que os jovens fossem se acostumando com as grandes decisões em Terraclara.

Malia havia ordenado que toda a estrutura necessária à votação fosse posta em andamento e, mesmo sem ter qualquer cargo na administração, as pessoas ouviram e obedeceram. Ela ainda chamou um pequeno contingente da Brigada, que fazia a segurança do local e mandou que fossem ao encontro de Astorio Laesa, que se aproximava da cidade trazendo prisioneiros. A ordem do Zelador era que aquele grupo fosse conduzido diretamente ao anfiteatro. Os guardas chegaram a titubear, mas frente à insistência de Malia e sua natural voz de comando, partiram rápido ao encontro de Laesa e do grupo que ele conduzia.

* * *

O chefe Klezula não conhecia Teittu e naturalmente recusou-se a recebê-lo até que um bilhete escrito por Mia lhe foi entregue. Depois de ler o conteúdo bastante detalhado daquele bilhete ele chamou o então desconhecido para o seu escritório e mandou todos saírem dali.

— Muito bem, você tem minha atenção. Somente lembre-se que dependendo do que me disser poderá ir daqui direto para a cadeia.

E, olhando para o homem à sua frente com seu olhar severo, um assustado Teittu contou a história que lhe foi confiada tentando não esquecer nenhum detalhe. Ele citou as evidências que foram encontradas e como as suspeitas aos poucos foram apontando para os verdadeiros culpados de traição.

Klezula escutou sem interromper, o que Teittu não sabia se era um bom ou mal sinal e ao final da narrativa ele se levantou da cadeira e ficou um tempo olhando pela janela. Em um rompante dirigiu-se a porta e chamou por Teittu dizendo simplesmente: — Vamos.

Teittu não sabia o que estava acontecendo e apenas torcia para não estar sendo levado naquele momento direto para as masmorras.

* * *

Quando o Zelador chegou ao anfiteatro do Monte da Lua encontrou uma multidão que lotava todo o espaço e as trompas seguiam tocando alto, chamando mais e mais pessoas para a reunião. Ele chegou até o palanque e lá encontrou Malia Muroforte e Letla Cominato.

— Alguém pode me explicar o que está acontecendo?

Malia caminhou até a parte central, pediu silêncio às pessoas que lá estavam e mandou silenciar as trompas:

— Meus caros concidadãos de Terraclara, o motivo da convocação desta reunião é trazer à sua presença pessoas acusadas de traição.

Enquanto falava, uma comitiva de pessoas lideradas por Astorio Laesa foi cruzando aquela massa pulsante de pessoas que mantinham um olhar curioso sobre os estrangeiros. Além dos estranhos, algumas figuras conhecidas, como o casal Pongolino e o próprio neto de Malia, Alfer Muroforte, faziam parte dos que estavam sendo conduzidos pelos caçadores. Ao avistar aquele grupo adentrando o anfiteatro e escutando as palavras de Malia, Marrasga respirou aliviado. Ela deveria ter feito toda aquela mobilização com o intuito de cair nas boas graças do Zelador e conseguir perdão para o seu neto. Claro que esse perdão sairia caro para os Muroforte, mas isso seria assunto para uma reunião privada posteriormente.

Laesa subiu ao palanque e ficou ao lado do Zelador, enquanto o grupo de acusados foi amontoado em um banco logo abaixo. Aquela visão, especialmente dos três estrangeiros, causou um tumulto e um falatório como há muito não se via naquelas Assembleias. Foi necessário soar as trompas várias vezes para que a multidão se calasse. Malia, então, deu alguns passos para longe do palanque afastando-se dos demais e, aproximando-se do banco onde os acusados estavam sentados, declarou:

— Eis aqui os traidores de Terraclara: Roflo Marrasga e Astorio Laesa!

Capítulo LXXIX

Quando Tayma e Madame Cebola chegaram à entrada da cidade, alguns emissários de Malia Muroforte já estavam esperando, porém, acompanhados de um inesperado chefe da Brigada.

— Vou levá-las a partir daqui — disse Klezula, enquanto convidava as duas a entrar em uma carruagem da Brigada.

Entraram na carruagem e foram levadas rapidamente para a cidade, só esperavam que estivessem sendo levadas para o lugar certo.

* * *

O tumulto que se seguiu à inesperada declaração de Malia Muroforte foi sem precedentes na história de Terraclara e demorou muito para que a ordem fosse restabelecida no anfiteatro. Foi Marrasga quem tomou a palavra.

— Vejo aqui, com muita tristeza, uma avó dedicada fazendo de tudo para isentar seu neto traidor das acusações e só posso creditar tamanho absurdo ao amor familiar e talvez a uma certa demência ocasionada pela idade.

Esse comentário gerou alguns risos na plateia que logo foram abafados pela voz de Mia que, mesmo sem ter autorização para isso, tomou a palavra.

— Esse homem é um traidor, ele sim conspirou para enganar a todos nós e eu posso provar.

— Então prove — Marrasga respondeu com toda a calma —, pois Laesa já havia dito que não havia nenhuma evidência com eles, apenas sua palavra contra a do Zelador.

Odnan levantou-se e tomou a palavra, ainda que com muita dor causada pelo ferimento. Depois de fazer o tradicional gesto de saudação e apresentar sua família, ele contou tudo o que sabia sobre as fogueiras, as cartas e os saquinhos de tecido com o selo da Zeladoria. Mia acrescentou as informações que havia colhido com Osmond e alertou sobre o risco que essa ação impensada trouxera ao atrair a atenção do grande poder que dominava o outro lado do Abismo.

Marrasga escutava tudo com uma expressão neutra até que interrompeu aquela narrativa.

— Ainda que essa história fantasiosa fosse verdade, ela somente reforça a culpa de Salingueta, afinal ele e sua irmã, também traidora, certamente foram os arquitetos dessa conspiração. Marrasga então apontou para o grupo que estava sentado no banco e ordenou aos membros da Brigada que lá estavam:

— Prendam os traidores!

— Então prenda a você mesmo!

A voz de Ormo Klezula atravessou o anfiteatro enquanto ele passava acompanhado de Tayma e de Madame Cebola.

— Ah, chefe Klezula, que bom que finalmente o senhor resolveu se juntar a nós — disse Marrasga, ainda mantendo uma atitude superior, mas já antecipando problemas que poderiam ocorrer. E foi exatamente o que aconteceu quando o Chefe da Brigada falou.

— Tenho em minhas mãos evidências trazidas do outro lado do Abismo, que comprovam que Roflo Marrasga conspirou com os estrangeiros para assustar a população e assim tomar o poder — Klezula terminou sua caminhada chegando ao palanque mostrando a todos as evidências trazidas por Tayma e Madame Cebola e completou: — E antes que você minta ainda mais, a caligrafia nessa carta é sua e tenho certeza de que vamos encontrar mais saquinhos verdes escondidos junto às suas coisas.

— Eu não fiz nada de errado, apenas estava pensando no bem-estar coletivo e me comunicando com os estrangeiros — disse o dissimulado Marrasga tentando plantar dúvidas nas cabeças dos presentes.

Frente à reação pouco favorável dos demais para as suas desculpas, Marrasga ainda tentou ganhar tempo usando um bode expiatório.

— E se vocês estão procurando um conspirador, foi ele quem enviou as flechas para o outro lado — disse, apontando para Laesa.

— Canalha, eu só fiz o que você mandou — Laesa respondeu sacando sua espada.

Foi Marro quem deu um salto inesperado e imobilizou Laesa tirando a espada de suas mãos.

Marrasga estava acuado como um animal sendo caçado e sua expressão facial mudou, ficou assustadora revelando sua verdadeira natureza. Ele olhava de um lado a outro vendo os guardas da Brigada se aproximando dele por ordem de Klezula. Como uma presa sendo caçada, correu e sacou um punhal, colocando-o contra o pescoço de Malia.

— Se me deixarem sair, ela vive, caso contrário, vou matá-la aqui mesmo.

Malia, então, puxou uma adaga escondida no cabo de sua bengala e perfurou em cheio a perna de Marrasga e na sequência cortou seu rosto em um movimento de baixo para cima, deixando uma cicatriz que iria perdurar pelo resto de sua vida. Marrasga a soltou com um grito de dor, sendo logo contido pelos guardas.

— Já vivi muito, mas ainda quero viver um pouco mais — disse Malia se recompondo e sendo abraçada pelo neto.

Capítulo LXXX

A multidão não saiu do anfiteatro e ficou falando em um murmurinho contínuo que tomava conta do local. Klezula havia mandado libertar aqueles que ainda estavam presos por conspiração e logo Madis e Amelia abraçavam sua filha. Uwe ficou chamando por Teka e logo foi interrompido pela sobrinha que assegurou que ela estava bem, mas que ainda não tinha voltado. Deixou para contar o motivo mais tarde, com calma. Terraclara precisava de um novo Zelador e Parju Salingueta era o nome natural para ser reconduzido ao cargo, mas foi o chefe Klezula quem se opôs.

— Lamento, não posso permitir. Salingueta pode não ter sido conspirador ou traidor, mas ele desobedeceu a uma decisão da Assembleia quando concordou que vocês cruzassem o Abismo.

Era a mais pura verdade. Ainda que com nobres intenções, Salingueta havia cometido um erro imperdoável e não poderia ser reconduzido ao cargo. As atenções se voltaram então para Letla Cominato que prontamente declinou:

— Já tenho meu lugar nessa sociedade e é junto aos estudantes do Orfanato.

O nome do Chefe da Brigada foi cogitado, mas ele mesmo disse que precisava se redimir com a sociedade de outras formas, depois de ter sido um agente de toda aquela conspiração, ainda que sem saber.

No fim, havia um nome ideal, uma pessoa que conhecia bem a administração de Terraclara e que poderia conduzir a sociedade de volta à normalidade. Quando aquele nome foi proposto foi como se uma sensação de "Como não havíamos pensado nisso antes?" tomasse conta do grupo. Agora só faltava a aprovação da Assembleia.

* * *

— Juro servir ao povo de Terraclara enquanto os cidadãos assim o quiserem.

Quando a maioria esmagadora dos presentes se posicionou de um lado do anfiteatro foi, ao mesmo tempo, um alívio e uma preocupação, afinal muita gente ainda se perguntava: como seria a administração da Zeladora Handusha Salingueta?

* * *

— Minha primeira proposta para essa Assembleia é libertar Madis e Amelia Patafofa, Uwe Ossosduros e Parju Salingueta por já terem cumprido pena suficiente nas masmorras.

Alguns sussurros e as habituais trocas de ideias começaram na plateia, mas logo foram interrompidos pela Zeladora.

— Adicionalmente ao tempo cumprido nas masmorras, os quatro deverão pagar uma multa proporcional aos seus rendimentos para custear a instalação de uma nova unidade do Instituto de Ensinos Clássicos e Modernos na região sul, próximo ao Grande Lago.

Rapidamente a decisão foi tomada e um dos lados do anfiteatro estava muito mais cheio do que o outro.

— E então o que meu irmãozinho achou da minha primeira votação? — perguntou Madame Cebola para o ex-Zelador.

— Eu acho que não tenho dinheiro para pagar a construção de uma nova escola.

— Sem problema, você pode trabalhar de graça no novo Orfanato — disse rindo, escondendo o rosto com um leque vermelho berrante.

Epílogos

Uwe ficou tão surpreso com a notícia que Mia trouxera que passou um tempo atônito, sem saber o que fazer. Depois, em um rompante, disse que estava indo atrás de Teka, iria cruzar o Abismo no dia seguinte. Odnan e Malaika conversaram com ele e explicaram a complexidade do que ele estava pensando em fazer e que simplesmente deveria esperar.

— Se fosse Malaika perdida há dez anos e Tayma estivesse deste lado procurando por ela, o que você faria? — Uwe perguntou olhando nos olhos de Odnan.

Era um argumento incontestável e foi Malaika quem encontrou um meio-termo.

— Volte conosco e espere um tempo em nossa casa, afinal, lá é o ponto de encontro.

Uwe concordou em princípio, mas todos sabiam que ele não conseguiria esperar por muito tempo.

* * *

Para Marro e Tayma aquela viagem parecia um sonho, conhecendo um mundo novo com pessoas tão diferentes. Mia os convidou a ficar um tempo em Terraclara e quem sabe estudar no Orfanato. Era uma oferta incrível que sabiam que seus pais não aprovariam facilmente. Madis e Amelia garantiram receber os dois como seus filhos e que seriam tão cuidadosos e rigorosos com eles como com sua própria filha. Apesar de muito inseguros, Odnan e Malaika não puderam privar seus filhos daquela experiência e permitiram que ficassem por um tempo.

* * *

Letla Cominato estava entusiasmada com os planos de construir uma nova unidade do Orfanato na região sul, mas não sabia se queria assumir a responsabilidade de sua construção e implantação que poderia levar um longo tempo. Encontrou a pessoa ideal para isso na pessoa do ex-Zelador Salingueta, um homem experiente e muito bem-intencionado. Ele seria a escolha ideal e poderia, assim, quitar sua dívida com a sociedade arteniana. Letla ainda tinha muito o que fazer por ali e havia algumas feridas que precisavam ser curadas entre os alunos. A rejeição a Oliri Aguazul, por exemplo, era apenas um dos casos que ela teria muito, mas muito trabalho mesmo para reverter.

* * *

O chefe da Brigada, Ormo Klezula, ainda tinha um pesado sentimento de culpa por ter inadvertidamente participado de toda aquela confusão. Ele foi se desculpar com cada uma das pessoas que prendeu ou interrogou e para a maioria delas, ele simplesmente cumpriu o seu dever, preservando a dignidade de todos e sendo correto e justo na aplicação das leis. Seu novo desafio era de descobrir todos os detalhes da conspiração interrogando principalmente Roflo Marrasga e Astorio Laesa. Já havia descoberto que as joias foram desenterradas em uma das obras conduzidas por Marrasga na ampliação da Zeladoria e que ao invés de entregar esse pequeno tesouro ao povo de Terraclara, ele o ocultou em uma sala secreta, escondida atrás do seu escritório. O próprio Laesa admitira que atirava as flechas para o outro lado do

Abismo, usando sua condição de membro da Brigada em uma guarnição junto à Cordilheira Cinzenta.

Para o chefe Klezula, a motivação de Laesa foi banal, ele queria simplesmente mais dinheiro e uma posição de destaque, provavelmente a de chefe da Brigada. Mas Marrasga era uma incógnita, ele tinha algum poder e quando encontrou o antigo baú cheio de pedras preciosas poderia ter ficado rico, mas ele queria mais, queria mudar a cara da sociedade arteniana e isso ainda o intrigava.

Bem, era hora de mais uma sessão de interrogatórios e ele teria ainda muito tempo para desvendar o enigma de Roflo Marrasga.

* * *

A despedida de Odnan, Malaika e Uwe foi tensa. Uwe não tinha a exata noção do que o esperava, apenas que sua filha estava em uma terra estranha procurando por sua mulher dada como morta há dez anos e isso era demais para sua cabeça. Ele fez inúmeras recomendações para Madis e Amelia dando a entender que não esperava voltar daquela viagem. Já Odnan e Malaika tinham a imensa preocupação em deixar seus filhos, mas como Mia dizia que eles eram sua nova família, Amelia confidenciou à Malaika que estava morrendo de ciúmes e queria se vingar conquistando o amor de Tayma e Marro. Era uma forma carinhosa de dizer que eles seriam acolhidos como se fossem Patafofas. Os três se juntaram a Teittu, que seguiria na mesma direção e depois os conduziria pelo Grande Lago. Quando os cavalos se afastaram, um forte aperto parecia ter se alastrado pelos corações de todos, dos que partiam e dos que ficavam.

* * *

Teittu voltou para casa e encontrou seu pai bastante feliz na companhia de Madame Hulis. Era uma grata surpresa ver que o amor podia florescer em qualquer idade e que aqueles dois ainda teriam muito tempo juntos.

— É — ele pensou, feliz, olhando para aqueles dois junto à lareira. —, acho que vou ter que construir outra cabana para mim.

* * *

A Venerável Madame Handusha Salingueta rapidamente tornou-se uma das mais competentes administradoras que já ocuparam a função de Zelador. Porém ela sabia que uma das coisas mais importantes e valorizadas pelos artenianos iria acabar mais cedo ou mais tarde, e ela esperava que fosse bem mais tarde; o seu isolamento terminaria. De um jeito ou de outro, o mundo exterior chegaria até eles.

* * *

Alartel e Silba decidiram não fazer um funeral para Gufus, não fazia sentido enterrar um caixão vazio. Ao invés disso, prepararam uma enorme quantidade de pães e doces e distribuíram pela cidade agradecendo a dádiva de ter tido um filho tão maravilhoso, ainda que por pouco tempo. No dia seguinte, quando saíram de casa para trabalhar, encontraram flores em seu caminho desde a casa de tijolos vermelhos na beira do lago até a padaria. Deixaram a carruagem em casa e resolveram andar pelo caminho que todas aquelas pessoas, conhecidas ou não, prepararam para eles. Muitas daquelas flores foram molhadas por lágrimas naquela manhã.

* * *

O primeiro dia de aula depois daquela aventura foi para Mia ao mesmo tempo uma certa volta à normalidade e uma profunda dor pela perda do melhor amigo. Naqueles primeiros dias, Mia era inevitavelmente o centro das atenções, título que em breve seria passado para Tayma e Marro quando começassem a frequentar o Orfanato. Ela era abordada por quase todos, mesmo aqueles que mal conhecia e os colegas queriam saber sobre a vida do outro lado do Abismo e suas aventuras naquele lugar exótico. Passar pelo pátio central e ver a sombra onde Gufus gostava de cochilar depois de comer mais um lanchinho era especialmente doloroso para ela, mas a vida tinha que seguir em frente. Ela tomou o caminho para a primeira aula do dia, que era de História.

Quando o Professor Rigabel entrou na sala, sequer olhou para aquela que havia sido há tão pouco tempo sua companheira de aventuras, e logo fez a chamada:

— Senhorita Mia Patafofa... Ah, vejo aqui que há muitas faltas neste período — ele disse sem tirar os olhos da lista de presença e continuou: — Acho que vou ter que reprová-la por faltas.

— Mas o senhor sabe onde eu estava... Estivemos juntos.

Rigabel levantou levemente o olhar e logo voltou a analisar a listagem.

— Ah, e a senhorita perdeu vários testes... Sua situação está bem ruim.

Não só Mia, mas todos estavam espantados com o que escutavam. Mia havia se tornado uma espécie de heroína informal e todos esperavam um pouco de benevolência dos professores. Rigabel acabou com aquele burburinho da forma habitual.

— Silêncio! — E depois voltou-se para Mia falando naquele irritante tom de voz calmo e pausado. — Senhorita Patafofa, frente ao seu histórico acadêmico positivo vou considerar alguma forma de recuperação, mas fique avisada que serei rigoroso, bastante rigoroso.

E antes que pudesse ouvir qualquer outra reclamação, dirigiu-se à turma e disse:

— Teste surpresa.

* * *

Os cavalos estavam exaustos e resolveram acampar antes do pôr do sol. Teka e Osgald foram levar os cavalos para beber água em um córrego próximo enquanto Osmond acendia uma fogueira. A sua primeira tentativa de encontrar o comerciante de peles que supostamente havia comprado a servidão de Flora havia falhado. Sem um nome para procurar, sua desculpa quando perguntavam era sempre de um comerciante de peles que lhes devia dinheiro. Era uma justificativa aceitável e ninguém realmente se sentia incomodado quando Osmond perguntava sobre o tal comerciante. A descrição que ele tinha era de muitos anos e mesmo assim ele o viu rapidamente, ou seja, aquela busca não seria fácil. Mas eles sabiam disso quando partiram e ninguém realmente esperava encontrar Flora em poucas semanas de busca. Seguiam uma pista de um comerciante que havia passado por ali com muitas peles e agora estava se dirigindo para o oeste. Era uma rota perigosa, porque quanto mais se aproximassem das áreas centrais e populosas, maior seria a influência do Consenso. Enquanto voltavam, com os cavalos e os cantis cheios d'água, Teka sentiu uma brisa mais fria do que o normal vindo do oeste e disse:

— Não sei se isso é um bom ou mal presságio.
— Sentir o vento frio é sempre um bom presságio.
— Por que você acha isso?
— Porque enquanto estivermos sentindo qualquer vento, seja cálido ou frio é porque estamos vivos e estando vivos há esperança.

Aquela filosofia de vida Freijar era estranha, mas fazia sentido. Fosse qual fosse aquela sensação, Teka estava vivendo aquele momento com esperança. Iriam encontrar Flora.

* * *

O lado de dentro daquela caixa de ferro era rugoso e cheirava muito mal. Seguiam por alguma estrada durante o dia quando os raios de sol transformavam aquela caixa em um forno e à noite, quando a temperatura caía, a superfície de metal esfriava rapidamente tornando o simples ato de dormir quase impossível. Em intervalos irregulares alguém abria a tampa superior daquela cela portátil e jogava baldes de água para supostamente lavar os excrementos e restos de comida.

Esses momentos eram acompanhados de cegueira momentânea quando a forte luz do dia invadia aquele espaço e logo a porta de ferro era novamente fechada, deixando a sensação de que nunca haveria nada para ver. Suas inúmeras feridas estavam começando a cicatrizar, ainda que algumas ainda estivessem abertas e inflamadas. As piores eram nos dedos onde as unhas haviam sido arrancadas. Qualquer movimento era doloroso e sentia o constante latejar do corpo que ainda lutava contra a infecção. Do lado de fora, raramente ouvia vozes, mas da última vez que pararam, ouviu uma discussão que citava claramente o prisioneiro. "Então é isso, é assim que acaba", pensou enquanto esperava que aquela tampa fosse aberta e uma lâmina acabasse com o seu sofrimento. A porta da cela foi aberta, mas dessa vez permaneceu assim por algum tempo, permitindo que a visão se acostumasse e fosse possível vislumbrar o exterior.

— Saia! — Foi a única coisa que escutou e mais uma vez pensou que estaria sendo levado para a morte.

Do lado de fora teve dificuldade em manter-se de pé e se viu cercado por cavalos e seus cavaleiros trajando uniforme negro. Esperou o golpe de espada que o libertaria daquela angústia, mas ao invés disso o que escutou foi:

— Cuidem do prisioneiro e depois o levem para Capitólio.

Depois disso, foi conduzido a uma tenda próxima onde pôde tomar um banho de banheira e tentar limpar todos aqueles dias de sangue e sujeira que haviam grudado em seu corpo. O simples ato de manusear um pano e tentar limpar-se causava dor e a aparência dos seus dedos e das feridas nos pés era a pior possível. Recebeu uma túnica branca para vestir e algum tempo depois um homem pequeno com maneiras rudes veio examiná-lo e aplicou pomadas em vários ferimentos abertos. Ele lhe entregou um frasco e disse simplesmente:

— Tome um gole pela manhã e outro à noite antes de ir para a cama.

"Cama", ele pensou. Há quanto tempo não dormia em uma cama de verdade?

Foi removido da tenda onde estava e levado até uma carroça grande puxada por pelo menos seis cavalos. Dentro dessa carroça havia uma espécie de alojamento com algumas redes para dormir e alguns lugares para sentar-se. Apesar de grande, capaz de comportar várias pessoas, aquele alojamento móvel estava vazio. Em pouco tempo sentiu o movimento da carroça e a comitiva seguiu viagem. Para onde estavam indo e o que queriam com ele eram perguntas cujas respostas Gufus ainda teria que descobrir.

* * *

Olhando por uma das janelas do palácio, o líder do Consenso manuseava aquela pequena espada com crescente curiosidade. O trabalho dos mestres armeiros que a forjaram foi excepcional, nunca havia visto algo assim.

— Magnus, fui informado que a comitiva com o prisioneiro já está a caminho.

O todo poderoso senhor de tudo que há entre o céu e a terra agradeceu e dispensou o auxiliar com um gesto.

A *espata non sangrare* era o que estava gravado na belíssima lâmina e Magnus apenas acrescentou, sussurrando sozinho:

— E a espada não se cansa.

Continuou por um tempo manuseando aquela espada enquanto os raios do sol poente tingiam de laranja os prédios brancos e os jardins de Capitólio.

FIM

Você me disse que esperança é uma coisa fútil, que esperança é para os fracos que não têm ousadia de fazer acontecer.

Não, esperança é para os fortes que acreditam, insistem e, mesmo quando caem, se levantam para fazer o que é certo. E é isso o que faremos.

Prepare-se, porque nós nunca nos renderemos!

Carta de despedida
de Gufus Pongolino
para o Magnus

grupo novo século

Compartilhando propósitos e conectando pessoas
Visite nosso site e fique por dentro dos nossos lançamentos:
www.gruponovoseculo.com.br

:ns

- facebook/novoseculoeditora
- @novoseculoeditora
- @NovoSeculo
- novo século editora

gruponovoseculo.com.br

Edição: 1.ª edição
Fonte: Chaparral Pro